飞翔的鸟

马悦——著

黄河出版传媒集团
阳光出版社

图书在版编目（CIP）数据

飞翔的鸟 / 马悦著. -- 银川：阳光出版社，2021.3
ISBN 978-7-5525-5818-0

Ⅰ. ①飞… Ⅱ. ①马… Ⅲ. ①中篇小说－小说集－中国－当代②短篇小说－小说集－中国－当代 Ⅳ. ①I247.7

中国版本图书馆CIP数据核字（2021）第055007号

飞翔的鸟　　马悦　著

责任编辑　丁丽萍
封面设计　晨　皓
责任印制　岳建宁

黄河出版传媒集团
阳光出版社　出版发行

出 版 人　薛文斌
地　　址　宁夏银川市北京东路139号出版大厦（750001）
网　　址　http：//www.ygchbs.com
网上书店　http：//shop129132959.taobao.com
电子信箱　yangguangchubanshe@163.com
邮购电话　0951-5014139
经　　销　全国新华书店
印刷装订　宁夏凤鸣彩印广告有限公司
印刷委托书号　（宁）0020323

开　　本　720mm×980mm　1/16
印　　张　16.25
字　　数　200千字
版　　次　2021年3月第1版
印　　次　2021年3月第1次印刷
书　　号　ISBN 978-7-5525-5818-0
定　　价　48.00元

目　录

三儿的礼花 / 001

一根红丝线 / 024

红玫瑰 / 039

陪　嫁 / 055

海的那一边 / 069

银玲珑 / 085

燕麦哨 / 142

飞翔的鸟 / 156

秀　秀 / 170

青蛙王子 / 196

牡丹园 / 212

一枚米果 / 229

一口井到一条河（代后记）/ 253

三儿的礼花

1

刘阿姨把一粒药片给到三儿手里时，是一个冬天的下午。

风冷飕飕地刮，像无数的刺芒扎人肌肤。躺在平板车上的三儿向左观望，他的脸永远向左不能向右，而且他的那双眼睛总是湿漉漉的，大睁着，目光里满是祈求。

这是他长年累月形成的一种状态，无法改变。三儿的身子却是平展地仰躺着，端庄得像从战场上退下来的一位受伤的战士。身子裹挟在冷风中，为了不至于从车子上滑下来，他的一只手牢牢地抓住车底板。车底板是铁皮做的，在风里比石头冰冷百倍，那冷是有型的，硬撅撅地硌人骨头。三儿感觉自己快被冷风吃掉了，一口一口地咬，发出碎裂的声响。随着黄昏的来临，起初的疼，钻心，凛冽，无法抵御，渐渐地浑身就麻木了，从头发的缝隙向全身漫延，直到脚尖，那10根脚趾头已经变为紫色，血液似乎凝固了，脚趾像粪球一样脏兮兮的，包裹在上面的一层垢痂也保护不了它们。在风中，三儿瑟瑟发抖。

平板车距离地面也就半尺高的距离，远远看，似乎三儿就睡在地上。身上有一件棉袄，入秋已经穿上了，是一件薄薄的棉袄，纽扣已经脱落得不知去向，腰间系着一根细麻绳，似一条长虫温存地缠绕着他。衣服的四角，针线已经开缝，棉花露出来，一朵一朵的，像洁白的牡丹花点缀在身上。刚刚穿上袄子，季节的缘故，有些热，还出汗。现在四角缝隙钻满了冷风，如一件单衣，好在身上压着一条毯子，经风吹雨淋日头晒早已褪色，那上面满是尘土、枯枝、细碎的叶片，和没有棱角的纸屑。大街上行人匆匆，都忙着采购。医院门口远比街道上热闹，各种卖吃喝的摊点，吆喝声不断。医院大门的门楣上打着一条横幅，上面还有白色的字，三儿不认识字，可是横幅两端挂着大红灯笼，不是一个，是两对，四个，大红的色泽扎眼。这是一个节日的象征，三儿知道春节将要来到了。

每一年，只有春节这个盛大的节日才能看到大红灯笼。三儿还知道，在春节，大年三十的晚上人们要放鞭炮。到处的爆竹声，满天的礼花，黑夜瞬间变为白昼。那个时候，假如妈妈没有来接他，三儿可以把整个放礼花的过程看完，整个夜空都被点燃了。那真的是人间少有的盛景！三儿幸福地大张着嘴巴，一串口水从嘴角流下来，三儿越开心，口水流得越多。夜已深了，寒风刺骨，可礼花却把温暖传递到三儿身边，那会儿他忘记了冰冷、疼痛、僵硬、麻木的吞噬，要是手能腾出空来的话，他还会鼓掌。他的一只手压在胸前，不，确切地说，压在胸前的纸盒子上。盒子里的钱是他一天讨要的收入，然而，三儿感觉那不是一天的收入，是一年的收成。这份收成汇集了众人对他的关爱、温馨、真挚、热情，驱散了他一年来所有的不快、伤痛、牵挂、煎熬、失望、等待、期盼，还有不可名状的不舍，留下的只有满心的感激。妈妈在春节到来时要包饺子。那是最开心的时刻！一想到这，三儿感觉手脚开始软和了些，感觉就在自己家的烤箱跟前，一团旺旺的火苗舔着他的皮肤，他的手指头开始动起来，先从右手，一个一个地动，数数儿一样，一直到左手的最后一根小拇指上。每一根被动的指头看上去干巴巴的，像枯枝，可是有热热的血液在流淌，所以就生动。妈妈说了，三儿辛苦了一年，在春节的这一天要改善。一年里究竟乞讨了多少钱，三儿不知道，妈妈知道，看妈妈的表情收入是可观的，作为儿子的三儿，有必要去问吗？在平常，在一年365天的日子里，只有大年三十的晚上三儿才能吃上饺子。所以三儿特别期盼大年三十那个夜晚的来临。妈妈在那一晚上接回三儿，把他平放在木床上，就开始煮饺子。饺子的味儿随着锅里的白气飘散开来，很快钻进了三儿的鼻子里，三儿就被狠狠地撞击了一下，他大张着鼻翼使劲儿地吸气，似乎饺子的馅儿，薄薄的皮，连同汤汤水水全部吸进肚子里去了，那肚子翻腾了两三下，又翻腾了两三下，“咕儿咕儿”地叫了几声，平息了。妈妈把一小碗饺子端过来放在三儿的面前。三儿的身子被支起来，放平两腿，这个时候三儿能坐稳。一碗饺子究竟有几个，三儿没有来得及数，嘴巴两咂吧就没了。三儿咽下最后一滴汤水，他将脸从碗里移开，他有些失望，他觉得饺子应该是有香味儿的，可是，他没有吃出味道来，他多么想重新品尝一口。妈妈还在锅台前忙着。妈妈的后背似乎有一双眼睛，她对三儿说：“睡吧。”三儿听话，悄悄滑下身子，钻进被窝睡下了。他听妈妈吃饺子。妈妈在那个晚上究竟吃了几碗饺子，三儿不知道，因为他很快就睡了。

白天，三儿精神高度集中，不能有半点儿马虎与闪失，万一让小偷抢了呢？稍不留神打个盹儿，后果不堪设想。现在坏人多，好人少。这是妈妈安顿下的话，三儿就分外警惕了。

已经30岁的妈妈，其实是很漂亮的，假如她不爱生气或者不爱哭鼻子；一生气，一哭鼻子就会从30岁一步跨进40岁，头发纷乱，容颜憔悴，原本红润的嘴唇褪色，干着一层皮，眼窝塌陷。这令三儿揪心，还特别地伤心。有些日子，妈妈又从40岁回到了30岁，妈妈穿着光鲜，头发打卷儿，还上了颜色，而且妈妈的嘴小，抹上口红就是樱桃小口，皮肤也白过来，还笑，对着手机笑。妈妈这个样子是三儿最喜欢看到的。回到家里，三儿把一天的钱交到妈妈的手里，妈妈边数钱，边哼歌。三儿看着妈妈，在他心目中妈妈是世界上最好看的女人！可是，妈妈这种状态保持不了几天，妈妈有手机，手机动不动惹妈妈。妈妈就立马跌进40岁的门槛里。那几天，妈妈想死的心都有了，妈妈说她想吃安眠药结束了自己。手机的背后都是些什么人，那些人跟妈妈的关系到了什么程度是个未知数。每次听到妈妈的手机响，三儿是很气愤的。

三儿偷偷地想，妈妈没有必要把全部的心思寄托在手机上，她完全可以干点别的。大街上那些阿姨摆着摊点，早出晚归，嘻嘻哈哈。相比妈妈的年龄，她们都显出了老相，对于一天的收成她们好像并不在意，她们在意的是满大街的人流、车辆、声音的嘈杂、经营的过程。

三儿仅仅是一想，他才没有胆量说出口呢！自己呢，要是整天闷在家里，肯定是不开心的，单看从天空飞过的雀儿，时间久了，又有啥意思？虽说现在的日子单调、重复，当下，面对日渐寒冷的天气无法躲避，可恰是这样的生活历练了三儿勇敢、顽强、吃苦耐劳的精神。他在一天一天地长大，已是11岁的少年。每每听到妈妈的笑声，躺在床上的他就分外地开心，他觉得妈妈的心情是自己创造的——这令三儿很有成就感。可惜的是，妈妈能保持这样的心情并不长久，时间一天，或是两天，一周是最长的期限。妈妈一定是想到了她的过去，其实，这些年妈妈还没有完全从阴影中走出来，心里积怨太深，满腹牢骚，一点点小事情随时会引爆她。处在悲愤之中的她大哭大骂，骂着骂着就骂到三儿的爸爸头上。爸爸并不在现场，替爸爸买单的自然是三儿。受到惊吓的三儿浑身哆嗦，腋窝都是汗。

他是第几次向刘阿姨要药的，好像是第四次、第五次，或是更多次吧。第一次时，是个早晨，刘阿姨把一个包子递给三儿时，包子的香气熏醒了他，脑海里灵光一闪，就产生出了那个念头。刘阿姨一惊，拿眼睛盯着他，然后说，孩子，那药不是随便吃的，有啥心事可以跟阿姨说。三儿不能说，那个秘密比天都大，他必须保守！哪怕惹刘阿姨生气。第二粒药还是刘阿姨给他的。第三粒药片是一位老奶奶给的。那是个像老奶奶模样的人，耳朵有点背，三儿说了几遍她都没有听清楚，给三儿的盒子里放了一张票子打算走时，三儿又大声说出了那个药的名字，老奶奶用浑浊的眼光打量着三儿，半天说道，孩子，我也想吃那药，可惜医生不给多开呀，就给你一片得了。三儿警觉了，他才知道那种药真的不好要，他改变了策略，只要是药，在他这里都管用！于是，接下来的几天里，三儿的药片数量不断地增长着。各色的，大小不一的。三儿都有些贪婪了，觉得它们都值得信赖，就像他信赖过往的每一个人。晚上回去，三儿将药片偷偷压在床垫子下面。

随着春节的临近，三儿要药的欲望越来越强烈，他编织了很多的谎言。但凡给他施舍的人，他都不会放过。

2

近日妈妈对三儿特别地优待，由着三儿吃，并安顿三儿到了爸爸那边要听话，不要惹爸爸生气，尤其在叶子阿姨跟前千万不能顶嘴。三儿边吃边点头，他恨不能把整个小脸埋进碗里去。

三儿在妈妈跟前生活了5年。那个时候刚刚从爸爸那边接过来，三儿才6岁的样子，身体状况还能看得过去，起码能扶着墙走几步路，体重也就40斤左右。三儿现在11岁了，体重变化不大。这个年龄的孩子本应该在学校里。三儿生下来的时候，身体瘦小，像只兔娃子，两条腿看不出有啥毛病，长到三岁，不见三儿站起来走路，他的两条腿好像没有骨头，软得似面条，一双脚脚尖还往里拐着，走起来脚尖碰脚尖，就跌绊子。村子里有个会看软骨病的，用艾针灸，用裹着蒲公英的热毛巾敷，看了一年不见效。后来有人建议偷别人家的鸡让三儿吃，过上三年再买一只鸡还给失主就行。听说这种偷还方式治疗效果很好。结果是：三儿的爸爸偷了王前家一只大红公鸡，回来炖了让三儿吃了，汤也喝了。白吃了。三儿的爸爸听到失主王前翻先人道祖宗地骂，也没有胆量去还鸡了。也许是没有还鸡的缘故，三儿的腿一直没有好起来。现在11岁的三儿根本站不起来，常年躺在平板车上。三儿从来没有想过，假设当时不要离开爸爸，他会不会是现在这个样子？爸爸会不会再偷鸡给他吃？爸爸再也没带三儿去过医院。那个老大夫说，还是到大医院里去看看吧。爸爸妈妈的日子是村子里最不起眼的一户，他们看不起病，由着三儿去长，让三儿晒太阳，补钙。三儿长到了4岁，走路依然扶墙，还哆哆嗦嗦。妈妈骂爸爸时，三儿就哆嗦着来到院子里。院子里洒满阳光，三儿扶着墙大口地呼吸空气，他看到一树的麻雀，它们抖动着羽毛，叽叽喳喳，好不开心哪，不多一会儿，翅膀一展，飞向蓝天。一只狗圈着尾巴悠闲地踱步，给三儿给爪爪，很是殷勤。园子里开着各色的花，他闻到了花香，心情骤然变好，想笑。

那一年妈妈和爸爸离婚了。三儿归爸爸抚养。那会儿，他和爸爸有多么的思念妈妈。每晚爸爸都抽烟，抽一夜，白天爸爸就蒙头睡觉，妈妈热衷于侍弄的园子也撂荒了。三儿陪爸爸睡，他觉得睡觉是世界上最没意思的一件事。爸爸一天不吃饭，三儿就饿一天。爸爸的手机就像一只受伤的动物，孤静地躺在那里。一年后，爸爸带着三儿离开村庄，到了县城，在城郊租了一间简陋的房屋住下了。爸爸到处找活干，三儿一个人待在屋子里，要是爸爸回来迟的话，三儿会饿上一天。有一天，爸爸突发奇想把三儿送到街上乞讨，三儿去的地方就是医院门口。从此，三儿开始了他的讨要生活。刚开始三儿是羞怯的，还害怕，不敢张嘴吆喝。谁想，大街上的人们，医院里那些个病人家属看到这么一个孩子，细胳膊细腿的，怜悯之心油然而生。他们愿意行好、积德，纷纷拿出钱和吃头、水果舍散给三儿，一天下来，三儿的挎包都快满了。这是爸爸和三儿都没有想到的。自那以后，三儿的生活大大改观。不久，爸爸从外面领回来一个女人，爸爸叫女人叶子，叶子叫三儿软骨子。三儿叫叶子阿姨，后来爸爸让三儿叫叶子妈妈。三儿不叫。三儿把一天的收入交给爸爸，可是爸爸转手就给了叶子。叶子和爸爸生活在一起不到一年，三儿的妈妈来了，她接走了三儿，临走时妈妈对叶子说："我生的儿在讨要，你花钱？你是谁呀？"从那以后，三儿再没有见到爸爸，听妈妈说，爸爸跟叶子结婚了，他们搬到另一座城市去了，具体地点谁也不知道。

三儿听爸爸讲过妈妈的身世。妈妈顾艳出生的地方是一道平塬，居住在山旮旯的人称平塬上的人是高塬上的人。高塬上地气凉，适合各种农作物生长，尤其野草，疯了似的到处蔓延，风儿一刮真有种“风吹草低见牛羊”的景象。人们又把高塬称之为荒草塬，“荒”就是茂盛的意思。山沟里，顾名思义：有山有沟，当然还有壑，有峁，有梁，沟壑盘结。那些山旮旯里的房屋、窑洞就像不打眼的补丁，这儿一块，那儿一坨，不大气，还显得卑微，少了一种荒草塬的霸气。荒草塬广阔无垠，在这里的人们过着一种安逸的日子，家家门前粮垛犹如巨大的蘑菇。荒草塬上的女人天生比山沟里的女人水灵，高塬上微凉的气候对她们的皮肤是一种天然的保护。

还有一点，这里的女人爱喝蜂蜜，抹蜂蜜，时刻与蜂蜜相伴。当春天来临时，荒草塬上第一朵花蕾绽放，还在南方的养蜂人就嗅到了，他们带着心爱的蜂王及蜂群不远千里来到高塬上，驻扎在田园、地畔，一如若尔盖草原上藏民的毡房，他们打算和这块土地亲吻，把最精华的养分奉献给这里的女人。一个春，一个夏，一个秋，蜜蜂嗡嗡嘤嘤，鲜花飘香。有个叫顾艳的女孩，她上过小学三年级，这里的人们，在当时不怎么注重文化教育，孩子上学不上学无关紧要，顾艳学习好，她完全可以上初中、高中、大学。她仅上了小学三年级是因为她的母亲去世之后，父亲娶来了后母，她就辍学了。这没有关系的，顾艳长的漂亮，是荒草塬上的一枝花。十七八岁媒人把门槛都踢平了，顾艳一个都看不上，她的心气太高了，比荒草塬天空漂浮的云朵还高。那些个没有被顾艳打进眼睛里的小伙子都在观望，看顾艳嫁怎样的一个男人？顾艳18岁那一年果然把自己给“嫁”掉了。她在一个雨雾蒙蒙的初秋和一个养蜂人私奔了。荒草塬上的人们惊呆了，为顾艳的胆子唏嘘不已。殊不知，养蜂人用怎样的手段或者魅力将顾艳迷惑，让顾艳不顾及父亲的脸面随他而去。而那个养蜂人的身份大家一无所知，就像荒草塬上纷飞的花絮扑朔迷离。顾艳开辟了先河，打破了荒草塬的常规，她顾不了那么多了，她深爱上了那个男人。她是为爱情而去的。

一年后，顾艳的父亲还没有从羞辱的阴影中缓过神来，顾艳背着一个包出现在人们的视野里。起初，大家不认识似的，拿手遮阳，远远地观望，因为从外形上看，太不像清高而傲慢的顾艳了。还真是顾艳，她上当受骗的消息像高塬上的风四处蔓延，人们再一次看到，顾艳的父亲把刀子架在脖子上死也不让女儿进门，顾艳“扑通”一声跪下了……倒是后妈心生怜悯，上前去把顾艳扶起来，给她了一口饭吃。不久，那些曾经被顾艳拒绝了的媒人让顾艳的后妈请进了家门。这种倒央媒其实是很不好的，哪有倒着请媒人给自家女儿做媒的道理！经过几个媒人的周旋，苦口婆心，顾艳嫁到了山沟里。就是三儿的爸爸——康庄。康庄也有过一段婚史，那个女人嫌弃康庄懒、脾气蛮横，就跟他分手了，他们没有孩子。女人走的时候把家里该拿的东西都带走了。打了5年光棍的康庄听完媒人的话，决意娶顾艳了，为了给村子里人争口气，康庄负债累累。那个养蜂人带着顾艳在南方的某个城市都发生了什么，顾艳不说，人们只是猜测。有一点很明白：顾艳上当受骗是事实。她靠打工在外面生活了一年，在无数个夜晚，在无望和悔恨中煎熬，她是那么的思念家乡——荒草塬上的野草、花朵、一粒尘埃。

康庄对顾艳的过去半句都不提，更是不计较，只要顾艳好好跟他过日子。他知道顾艳不爱他，顾艳整天愁眉苦脸，有时候无端地发火，无端地哭。一次失败的婚姻教训，使康庄变乖了，顾艳怎么骂他折腾他，他都不发火，每天晚上，给顾艳端洗脚水，他想，真情一定能打动顾艳，让她的心回到他的身边来。顾艳怀孕之后，康庄更加高兴了，这个孩子一定能拴牢他们的婚姻。可是，生下的孩子却是个残疾。顾艳毅然决然地跟康庄离婚了。

所不同的是，顾艳从康庄那里什么东西都没有拿，她瞧不起康庄，就像瞧不起整个山沟，山村所有的东西都散发出卑贱的气息。

在三儿眼里妈妈就是好，亲妈妈就是亲妈妈。妈妈从来不说三儿是软骨子，就叫三儿。妈妈给三儿洗澡，换新衣服，剪了头发，三儿换了个人似的，小小的眼睛，小小的脸庞，很可爱的样子。可是，三儿的这个样子影响了他的生计，给他施舍的人少了起来。妈妈警觉了，从事这种职业的三儿是经不起打扮的。从此，三儿就破破烂烂、脏兮兮的，浑身透出一股子异味，很难闻。最重要的是不能给他吃饱，吃饱喝足的三儿红光再现，脸蛋红处是红处白处是白处，哪里像个叫花子？妈妈当机立断，不能再给三儿饱饭吃，让三儿饿着。

处在饥饿中的三儿，他的小模样的确令人怜悯，穿上那样一身衣服不分春夏秋冬。事实上，三儿从爸爸那边回到妈妈这边境况并没有改观，他早出晚归，披星戴月。妈妈送他在天麻麻亮，接他在晚上十点以后，冬天夜晚长，接得更迟些，在医院门口多待一分钟就有一分钟的说头，不是一元就是五毛或者一毛。回去早不就睡个觉吗？妈妈送他接他的时候都穿一身黑衣服，裹着黑头巾，只露出个眼睛。有人也问过三儿，那个人是谁？按照妈妈的吩咐，三儿说是邻居老大妈，问你的爸爸和妈妈呢？按照妈妈的吩咐，三儿说，妈妈瘫在床上，爸爸5年前出车祸了。说完这句话，三儿心里酸酸的，他的爸爸妈妈健健康康的，为何要那样地说？妈妈的话在三儿这里就是圣旨。三儿走近他9岁的年轮，个头稍微长高了些，好像还长了点肉。一天，妈妈把他接回来，妈妈忙着去开门，一掉头看到三儿自己从板车上站起来，向门口走了几步。这一奇迹把三儿自己也吓着了，仿佛冥冥之中有一双手扶了他一把让他走向了自己的妈妈。顾艳张大了嘴巴，倒吸了一口凉气，半晌吼道："三儿，你怎么可以站起来？你站起来有谁给咱们施舍？"三儿愣住了，受到惊吓的脸蛋煞白煞白，妈妈痛苦的表情是他没有想到的，是刻骨铭心的。作为儿子，怎么能让妈妈痛苦呢？既然妈妈那么痛苦，那么，他站起来又有何意义？三儿就地倒在车子上，这一辈子他不打算再站起来。

三儿再没有洗过澡，没有换过新衣服，受冻、担心，历经风雨的侵袭。他永远半张着嘴巴，好像有太多的委屈要倾诉。他眼角挂着泪，下巴上挂着一串口水。特别是脸上的皮肤，经太阳晒，风吹，早已失去水分，紧紧地刻在骨头上，一层薄薄的深棕色的皮；裸露在外的胳膊和小腿同样是深棕色的，天热的时候上面爬满苍蝇。

住院部的那些人，有先前住进来的，有新住进来的，人来人往。有时候三儿觉得，一世界的人都住进了医院。病人的家属守护了一夜的病人，他们精神萎靡，红着眼睛。他们买回水果，或者饼子、包子，各种各样的好吃头，走近三儿给他的手里塞一个，三儿就把肚子填饱了，一天里，不吃不喝也不怎么饿。

当一天的热闹退去了，四周冷清下来，夜的帷幕随即拉开。相比街巷，医院门口略显嘈杂，摆摊点的抓住最后的机会忙碌着，挣多挣少是个挣，卖红薯的，卖烤饼的，卖毛栗子的，卖水果的，卖卫生纸和鲜花的，卖小饰品的，卖玩具的……这些都是医院里病人的最爱，况且，物品色泽与白天有着多么大的区别，阳光的颜色热烈奔放，灯光则温和如水的柔美，无论照在哪儿都给人一种温润的感觉。病人的家属喜欢这样的色泽，喜欢把这样的颜色带回病房去；各色的水果、鲜花摆放在病床旁边，病房里的空气一下子鲜亮起来，病人的心情自然就好。过了晚上九点钟以后，人们开始收拾摊点准备回家。医院门口骤然冷清，空气里弥漫着一种孤寂和冰凉。街灯被这种孤冷衬托得分外的亮。这个时候，一位近40岁的男人出现在灯光下，灯光给他涂上一层消沉、压抑的底色，他是那样地忧伤。每次从医院里走出来他总是不忘抬起头看看深邃的天空，然后，环视四周。目光所及，那个平躺在车子上的孩子总是吸引着他多看上一会儿。灯光下，那个孩子一动不动，仿佛睡去。

医院的围墙上印着一个放大了的影子，男人缓步前行。停下的时候，他无端地摇摇头，叹息一声，伸出双手抱住头，蹲下去。这是一种痛苦及无奈的动作。时间到了十点多的时候，男人大概想起该回去照顾他的病人了，随即，影子消失在医院门口。

不多工夫，三儿的影子也消失在街道的另一头……

大概是10多天以后的某一个夜晚，那个男人突然走近三儿的平板车。这个时候三儿才看清楚那个男人的胡子很长，面容苍老。比起三儿的爸爸，长胡子男人更显老相。三儿少肉的手被长胡子男人紧紧抓着，都捏痛他了。男人将他的脸挨近三儿的脸，他说道：“我的儿子快不行了，我救不了他。孩子你知道骨癌有多么的可怕吗？医生去掉了他一只胳膊……他已经4天不能叫爸爸了……他哪怕跟你一样躺在车子上也好啊，可是他……你的眼睛跟我孩子的眼睛太像了。”长胡子叔叔咳嗽了两声哽咽着说不出话。

再后来很少见到长胡子叔叔了。一天早晨，医院里传来了哭声，所有的人都将目光投向医院门口。一个男人大声哭号着，一步一步向着医院门口走来。他的胡子那么长，在他的怀里躺着一个瘦小的孩子，孩子唯一的一只胳膊垂着，软软地晃动着……三儿想：这一辈子再也见不到那位长胡子叔叔了。谁想就在去年冬天的下午，长胡子叔叔出现在三儿的面前。他蹲下身子，像上次那样抓紧三儿的手说："孩子，愿意给叔叔当儿子吗？叔叔去乡下把庄稼打理好就来接你，最迟今年春节。相信叔叔的话，不要告诉任何人，等着叔叔……"

长胡子叔叔走了，霸气的叔叔没有征得三儿的同意就走了。他把一个秘密留给了三儿。三儿被那个秘密折磨得很苦很苦。他首先想到的是妈妈，叔叔带走了他，妈妈怎么办？谁来照顾她？每晚听到妈妈的呼吸声或者咳嗽声，三儿就无法睡去。有好几次，三儿隔着被缝，向着炕上望去，他看到浸在幽蓝亮光里的妈妈对着手机流泪。

冬天的白天短，太阳刚刚出来走不远就落西山背后去了，寒冷无处不在。三儿的手脚麻木到了极点，不要说谁来抢钱，剁下他的手指头都没有知觉。可是三儿有的是办法，他不停地转动嘴里的舌头，让它处于活动状态，偶尔想喊一声妈妈，由于嗓子太干，喊出的声音是沙哑的。从那个叔叔走后，三儿总觉得对不住妈妈，他隐瞒了妈妈。三儿想好了，当那一天真的来临，他要如实地告诉长胡子叔叔，他有妈妈，妈妈不能没有他！

三儿的这个想法在某一天的晚上被妈妈彻底击碎了。

3

那个晚上，妈妈接他很早。妈妈有要事跟三儿商量，妈妈果断地告诉三儿，让他回到爸爸那里去，还答应给三儿钱，她想三儿的话会去看他的。妈妈说话的时候面带笑容，少有的温和，都巴结了。妈妈把一只手放在三儿的肩膀上，这就有了分量，是依托的意思，央求的意思。三儿感动得眼圈都红了。妈妈以为三儿答应了，三儿无不担心地问道："我不在，妈妈你怎么办？谁来照顾你？"妈妈说："放心吧，妈妈会照顾好自己。"三儿问："我爸爸在哪儿？"妈妈说："我有你爸爸的号码。"三儿吃惊地望着妈妈，这么些年了，妈妈还留着爸爸的号码。"你愿意去的话，妈妈现在就给你爸爸打电话。"三儿垂下了头，他还没有想好，他需要时间。

三儿摸不透妈妈的心思，他不知道哪儿做得不好，惹妈妈生气，让妈妈萌生了不要他的念头。

事实上，妈妈恋爱了，妈妈谈过好几回恋爱，她总想处在恋爱状态，今天跟这个谈，明天跟那个谈，不确定。顾艳好像不再相信爱情，她成天强行打扮自己，更换化妆品，整个人看上去容光焕发。年龄30岁的她有一天突然醒悟过来，她决绝地把手机上储存的一些男人的名字删除了。她坐在园子的栅栏旁，借着阳光，抿着嘴巴，带着邪恶的笑，拇指一点一个名字消失了，拇指一点一个名字消失了，甚至，她带着一种鄙视，笑他们的傻气，只要她一张口就毫无怨言地把钱打过来。但是有点顾艳还是知道的，他们不会在她身上长久地投资。那些男人永远会盯着下一个，就像那个养蜂人，自己家里有老婆，他说他对老婆已没有感觉，顾艳正好是他情感的驿站，她年轻，鲜活，浑身透着荒草塬特有女人的芳香，挑不出半点瑕疵，当真正丢弃家庭娶顾艳时，养蜂人没有了勇气。他仅仅带顾艳见识了一座城市，体验了一桩没有归期的婚外恋情。康庄也是，爱她很深，当他们结束时，依然找了下一个女人，叶子。三儿讨要来的钱她从来都舍不得花，存在银行里。万一有一天老了，嫁不出去了，就目前三儿的状况还算能活几年吧，但是很难保证有朝一日这个瘦弱的孩子病了，离开了人世，撇下她一个人，谁来养活她？娘家是回不去了，父亲和后妈绝对是不会让她进门的，她更懒得跟他们联系。她从来不跟那些男友说有个残疾的儿子，就说她是单身。可是，有一天，顾艳突然对一个叫苏伟的男人上心了，白天晚上睡不着觉，就要跟他聊天，发生动的笑脸图。主要是想他。苏伟刚满40岁，是位老板，搞建筑的，包工程，离婚了。他轻描淡写地说，前妻疑心太重，老检查他的手机，还翻他钱包，就离了。有3个女儿，都随前妻。当然了，楼房也归了前妻。苏伟毫不避讳地说，他想再婚的目的是想要个儿子，只要三儿的妈妈愿意，他可以在省城买高层。顾艳一万个愿意。苏伟长相不算帅气，但人霸气，说话的时候，他的一只手抄在裤兜里，一只手夹着一烟卷，不时地深吸一口，良久，吐出一团烟雾来，在面前萦绕着，飘散着，他被熏染不轻，微眯着眼睛，深思的样子。女人大都喜欢这样的男人。顾艳就把苏伟带回家来，精心地准备饭菜。苏伟环视着三儿家的出租屋，鼻子“哼”了一声，他在笑。他的目光落在门背后那张蹩脚的木床上。床上面有三儿的破被子和旧衣物、臭袜子，地上有三儿的烂鞋子。苏伟不经意地问道：“你家还有人睡呀？”顾艳一看瞒不住了，就说了。苏伟问：“他爸爸呢，你带？”顾艳回答：“他爸爸又结婚了，我怕孩子受委屈。”苏伟表现出极大的不满来，“他是爸爸，他的儿子，他为何不带？不抚养？”苏伟那天饭是吃了，人很不高兴，临走他告诫顾艳，如果带着一个累赘，他另有考虑。顾艳已经被苏伟的霸气征服了，她爱上他了。她肯定地想，这次她找到了真爱，所以，她当即表态道，一定把三儿送到他爸爸那儿去。

这些，三儿不在场，他一概不知道，他更不知道妈妈和苏伟的相识。看到妈妈忧愁的样子，他答应妈妈回到爸爸那里去。妈妈想立马给爸爸打电话过去，三儿却说，把手机给他，他亲自给爸爸打。妈妈自然高兴，她才懒得跟三儿的爸爸通电话。电话打过去，是关机状态。号码没有错，这些年，爸爸没有换手机号码。三儿说，明天一早到街上，他就打。

第二天，妈妈把爸爸的手机号码写在三儿的手腕上，再次叮嘱让三儿打电话的事情，三儿说一定打的，他借别人的手机给爸爸打，让妈妈放心。妈妈放心地走了。晚上，三儿回来说，他已经跟爸爸联系上了，爸爸答应就这几天来接他，而且说了，那个后妈叶子也愿意跟三儿一起生活。妈妈追问了一句，究竟哪天来接？三儿说，春节放假就来接他，也就六七天时间。

也是，再有7天就是大年三十。

其实那天妈妈走了以后，三儿真的产生了跟爸爸联系的想法，已经答应妈妈了，怎么说也是不能待下去了。他抱着试探的态度，没有十足的把握。早上刘阿姨买早点经过三儿身旁，给他一个包子。三儿就把号码告诉刘阿姨，求她给他爸爸打个电话。刘阿姨惊诧地看着三儿，大声问三儿，“你有爸爸呀？”三儿不好意思地点头承认了。“求你给我爸爸打个电话好吗？我想他。”望着刘阿姨向报刊亭走过去，三儿呼吸都停止了，他听到一声：“喂——”，又听到刘阿姨说，“有个叫三儿的孩子，你知道吗？”再后面就听不清了。三儿紧张得手心出汗，还是听不大清楚。可分明，刘阿姨联系上了爸爸，不多会儿，刘阿姨放下了电话走过来，她对三儿说：“孩子，那个电话号码不对呀，怎么是忙音啊。”

三儿心里难受了一整天。他不由得想起长胡子叔叔来，记得叔叔说过的每一句话。那个叔叔是不是在骗他？或者出了什么意外？已经过去了那么久，第二个春节很快就来临，叔叔没有任何音讯。三儿真的开始怀疑叔叔了。妈妈说过，这个社会好人太少了，到处是陷阱、骗子、流氓、混蛋。可从内心讲，更多的时候，三儿还是觉得那位叔叔是个好人，他一定是遇到了什么麻烦。

有一晚，三儿做梦了，在梦中，三儿莫名地跟爸爸相遇。爸爸胡子拉碴，依旧是那样黝黑苍老，他躺在爸爸的怀里，爸爸拿一只手捻着三儿的耳垂。爸爸身上的烟味熏染着他……隐隐约约，他和爸爸的身旁站着一个女人，披头散发，看不太清她的容颜，像妈妈又不是很像，但绝对不是叶子。天空悠然飘起了雪花。在纷飞的雪片中，爸爸的影子隐没了……白天的时候，三儿就回味着那个梦，他就想，爸爸会不会也在想他，就像他想爸爸一样。就在今天，现在，爸爸康庄突然从人群的空隙里站出来。

在这期间，妈妈又催问三儿爸爸接他的事。三儿很坦荡地回答说，爸爸答应了的事情是不会反悔的。爸爸说了，最迟大年三十就来接他，到了那天晚上，妈妈就不用去接他了。

4

大年三十说到就到了。一早妈妈就起床了，她准备给三儿做早点，三儿要走了，妈妈特意给他做了最好吃的，也是三儿最喜欢吃的小笼包子。三儿将自己的衣服收拾好，打了个包，将药片塞进包里。三儿特意要了一个水杯子，让妈妈给他盛满水，说在路上和爸爸两个人喝。

妈妈答应着，说，吃完可以给三儿洗个澡。

三儿是用澡盆子洗的，确切地说，是妈妈的洗衣盆。不过，对三儿来说这重要吗？

三儿在妈妈的面前脱光了衣服，他害羞地走近澡盆子，一只脚伸了进去，一股温暖的气息立刻让他骨头酥软，不由得另一只脚也伸进去，这个水汽让他打了个冷战，他经受不起一般整个身子蹲了下去。水像一个温情的土狗舔舐着他的身体，各个骨节眼都被打开，妈妈在水中放了肥皂，一股异香裹挟着他，好像自打生下来就没有洗过一样。他抬头看了一眼妈妈。妈妈这个时候向他走来，妈妈蹲在了盆子旁边，伸手捉起了三儿的胳膊，一下一下替三儿搓着。三儿感觉痒痒的，就想笑，他看看妈妈，该不该笑，却发现妈妈用异样的眼神望着他。这令三儿怪不好意思的。他转过身去。在升腾的白色雾气里，三儿身上的污垢在慢慢脱落，身体似乎一瞬间舒展开，他像个刚刚从蛹壳里蜕变出来的蝉，皮肤白皙、紧致，尤其是后背，在水温的作用下，白皙处点缀着几颗小小的红痣，后脖项处有一颗更大的。这些星星般的点缀让妈妈不由得说道："三儿，转过身来。"现在，三儿近距离地看着妈妈。妈妈真的好漂亮啊！可是妈妈怎么老用那样的眼神看着他，这真的让三儿羞怯难当。在香皂的作用下，三儿的头发油黑，额头饱满，童稚的眼睛里充满了真挚。这个马上跨入12岁的少年其实好帅气哪！确切地说，三儿的长相随妈妈。这一点，妈妈好像是第一次发现。他的这个样子都让妈妈改变主意了："三儿，你不想走的话，和妈妈在一起生活，我给那位苏伟叔叔好好说说，可以把你留下来。"直到这个时候三儿才明白妈妈为何不要他。原来，妈妈要结婚了，他在会影响妈妈和那位叔叔的生活。他很想说一句谢谢妈妈的话，嘴巴没有张开，眼泪哗地流了下来。他已做好了远行的准备，谁也拦不下他了。他没有想到妈妈会这么信任他，在意他，告诉他实情。有什么比这更重要的呢？三儿胆怯地伸出胳膊将妈妈抱住，说："不，妈妈，爸爸在等我。"

路上，三儿很平静。妈妈也很平静。三儿本来想跟妈妈说几句话的，又一时觉得无从开口。他倒是希望妈妈就这样推着他走，一直走下去，没有尽头；一句话都不用说，让天空渐渐升高的太阳作证，这是他和妈妈永别的一天。有多少个黎明、夜晚，他和妈妈走在这条路上。他和妈妈平时就是这个样子，走啊，走啊，偶尔，他把在街上看到的听到的新鲜事儿说给妈妈听，妈妈也会说上几句话，说话间，三儿还笑上几声。那次，三儿把长胡子叔叔孩子离世的事情告诉了妈妈，妈妈说，其实，那个孩子命大呀，他死后一定在天堂里。天堂是什么样子，三儿不知道，妈妈说，在那里，所有人都生活在快乐中，没有烦恼，没有痛苦，没有寒冷和饥饿。那次，三儿记住了妈妈的话。当听到妈妈提出要求要他回到爸爸那边去又联系不到爸爸时，三儿就想到了一个去处。

5

三儿没有立马把药片吞下去。他想等天黑以后，看看新春的礼花。

大街上的人明显少了，人们都回家过年去了。说不上的留恋，他要看看，等等，和刘阿姨，和那些病人家属告别。他知道这把药吃下去，自己就会立刻死去。他梗着脖子，往远处看，在目光所及之内，医院门口，这块平坦的地方，给他的生活提供了诸多的方便，整整7年，从这里过往了多少人，男的，女的，老的，少的，他们慷慨地向他伸出济贫的手，一次次地把他从饥饿中解救出来。胸前的纸盒子空了，满了，空了，满了……7年时间，在三儿幼小的生命历程中过于漫长，像一条漫长的河流……在他无望的时候，他的常年不曾修剪的头发长到齐耳以下，散发出浓浓的汗腥味，包括他的身体，没有一个人嫌弃过他。而今天，新的一年就要来到了，三儿迎来了他的12岁。想到这里，三儿努力地侧转脖子，他看到门楣上的红灯笼了，医院左侧的车棚，报刊亭。

下午七点时，医院门口少有的冷清。没有见到刘阿姨以及他期盼见到的面孔。也大概，医院放假，人们都回家过年去了。他手里面捏着药，一种巨大的恐惧这个时候裹挟了他，很后悔没有把这个秘密告诉妈妈，更后悔妈妈挽留他时，为何没有答应！此刻，他多么的想念自己的妈妈。

一切都来不及了。

三儿打开了药瓶的盖子，就着水全部吃了下去。他转动了一下平板车，调整了一下角度，尽量让自己面向着大街。今晚，他要看看新春的礼花！

盖在身上的毯子滑下车去掉在地上，伸手拉起来，重新盖在身上，盖周正。收钱的盒子放在胸前，用手一摸，是少半盒，让他难过的是：今晚谁是钱的主人？他仅仅是一想，现在三儿所要做的是，让自己尽量睡得安静些，就像睡觉那样，盖好毯子。从此不再醒来。

药片跟他一样地安静，在肚子里安静得像腹中胎儿。

晚上九点钟，街上的路灯照亮了每一个角落。街上一个行人都没有了。苍穹那么深远、清洌，星光点点。寂静里，好像等待一种神物的降临，弥漫着一种凝重、安详的气息。

没有一丝儿风。从远处，突然传来一声爆竹的炸响，似春雷，有种迫不及待的架势。声音急速地扩散开，仿佛从遥远的天际扑向大地，封冻的大地在这一刻苏醒了，承受不起一般，震颤了，融化了，并以博大的胸怀去迎接。

起初，万道亮光带着刺目的色彩喷向夜空，瞬即形成美丽的花环，在空中旋转着，上升着，绽放着，亮光照彻夜空。噼啪——噼啪——噼啪——声音和亮光交织在一起，缠绕着，撞击着，澎溅出悦耳的声响，汇聚成壮美的图案，五彩缤纷。一秒钟，两秒钟，五秒钟……时间成了彩色的，炫耀着，承载着，向更高的天空延伸。三儿像整个被击中了一般，他激动得浑身颤抖，每一根神经都被唤醒，热血沸腾。他禁不住张大眼睛，对着亮光，真想大声地喊叫，把内心的快乐表达得淋漓尽致。

这是他一个人的夜晚，在生命即将结束的时刻，这是天空献给他最绚丽的礼花！他努力想把手伸出去，怀着万分的感动迎接这份厚礼。甚至，这份厚礼灼伤了他的眼睛。有那么一分钟他的眼睛闭上了，又不舍地张开。这次张得更大些，看得更清晰更真实些，使他感觉到一种炽热的灼痛。

另一种痛倏然而至，他的胃似乎被礼花击中了一般猛地抽动了一下，随即一种彻骨的痛诞生了，胃，肠子，腹部，心脏，喉咙……三儿用手揪住衣领，使劲压着喉咙。一股灼烧凶猛地撕扯他的内脏，仿佛烧开的水。灼烧是压不住的，越压，痛越剧烈。三儿想喊，可是，这个时候他张不开嘴巴，液体就在他的体内排山倒海。他似乎听到肠子断裂的声音，压抑不住的恶心充斥着他的喉管，汗粒顺着额头滚落下来，浑身开始抽搐，而他的四肢一点一点在收缩，开始抽搐。他想滚到地上去，哪怕打个滚儿也好。身体太僵硬了，似乎和车子一样的僵硬，想努力扭转一下脖子，嘴巴却重重地撞在平板车扶手上。这次的痛更甚，三儿“妈——”大叫一声，一股液体从嘴巴里喷射出来，一口，一口，又一口……刺鼻的药味、污浊的腐朽味，连同五脏六腑。

三儿是那样地疲惫，他的手从胸前滑落下去，身体从平板车上滑下去，纸盒子被打翻，钱散落了一地。

这次，他真正地睡在大地的怀抱里，一动不动了。

噼啪——

噼啪——

鞭炮再次炸响，是前一次节奏的重复，从遥远的天空，执着地扑下来，带着绚烂的光芒。这来自天庭的召唤，热烈地伏在大地上。现在是什么时候，十点？还是十一点？一圈光环射过来，照射在地上人的脸上，他脸煞白，嘴角流淌着尚存的液体。身体空荡荡的，轻飘飘的，似一枚叶片，随时都会跟随烟花飘到天空去。一只鞋子不知何时脱离，脚丫子裸露在外。一根脚趾头动了动，紧接着眼皮动了动，就要睁开了！人们欺骗了他。他吃进去的也许是鱼肝油，也许是维生素C，也许是去痛片，或是钙片，肠虫清……总之，不是安眠药。三儿他活过来了。无奈那束光芒过于强烈，把他最后的一丝力量也消耗殆尽，他再次昏迷过去。

街道的一边传来脚步声，像妈妈每次接他时的脚步声，随着脚步声由远而近，一个身影从街道的深处一点一点出现，最终映在街灯下。脚步声被大地清晰地无限地放大。三儿好像汲取了大地的能量，这次，他真正地睁开了眼睛，借着红灯笼的光晕，距离不远处，一个人的影子出现。那不是妈妈，是个男人。

噼啪——

在亮光中，这次，三儿真切地看到了来人是谁。他想喊一声，冻僵了的嘴巴无法张开，他静静地等着那个人一步一步走近。接着，三儿听到了一个声音，“有个叫刘阿姨的打了好多次电话……”后面的话三儿已经听不见了，那不是爸爸吗？他惊诧地望着爸爸。5年了，爸爸是那样的苍老，鬓角全白了，胡子快赶上那位叔叔了，比起先前，爸爸更瘦了，都让三儿怀疑自己的眼睛。他真的被爸爸的模样打蒙了，一时不知道说什么好，喉头被谁捏着似的气都喘不出来。他尽量克制自己不要流眼泪，这么些年了，流了多少的眼泪啊？可是，在此刻，三儿的眼泪喷涌而出，他努力将手伸出去，他想探探虚实。

穿戴一新瘦得脱了形的三儿也把爸爸吓了一跳，快让爸爸认不出来了。爸爸忙不迭地扑过去想接住三儿的那只手。三儿却越过爸爸的手，将手放在爸爸的头发上，疼爱让他声音颤抖地说道：“爸爸，是我不好……”无奈，那声音过于微弱了，可是爸爸却听明白了，爸爸“扑通”一声给三儿跪了下去，“孩子，爸爸对不住你，我以为……我们回家吧。”

三儿的嘴巴动了动。爸爸贴近三儿，抱紧三儿，他听道：“爸爸，我想看看今晚的礼花。”

（原载《飞天》2017年第8期，《小说月报·大字版》2017年第11期选载）

一根红丝线

夜里，他被哭声惊醒。时间一定是很早的，不用看表就知道，因为睡了多长时间他能感觉到。人醒了，声音却消失了。是不是梦？一束月光幽静地铺洒在炕的一角。那束光亮似乎从天庭里扑下来，有种虚幻的感觉，好像在召唤他沿着这道光亮到天堂那边去。炕头一角那张紫红色的桌子上有一盘水果，一把水果刀，还有他吃了一半的苹果。这把他唤回到现实中。

本来睡眠就不好。这一醒，心里的惊恐尚未平息。月亮的光浸润着他，呼吸稍微均匀了些，口有点干，想把那个苹果吃完，又浑身没劲地躺着。年龄并没有多大，一个五十几岁的男人，应该还算健康，身体没有任何毛病，扛上一袋子粮食直挺腰板是没有问题的。倘若是过去，他很在意别人的眼光，更在意日子是否过到人的前头去。要说，在庄稼行里他是一个强劳力，尤其到了麦子黄的季节，抢黄天的时候，一家人早早起床。早起的女人已经做好了干粮，头天晚上凉好了茶水。

一家人急匆匆赶到地头，在朦胧的雾气中听到四处的说话声和脚步声。麦田里，浸湿了露水的麦头子沉甸甸的，有股扑鼻的香味。麦秸秆上洒满露珠。一家人坐在地头忙着捆绑护手套。护手套像一弯月牙儿一样，各色的都有。还在麦子没有黄的时候女人就开始做着拔麦子的准备，那个时候没有收割机，有多少麦子都靠得人们的一双手。尽管有护手套，半个多月的麦子拔完，手上会脱落一层皮，血泡和老茧一下子是蜕不掉的，僵硬得像个壳；小拇指受损最严重，不但被麦秸秆打出血泡，指甲盖也淤血了。麦子拔完，那满是淤血的指甲就会慢慢蜕去长出新的来。作为庄稼人，谁都知道一年里拔麦子有多苦。在一年中，天气最热的时候，太阳晒得地皮起火，麦子却黄了。如火的日子是考量一个庄稼人耐力和苦力的时候，每一个人都做好了心理准备。有一句俗语说：抢黄天，绣楼小姐也下田。刚刚开始拔麦子，一两天的时间里没有一个人不说苦的，浑身酸痛，双手起泡，麦士叮咬得浑身起皮，晚上像蚂蚁在周身奔跑；手火辣辣的烧疼，那些血泡非得用火针烫了才能结痂，不然疼得手搭不到麦秸秆上。疲劳无处不在，来不及烫血泡，两只眼睛就跟抹了胶水一样，一切都被黑夜吞没。

鸡鸣三遍的时候，从炕头爬起来，所有的疼痛袭来，在风箱的响动声里，灶膛的火苗掀开了沉重的眼皮。屋门打开了，在墙角处传出水的声响，空气里立刻弥漫着一股尿臊味。夜被浇醒了，四处是狗叫声、羊叫声、鸡叫声，圈里的牛哞哞两声，驴和马踏着蹄子……所有的声音为拔麦子拉开了序幕。

好像眨眼的工夫就到了麦田，各家的地头上都出现了模糊的影子。谁不想起个大早赶在别人的前头呢？在蹲下身子的那一刻才知道浑身有多么僵硬，像吃了椽子，腰都弯不下去了。手的骨节生疼，蜷缩不来。咬着牙蹲下去，一只手伸向麦秸秆。拔下第一把时，几乎用上了浑身的力气，再拔下一把，一把又一把；另一只手也伸向麦秸秆，吃力地拔一把。那长在地里的麦子，它的根系好像扎在一丈深的地下，脸上的肌肉疼得扭曲了。总算拔下一把，又是一把，一把，一把……双手在这样的一把一把里活软了，疼痛淡忘了。双膝跪地，凭借惯性向前挪去。太阳升起来了，如火的阳光，没有一丝风，激起的麦土包裹着向前倾斜的身子，一身的汗水，一身的泥水，来不及擦去。鼻孔里、睫毛上、嘴巴里全是土……

临近中午时分，羊吃饱了躺在山坡上，微眯着眼睛，不时地调转头看看山下麦田里的主人。只要主人在它们的视野里，它们是安静的，心是踏实的。一家人这时才开始吃干粮，他趁这个时候赶紧捆绑麦子。麦件子捆绑好，等中午散工再垒成麦垛。一天里拔了多少亩麦子就要看垒了多少个麦垛。

那个时候，感觉所有的日子都是美好的，丝毫感觉不到清贫和辛苦。主要是日子太随心了，所有人都过着那样随心的日子。生了七个儿女，健在的有四个。两个儿子都上过学，老大初中毕业就不想念了；老二能念，有上大学的希望，要不是那件事发生，他绝对会把老二供养成大学生。都是命！两个女儿只念了个小学，那个时候农村人对女娃娃上学不怎么重视，村子里念书的女娃娃没有几个。两个女儿呢，也没有抱怨过他。

现在是什么时辰，估计是凌晨两三点。他张着无望的眼睛看着月光慢慢地从炕上移开。屋子里的光线重新回到了灰暗里，他闻到了夜的潮湿味道。这个时候，他的耳朵又捕捉到哭声，是三声，又好像是四声。他能从遥远的哭声里分辨出是个婴儿的声音，哭声是微弱的，稍不留意几乎听不到，会认为压根儿就没有这种声音的存在。过去在老庄子，他就有捕捉各种声音的习惯，他能从很远的地方听到谁出了村子，谁进了村子，能判定出是男人还是女人。现在搬迁到新庄子，他捕捉声音的能力不减。

两年前女人去世后，他就开始失眠。女人在时，白天忙着田里的活，晚上倒头就睡，呼呼的，眼睛一睁天就亮了。女人一走，就像把一切带走了，白天怎么忙，晚上都无法一下子睡去。他总算明白了，那个时候不是活多，而是心里不空，尽管他对女人生厌，甚至大半年都懒得理她，不想跟她说话，但他能睡着。最让他留恋的是当羊把式那会儿，背着干粮随羊群到了一座山梁，四处是绿色，那些野草总是在一夜之间长大，供给着他的羊群。羊吃着草，羊吃草的声音清脆、急促，有着流出绿汁的醇香。他身子底下铺着狗皮褥子仰视天空。天空白云悠悠，风儿吹着他，蓝天的颜色是他希望看到的那种。远山连绵延伸，与天边相接的地方出现了一架飞机的身影，像只苍鹰。飞机的尾部拉着细长的白线，往他的方向飞来。他激动地望着，飞机上是什么人他不在乎，他在乎的是飞机飞翔的速度和白线最终化作云朵的一部分。

清贫的日子就是这样，稍不留神一些美妙的事物就驻足心头。他慵懒地欣赏着，水鳖子里的水被阳光镀上了温度，拧开鳖盖喝一口，那股温暖就分外钻心，还暖心，熨帖。

他现在想，为啥到后来和女人处成那样，怪谁？细想是不是怪自己？世间倘若有后悔药可以买的话，他会买一大包来医治心理上的疤痕。又一想，仅有卖后悔药的，他吃了，会怎么样？能原谅女人吗？和女人的关系能恢复如初吗？

月亮的光亮从屋子里消失了，从院子里消失了。四周漆黑一片，偶尔有狗叫声。被窝好像随着月光的离去变得异常冰凉。农历五月初的气候应该是暖和了，但他感觉不到。他的双手放在心口上，怕哭声吓着自己似的，耐心地等待天空放亮。

终究，东方的天际开启了一道亮缝，就像一根细细的白条带。在静谧里，条带逐渐加宽，拉长，并且幻化着色彩，快速地漫开……

院子里也静着，用不着起这么早，搬迁到新庄子，感觉无所事事。两个孙子还没有起床，现在的学校给学生娃娃管饭，早晨是鸡蛋、稀饭、饼子、凉菜，中午是各种热菜、大米饭和汤，几乎不用大人操心。大儿子在省城一家餐厅当厨子，一个月工资四五千，老二带着媳妇去了浙江义乌当翻译。两个女儿也嫁到远处，光阴也不错，时不时给他带来好吃头、好穿头，每次来还给他钱，做他喜欢吃的韭菜包子。在家的儿媳妇操心着一个温棚，冬天能吃上活菜。圈里还有十来只羊，都是政府拨的无息贷款买的。前段时间上面又制定了新政策，实行精准扶贫，将特困户列入表册，和一些大型企业联合搞劳务输出。最近听说没有驾照的中青年人可以报名学习驾照，政府免费，不分男女。共产党真的对老百姓好，处处为百姓着想。他想让大儿子回来也学个驾照，打电话一问，儿子不来。小儿子更不用问，他们都有各自的手艺和特长。羊圈里的羊醒了，叫了几声。搬迁过来没有山坡，羊都圈养在家里。政府给每一家分的土地都流转出去让开发商建了葡萄园，开了酿酒厂，每一年按照季节给用户发放土地使用费。

以他的意思，羊应该放养在山上才对，草山才是它们真正的好去处，圈养都把羊圈瘦了。不要看儿媳妇每天添加草料，精心喂饮，他能看出来，羊是不开心的，各个眼睛都不活泛。他想把羊赶出去在村巷子走走，散散步也行，可是村委会主任在大喇叭上喊过，把自己家的牲畜圈好，别放出来跑丢了没人负责，还破坏村子的卫生。他知道，自己也活成了羊那样的生活，搬迁到新庄子，哪儿都去不了。能去哪里呢？就那么大的一个村子，大多数的人都出门干活去了。跟老庄子相比，就剩下老年人和上学的娃娃，有些小媳妇也跟着男人外出找活干，村子就格外冷清了。一部分人是老庄子搬迁来的，一部分人是外县搬迁来的，起初的陌生在相遇中渐渐熟悉。老年人说的话都是叙旧，重复，还伴着唉声叹气。但是，大家都喜欢这样的氛围，说着说着就又扯到各自的儿女上，各自的老伴上。那些失去老伴的老头儿，禁不住要流泪，感觉年轻时光阴紧，没有让女人享上福，现在光阴好了，人却不在了。听起来都留有无穷遗憾。他很少谈及自己的女人。

他今天一夜未眠，感觉浑身没劲。天大亮前的潮气四处蔓延，他被呛着了似的咳嗽了两声。村巷里早起的人不多，跟老家比安静了许多。老家的村巷坑洼不平，是人们随性踩出来的；这里的村巷都是硬化了的路面，规划得整齐，呈现井字形。两边是整齐的树木，树木在没有搬来之前就种上了，五月的叶片挂满枝头，过多的露珠让叶片低垂着，承受不起一般。没有一丝的风，这是他搬到这里后走了无数遍的路。似乎是一种习惯，每天不在这些路上走走，心里就特别空。在这样的行走里，他还是有所发现的。比如谁家盖了新房子，好像是一夜间几间房子就盖成了，想都没想到！再比如，谁家门口突然停放了一辆小车，崭新的颜色有些刺目。于是，打心里佩服人们的能耐，说不定没有几天谁家就会盖起二层楼房呢！真的不一样了，树挪死，人挪活。现在很少听到有人念叨老家的话了。

老伴去世以后，四个儿女对他是孝顺的，只要有空就来看看，动不动就把电话打过来，他只会接不会往出打。但更多的时候，他不喜欢人打扰，喜欢一个人安静地想自己的事情。每一次从院子出来他都把手机撂在屋子里。

天空的白亮渐渐染上了霞光，给几朵云絮边缘镶嵌上绯红。在一棵垂柳下，他站住了。他听到了哭声，是昨天晚上听到的那种。没有错，就是他昨天晚上听到的，他的心猛地震荡了一下，屏住呼吸仔细辨别声音的来源。拐向另一条巷子，不远处，他看到两个人急匆匆地往他所在的方向走来——一男一女，女的怀里抱着一个包裹，哭声是从那个包裹里发出来的。确切地说，包裹里是一个刚出生不久的婴儿。男的他认识，是乔惯的小儿子乔六六，乔六六所居住的村子离这里十几里路。抱孩子的是乔六六的老妈，乔惯的老婆。由于走得急，两个人脸上出了汗。女人先是一惊，立马站住了，有些不好意思地低下头，倒是乔六六说出了真正目的："老叔，我孩子生下还不到一个月，最近这两天老哭，医生检查说没啥病，他就是哭个不停。听我妈说，生下的娃子要是认个干爹就好了，这一辈子都会无病无灾。我们今儿起了个大早，早晨遇到的第一个人就是我娃的贵人。正好把老叔遇上了……"乔六六有点激动，正想把老妈怀里的婴儿接过来。不料，他扭头从他们身边走过去，一边走一边摆手，"不行，不行，还是找别人吧"。"老叔，救救我孩子，你就答应了吧……"

很远了，还听到乔六六还在喊他。他头都没有回。

快到家门口他才停下来。他有些气喘，也有些愤怒，胸脯起伏着。刚才发生的事他没有想到。要是其他人倒也没有啥，认个干爹少不了身上的肉，大不了逢年过节互相走动走动，多一个干儿子也是一件好事！偏偏是乔惯的孙子。他和乔惯的孽缘应该在乔惯死去的那一天了结了，一旦答应下来，分明他和乔惯成了干亲，而且乔惯还长了辈分！

不能了……

怎么说呢？心里还有点幸灾乐祸……那都是乔惯造下的孽！

中午两个孙子回来，跟爷爷打了个招呼午睡去了。他走到羊圈，看见儿媳妇在给羊饮水。槽里的草料剩下一半，他想给羊添把草。这个时候，儿媳说，有一只羊要生热羔子，羊奶满了，估计就在这一两天呢！又说两个孩子她做的饭一口都不吃，就像生人一样。他没有说话，心里知道，娃娃喜欢热闹，在学校的饭桌上，有多少孩子共同享受吃饭的乐趣，那种氛围是家里没有的。就他而言，每一顿饭都是儿媳妇端进来，放在屋里的桌子上，一个人吃着吃着有多香的饭都没有了滋味。事实上，是人多的氛围在，才使饭菜变得有滋有味。

由于晚上没有睡好的缘故，头脑昏沉沉的。和以前一样，前半夜毫无睡意，到了后半夜，刚刚合上眼睛，一种声音如约而至。这次哭声不是从屋外传来的，而是从他心底里发出来的，很微弱，却像长有无数只手撕扯他，让他浑身冒汗，烦躁难耐。他从被窝里坐起来。月亮依旧从外面照射进来，他看到了盘子里的苹果，这阵子口真的有些渴了。

他不知道乔六六的老妈抱着孩子是否碰到了别人，那个老女人最好是找别人去！早在老庄子他就不想在活着时和乔惯家的人有任何瓜葛。乔六六也许不知道，乔惯的老婆绝对没有忘掉那一幕……

那个时候，乔惯还在。他知道，只要乔惯在，罩着他的那股气息就不会消散。乔惯是会计，人高大魁梧，穿着讲究。唯一一点，鼻孔的毛长，拧成一个捻子，就像灯芯。随着呼吸一起一伏，透着一股霸气。这是乔惯不同于别人的一面。乔惯外号叫乔大炮，乔大炮说话有分量，有些话从他的嘴里说出来没人敢不听。和当羊把式的赵学青相比，就不在一个档次上。赵学青身份低下，个头矮小，常年跟着羊跑山。人瘦，又是个罗圈腿，衣服颜色早让风给吹成麻灰色。春天来临时，脸上晒出几朵杏花癣。他的这个样子女人从来没有嫌弃过，而他关心的是羊群能否有个好的草山，能吃身肥膘，自己成什么样子已经不重要了。女人每天给他装上干粮和水，晚上羊群归圈，女人已经把饭做好等着他，他从来没有发现女人的异常。冬天的时候，是羊产羔子的高峰期，成活一只羊，就是壮大了一群羊。待产的羊跟山，他一般时刻留心着。但有时不懂事的羊会没有任何动静地把羔子产在别处。他不知道羊产羔子的地方，就站在山上仔细聆听。那个时候，他练就了捕捉声音的能力。

在一条浅沟的旷台上，羊产下了羔子，羔子在妈妈的舔舐下身子颤抖着，四肢挣扎着无力站起来，羊妈妈焦急地用舌头舔着羔子的嘴巴。它想用这样的亲吻给予孩子力量，无奈那过分软弱的四肢支撑不起来。凭借以往经验，这是一只营养不良随时都会死去的羔子。他抱起羊羔子往家里跑。羊妈妈舍命地追随身后……

是个午后，他一身汗水地站在自家的屋子里，怀里的羔子已经奄奄一息。他直接走进伙屋，想让女人把羔子焐在被窝里，然后给它一勺热粥。炕上的被窝里睡着乔惯。乔惯似乎睡着了，露出鼻孔外的鼻毛挑衅似的翕动着。女人抱着一捆柴火从门口进来，她大吃一惊，喊了一声：“乔惯——”乔惯睁开眼睛一看是羊把式赵学青回来了，说：“赵学青，你不放羊回来干啥？”怀里的羔子什么时候掉在地上他不知道。那只羔子死了，从此，他对女人的心也死了。

从前的一切美好，在羊妈妈悲切的呼唤声里变成了一摊狗屎。

女人依旧每天给他把干粮装好，给他把水鳖子装满。到山上喝着鳖子里的水，他却感觉喝着乔惯的尿。那个时候不像现在，农村没有一个离婚的，他更想不起啥是个离婚。他只知道不会就这么着放过乔惯。那个有风的夜晚，他手里拿着一把刀子一脚踏开了乔大炮的家门。乔大炮和老婆喝着茶，说着话，看着电视。没等两个人反应过来乔惯脸上已经挨了一刀，鲜血直流。乔惯的老婆“妈呀——”一声扑过去护住了男人……不然，那天他会让乔惯跪着求饶。临走，他放下一句话：“再到我家，我用刀子阉了你……”

离开乔惯家很远了，他还能听到乔惯老婆的号哭。

乔惯依旧当他的会计，只不过他的左脸上留下一个刀疤。无人敢问究竟，单往那张脸上看，疤痕无形给他增添了几分阴险。

在山上，他再也没有心情欣赏天上的飞机了。当麦子黄了的时节，他也不那么主动地去收麦子。没几年，他卖掉了三十只羊给大儿子结了婚，剩下的羊不到二十只。第二年初秋，上高中的二儿子也被他扯回来，辍学了。直到现在，老二对老子半道上断了他的前程还耿耿于怀。而在当时，连他自己都不知道为何作出那样的决定。

春天是羊儿的发情期，羊儿们自由恋爱，不受管束，更是不避讳他。今天跟这个好，明天跟那个好，不确定。这些事他从来没有留意过。他第一次对羊群产生了厌恶。他发现那些母羊一天里跟不下三只公羊发生关系，看样子不知羞耻地还会跟第四个第五个调情。那些公羊更不知道羞臊，用头蹭着母羊的身子，闻着母羊的气息。母羊用同样的方式回应着它，情意绵绵。他撸起鞭子向羊抽打过去，受到惊吓的羊向山下奔跑。羊儿是从来不长记性的，不多会儿，它们又在一起了。这些羊似乎时刻在提醒他，告诫他。

第二年，他一鞭子把羊全部卖了，给二儿子成了家。他也成了一个彻底的庄稼汉，每天陪着女人下田，陪着女人回家，形影不离。二儿子结婚的第三年两个女儿也出嫁了。

印象中，女人说过身体不舒服的话。女人说她右边的肋骨总是隐隐作痛，像塞着一团棉花。女人说这话总是在晚上，女人还说那些疼一到夜晚就掀门进来，爬上了她的身体。他听着，也没听着。女人的话同样让他感觉厌恶，心里狠狠地咒骂几句。记忆里，女人没有胖过，瘦高瘦高的，脸色蜡黄。可分明村子里的女人好像都是这副样子，他根本没有往心里去。有一天半夜，女人说她想喝口水让他倒杯水，他一动不动，给女人一个背。这些年他一直对女人这样，永远给她一个背。天亮的时候，他发现女人晕倒在炕上……

县医院病房里，女人安静地躺着。她的腿肿得像藕，肚子胀成锅。医生说要给她排水。医生背着女人告诉他是肝硬化腹水，脾脏肿大，需要住院治疗。他被医生的话惊呆了，他从来没有想过女人会得病，这个世界上任何一个人都可能死去，唯有他的女人不会。在他的意识里，女人会活一千年一万年。他曾暗暗期盼女人早点死去，可她总是在他的生活里，白天、晚上，每时每刻。在医院的地上他久久地站着，他似乎明白了什么又似乎什么都不明白，他走近女人伸手抓住了女人的手。这些年，他是第一次用心去抚摸自己女人的手。

家里已经没有卖的东西了，药费是两个儿子和女儿付的。一瓶高蛋白八百八，隔上三天就得输一次。一个月后，女人说什么都不住院了，她已经感觉到自己病情的严重。出院的那天，医生也没挽留，医生说想吃什么就让她吃吧。女人什么都不想吃，她的脸上没有一点痛苦，神情异常安宁。当他把开水杯子递给她时，她会还他一个微笑。临去世的头天晚上，女人说她想洗一下。

女人不让两个女儿伺候，让他把一桶热水提到里屋去……

现在回想起来，女人是用那样的方式给了彼此一次和解的机会。在清洗的过程中，女人精神出奇得好，也很平静。他拿着水壶，站在凳子上替她倒水。女人站在一个盆子里，浮肿的肌肤泛着青白，肚子稍微消了些，腿还肿胀着。女人已经不在乎身体的负重，她需要完成……

水哗哗地流淌着，他的眼泪也流淌着……

孤寂无处不在。即使是人多的地方，和人说话的时候，孤寂会突然从心底升起，向浑身蔓延，心似乎被谁紧紧攥着不得舒展。今天，当他在心底深处听到那声音的时候，他的心脏就是那种感觉，冰冷地，紧紧地被攥着的感觉。本想拒绝了乔六六，他可以无所挂碍地做自己的事情。他不知道是注定的还是跟乔家人的孽债未了，村子里那么多人偏偏让他碰上！十年前的那一幕随着乔惯的死去应该画上一个句号了，对乔惯的仇恨也跟随着乔惯进了墓穴。

送乔惯的那天，村子里的人都去了，包括下村的。他站在坡梁上，仿佛在他的身后有一百多只羊在给他唱赞歌。他打开纽扣，让风好好吹吹他。他听到送葬的人群里有哭声，有唢呐声，但他从这些声音里没有听出半点悲伤来。下村的几个后生还帮着抬棺材，已经是棺材瓤子的乔惯用得着巴结吗？大概连乔惯自己也不知道会得一种叫脑出血的病吧？这人啊，有多牛气总归是要死的，就是皇帝老子也逃不脱。

笼罩在他头上的那种羞辱终于消散了。他想，自己现在是不是要干点啥。干点啥呢？他想放开嗓子痛痛快快地哭一场。于是，他就哭了一场。

女人离开两年了。时间像个筛子，把女人的缺点过滤得一干二净，留下的只有好。那些好，就像闪亮的贝壳堆积在他的心岸上。女人的病情一天天加重，她从未告诉过他，她深知自己对不住他。有很多次，他从睡梦中惊醒，发现女人披着被子坐在炕上。而在他看来，女人有别的心思，也懒得理她。现在他后悔地想，那只羔子即便是死了又怎么样？不该在那个时候回去。要是不回去的话，他也留不下这么个遗憾。倘若没有那件事情的发生，女人有可能活着。即使有那样的病，发现早的话会治好的，现在的科学这么发达。

原来想，搬迁到新的环境里，他会淡忘一些事情。事实上，有些东西已经长在了骨子里。

重新回到屋子里，倒是感觉眼皮子沉重起来，那个缠绕心底的声音这阵子也远离了他。他睡着了。

“大，你出来一下！”

说不上是什么时辰，他被叫声惊醒。

儿媳妇在羊圈里。

羊下热羔子了。话说热羔子好活，产在四五月的羊羔都叫热羔子。这只羊羔产下后，却不能成活。当他走进羊圈时，羊妈妈站在羊羔的身旁，羔子身上的血迹和浑浊的液体已被舔舐干净。它如一朵刚刚含苞的白色花蕾，眼睛大睁着，瞳仁清澈如一汪泉水，在泉的深处漫上一股忧伤的雾气来。那只身形饱满的羊，完全脱了形，在一声一声低沉的呻吟里肚子像风箱一样抽动着，而它的后半身沾满血迹和泥土，胎盘从它的身体里滑出一半甩在尾巴以下，滴着鲜血。它早已忘却了自己。见到他走进来，羊妈妈惊喜地抬起头，伸长脖子叫了一声，“咩……”紧接着将整个身体靠上来，用头蹭着主人。他理解羊的心思，它在向他求救。他忙不迭地蹲下身体，将手搭在羔子的鼻子上。

他失望地把手拿开。这次，羊妈妈彻底明白了，它重新低下头去，闻闻孩子，用舌头开始了新一轮的舔舐，从羔子的头、脖子、身体到蹄子，每一寸。它在作最后的告别，也在给孩子作最后的洗礼。等它完成所有的仪式后，它猛地抬起头来，无望地看着地上的人。他看到了羊妈妈眼睛里的泪水。放羊那么些年，他第一次近距离里看到一只羊流泪的眼神。

这让他想起女人刚刚生下三天的那个孩子，他用一块白布包裹着，将要送到北山脚下的坟茔里去。女人说："让我再抱一抱吧。"女人接过小小的包裹，把他掬到鼻子底下，她深情地闻着，泪水漫流……

这个时候另一个小小的包裹从他眼前急速地晃过。

"大，已经死了。"他的身后传来这样一句话。倏地，他的心似乎被谁紧紧地捏着，有一桶水从头顶浇灌下来，他感到浑身冰凉。

他转身离开羊圈。"大，把羔子的皮剥了吧。"后面的话他一句都听不到了，满耳回旋的是："大，已经死了……"

黎明时分，村子安静着，远处传来晨鸟的叫声，道路两边的垂柳笼罩在灰色的雾气里。他知道那个村庄有多远，他一刻都不敢停下来。走了大约五里路，没有碰上一个人。这个时候东方放出一丝亮来，天空的云以静谧的姿态迎接早霞的到来。四野渐次明晰，身后的村庄传来牲畜的叫声，远处阵阵机器的轰鸣。葡萄园在晨曦里块块相连，繁密的叶片在露珠的滋润下释放出淡绿色的烟雾，如梦如幻。他没有时间驻足观望，硬化的道路助长了他步行的速度，他好像真的要去赶一场葬礼。

他没有想到还有比他起得更早的人。两个人见到他吃惊地叫道："咋又碰见了你？"他的脸红了，他不知道怎么回答这个问题。乔六六明显没有昨天那么热情了，他的老妈站在那里不知说啥好。赵学青开口说话了：“让我看看孩子。”他的声音是急切的，喉头颤抖。

乔六六的老妈受宠若惊，她慌慌地打开襁褓，一个粉嫩的小脸蛋呈现在赵学青眼前。刚生的婴儿，由于哭泣，小眼睛有点水肿，嘴巴上干着一层白白的薄皮。这会儿婴儿睡着了，身上的气味却醒着，散发着一股奶香，这股香味浓烈地扑向他。他由不住地俯下身子，闻了闻。这个动作让他自己的心拧了一下；这个动作同时惊醒了婴儿，他受惊不小，睁大了眼睛。这是个漂亮的孩子，眼睛很长，眼角稍稍往上翘着，有一对浅浅的酒窝。大概太过陌生，孩子努力睁大眼睛辨认着。孩子想笑，无奈他还没有学会笑，于是攥紧的拳头动了动，紧接着两条小腿使劲蹬了两下，然后哭了。多么鲜活的小生命！赵学青感激地望着，并对着小脸默默地念着，一边对着婴儿吹了吹，然后抬起头来说：“好了，从此以后，这个孩子会无病无灾。”“好，好，我们蛋娃有干爹了！”乔六六的老妈高兴地说道。她从怀里拿出一根丝线递给赵学青，“请你给孩子拴在手腕上”。赵学青接过那根丝线，丝线是用五根相同颜色的细线编织成的。他拿起婴儿的右手，将丝线拴上去，亲了亲婴儿的手，把手放回女人的怀里。乔六六慌乱地向赵学青深深地鞠了一躬。

东方的天空霞光一片，浮动的云絮不时变化着样子，似乎有一双无形的手在暗中摆布。在多变的奇形怪状里，有一道细细的红色条带分离出来，一头向北，一头向南，舒缓地伸展开，那炫目的色彩宛如蛋娃手腕上的红丝线。

（原载于《回族文学》2017年第3期）

红玫瑰

是她让我更早地认识了玫瑰的模样。

这是我的福分，原以为洼村坡梁上的那些野花能满足我们的好奇心，让我们一朵一朵的摘下，然后插在发辫上，尽管年少的我们脸上没有可抹的护肤霜，那些花朵也足够让我们成为洼村最美的公主。大人们都是这样夸我们的：小妖精。

后来我才明白一个道理，因为稀缺所以令人难忘。我也曾无数次地把玫瑰和洼村的各种野花作对比，它是独一无二的。

记不清她是什么时候来到洼村的，更叫不上她的名字。洼村的人都叫她老韩女人。

洼村分上村和下村，中间隔着一座山。上村居住着汉族，下村居住着回族，洼村有三口水井，供养着上村和下村的家户和牲畜，人们共同拥护着一个队长。队长脾气不好，但人人都畏惧他。队长一生气头就红，吹出的哨音都带着火星子。大家在背后都叫他是马红头。

我能背上花书包还得感谢上村的那些女娃娃，她们个个都在七岁的时候都去了一个叫学校的地方。那里不仅有钟声，还有琅琅的读书声。我曾偷偷跟随着她们去过那个地方。只一次，我就痴迷上了钟声和读书声。我好想去那个叫学校的地方，上村的女娃娃帮我出了好多主意，都没有见效。后来，我们家来了一个叫闫老师的女人，她说话的口音不像洼村人。很久以后，我才知道她是甘肃天水人，是来支援宁夏的。父母亲没有文化，说不过闫老师，他们眼瞅着闫老师把我带走了。再次出现在洼村的我就跟往日不一样了，我有了一个很好听的学名。那一年我八岁。

每天晚上，我都要在煤油灯下写字。汉字的香味裹挟着我，我再也没有闻到煤油烟尘的气味。我的母亲时常在煤油灯下做针线活，关于老韩和他女人的事，我都是从母亲那里断断续续听来的。

从我记事起，就会在村巷里碰见一个背着背篼的老汉。他中等身材，微胖，干裂的皮肤中显现深棕色，戴着一副黑色眼镜，圆圆的镜片，遮挡着他的眼睛，看不清他的眼神。他总会定定地看着我，并不出声。在镜片地注目下，我有些紧张。顺着眼镜往上看，他戴着一顶黑色的帽子，帽子的中间有一个暗红色的圆点。我不知道那是染上去的还是补上去的一块布。还好，在我加快脚步的时候他也转身离去了。

后来上学了，我每天早晚都会碰见老韩。有一次，老韩问我学校叫什么名儿？他的声音浑厚。我没有回答他，我逃跑了。我害怕他还有一个原因，是他身上散发出来的味道。放学的路上，我们一行几个人早早就捏着鼻子，从他身旁溜过去。他会回过头来看我们，因背上的背篼太沉，他弓着背，歪着脑袋，黑紫的嘴唇动了动，终究没有说话。因为，我们已经逃远了。

我既怕老韩又忘不掉他，他身上的气味好像长有臂膀一样沉沉地压在我的肩头。夜晚的煤油灯下，我不由得给母亲说起老韩，老韩奇特的穿戴和背背篼的样子。母亲警觉起来，安顿道：你最好离他远点，他可是个厉害人！

老韩的棺材是楠木做的，金黄的油漆，晃人眼。老韩不在的夜晚，女人就挨近棺材，仿佛挨近了老韩的身体，像能感受到老韩的体温和气息一样。棺材散发出楠木的清香。女人很珍惜，心里格外的踏实，阴暗、静谧的窑洞里，她依然能睡去。白天里，在打扫屋子的时候，女人不忘擦拭棺材，一遍一遍的。屋子也因有了这样一副棺材而显得亮堂了许多。

棺材是老韩落脚洼村，靠拾粪发家后买的。那个时候老韩才五十岁，女人三十八岁。

老韩是洼村唯一一个拾大粪的人。此后，洼村再没有出现一个靠拾粪发家的人。起初，老韩在洼村拾粪，范围比较小，就守着洼村的地盘。渐渐的，老韩扩大了面积，去邻村，甚至更远的地方，一去好几天。

男人不在的日子里，女人一个人留在家里，大门上挂着一个大黑锁，好像把他们以往的秘密也封锁了。陪伴她的有几只猪仔，一副棺材，还有园子里的蔬菜和花卉。老韩不在，她偷偷地在园子里埋点大粪，那些蔬菜和花卉就长得好。他们膝下无儿无女。洼村人背地里把老韩叫“莫儿汉”，有鄙视的意思。正是因为这点，女人在老韩面前亏欠万分，低三下四。在老韩的拳打脚踢百般折磨下，女人对他的爱更加的坚固。

她一开始就嫁给了才华。

洼村的那些女人自然是不理解她的，私下里都说她不仅古怪还是个贱胚子。

女人心里明白棺材是为谁做的，她从来不问。老韩赋予她的任务就是擦拭棺材。她也从未让老韩失望过。每次从外面回来，老韩要做的第一件事，就是走近棺材，用手摸摸，看指头肚子上有没有沾灰尘。老韩也曾想着把它摆放在别处，但想来想去，还是觉得放在炕上最合适。炕不是很大的一盘炕，被棺材占去了一大半，剩下的就刚够两个人睡，而老韩睡觉又怕挤，女人就瑟缩在角落里。有了棺材的存在，老韩更加地冷落女人了，甚至感觉不到她的存在。他总是把脸对着棺材，偶尔伸手摸一下，嘴里还叨叨几句含糊不清的话。他很少跟女人交流，白天的劳累加重了他的呼噜声。

三十多年以后，坐在乡敬老院第二排八号房间门口的老韩在想：假如那次他早回来半个小时，或者十几分钟，也许她就跑不了了。假如他把院墙砌得更高一点。假如……

老韩总是扬起头看着灰雾蒙蒙的天空。有一群银色的鸽子在半空飞旋着，飞旋着。

女人消失后，洼村的人都替老韩难过，但不过分悲伤。他们觉得，女人奴隶一样伺候着老韩的吃喝，怎么会弃他而去！对于洼村人的议论老韩保持沉默。他没有放下粪叉去寻找女人。看着他颓废的样子，洼村的人觉得老韩是一个命运悲苦的人。

女人的娘家人应该是不知道的。听说，女人为了嫁老韩和家里人闹翻了，从此一刀两断。老韩逃离河南一路风尘来到洼村，因写得一手漂亮的毛笔字深得队长的赏识而被留下。队长把老韩安顿在上村的两孔窑洞里，也就是老韩一直住着的那座院落。慢慢地，对老韩的身世，洼村的人也略知一二。老韩是个秀才，满腹经纶，在河南遭受了迫害，他连夜逃跑，历经千辛，一年后，一个黄昏的日子，一个男人和一个女人的身影出现在了洼村的地界。

队长问老韩，除了会写字还会干啥？老韩思谋了半天，没有给出个答案。会种庄稼吗？队长耐着性子问。老韩坚定地摇摇头。那你会干啥？老韩说，你给我一个背篼，一个拾粪叉子吧！你想干啥？老韩淡定地回答：拾粪。我一个月给生产队上交三十元钱。队长一听笑了。

一个秀才拾粪，洼村的人百思不得其解。

从此，在黎明的曙光尚未出现时，在狗叫声里，洼村的村巷里出现一个黑乎乎的身影。趁着大家还在睡梦中，影子飘进厕所里，不多会儿，又飘进下一个厕所里，幽灵一样。受到惊吓的狗冲着夜空狂吠。

洼村的人养的都是土狗，蹲的都是土厕所。除了拾粪，老韩答应队长每逢过年，出儿嫁女，替人写福字、写对联。

老韩并不向人们解释对联的含义，他手持笔杆，紧锁眉头，神情专注，动作却灵活自如，有种千回百转之意。洼村无秀才，单看红艳的纸张上落下行如流云的草书，那浓重的墨香早已盖过了老韩身上的粪臭味。

老韩把大粪背回家，倒在院子里晾晒，等干了以后指使女人揽进另一个窑洞里，然后上锁，等待吴忠人来收购。直到那个时候，洼村人也才知道吴忠人的口音和洼村人的是那么的不一样。听说宁夏吴忠在黄河边上，种的是水田，需要肥料，而山里的大粪毫无疑问是水田的最爱。经常有吴忠人开着卡车到山里收购大粪。

老韩说话是算数的，第二个月，他就给生产队上交了三十元钱。马红头乐开了花，他说，还是文化人脑子活啊！

老韩笑了笑，没有说话。

老韩的收益越来越好，有时候从洼村消失不见，马红头也不过问。

晚上，在油灯下，我在田字格里写字。我喜欢在灯光下的书写。一旁的母亲拿针头将灯芯挑了挑，生怕我写错了字。其实，母亲还是希望有个会写字的女儿的，只不过，在洼村没有一个上学的回族丫头，她怕被人耻笑。家里没有看时间的表，判断时间只能听公鸡打鸣。此刻，公鸡睡着了。现在是什么时候，窗外透着灰白，下着雪，刮着风。偶尔有一片雪花飘落窗前，不一会儿又被刮走了。风雪里，传来一个声音，母亲首先听到了，她停住手里的活，盯着灯芯，目光迷茫中透着一丝哀伤。我也听到了，这声音细若游丝，仿佛一粒雪片的坠落。我也盯着灯芯。我们企图寻找一个满意的答案。

贱胚子……母亲收回目光，哀叹道：也打不死。这男人啊！我起码还有你们……

有几个晚上，我们都会听到那声音，就那么微弱地附在耳边。有时在前半夜，有时在后半夜，它让我和母亲的夜晚充满惆怅。父亲时常带着弟弟睡在另一个屋子，很少与母亲说话，总是阴沉着脸，可是，母亲却从来不说父亲的不是。洼村的女人都这样，以隐忍应对一切。

干冬湿年。每逢过年，洼村都会下雪。

这个时候，上村的家家户户门口都贴着红红的对联，也是这个时候，有两个人最忙。一个是老韩，一个是屠户乔八子。老韩忙着写对联，乔八子忙着杀猪。

不同的人家对联不同：

发福生财吉祥地　堆金积玉富贵门

楼外海棠肩上月　手中香气笔端诗

春到山乡处处喜　喜临农家院院春

……

洼村的空气里飘荡着浓浓的墨香味，同时，也充斥着凄惨的尖叫声。飞翔在半空的沙鸡子、鸽子惊恐万分，无处落脚。我们这些娃娃追随着它们，希望它们在头顶多飞旋一阵子。尤其是沙鸡子，每年只能相遇一次，而且它们的羽毛太漂亮了。可是，沙鸡子小巧玲珑的样子幻影一般从我们眼前消失不见……我们的伤心是暂时的，大家纷纷爬上山头。这时，上村人家尽收眼底。尽管，山头的积雪晃花了我们的眼睛，寒气逼人，我们的衣服里好像灌满了冰冷的水，我们瑟瑟发抖。但很快，快乐塞满了每个毛孔。令我们激动的自然是那些身形滚圆的黑家伙。冬日下，它们各个身上湿滑宛如披着黑色的绸缎，屁股后头一段如肠子一般粗细的尾巴，打着几道弯儿，拧巴着一股劲儿。请来的屠户乔八子，肥胖高大，身着长衫，他手里的刀闪着银光。

不知道是乔八子穿的长衫还是他手里的刀光，让他显得那么的与众不同。

从上村回来我就病了，浑身发烫，头疼，恶心，还说胡话。母亲指着我的额头质问道，是不是去上村看杀猪了？我没有承认。安顿了多少回？女娃娃是不能见血的，就是不听！在洼村，有这样一种说法：女娃娃不能见热血，一旦被热血冲了得怪病不说，有可能不来例假，将来不能生孩子。所以洼村的母亲们格外地小心。我们下村宰牲一般请的是阿訇。宰羊或者鸡时，大人们命令我们不能到前面，以防看到鲜血，被热血冲到。

一番盘问后，母亲让我躺在炕上。浑身虽发烫，但我冷得打战。母亲让我平躺着，她点燃了煤油灯。一个鼓鼓的布包被打开了，一股艾草的香味散发出来。母亲小心地揉搓着艾草，然后捻成宝塔糖似的揪儿，点燃了，在我的脸上、身上旋着，一圈一圈，嘴巴里还念叨着什么。在一圈一圈的旋转中，在艾草的熏染下，我慢慢闭上了眼睛，我的心，包括我的魂仿佛离开了自己，飘到了一个很远很远的地方……

唯有一家过年不杀猪，谁？老韩。在上村，在浓烈的年味熏陶下，写完福字和对联的老韩，依然背着背篼拾粪。春天来了，有人发现老韩圈里的猪仔又多了几只。那个干瘦的女人，怀抱着一个硕大的盆子，里面是她拌的饲料。她走进圈里，招来一阵骚动。她并不急着走开，看着它们吃食，听它们欢叫。在上村，再肥的猪也不及老韩家的。听说，他的饲料是从吴忠换来的，营养价值高。喂完牲畜，女人关了圈门，她来到院子里。院子里晒着大粪。天空是晴朗的，有微风吹拂着，粪一两天就干了。假如下雨或者下雪，女人赶忙把粪揽进去，等待天晴的日子。

初夏很快就来到，阳光金灿灿的。这一天，老韩家的大门敞开着。院子中央支着一个长木板。屠户乔八子被请来了。这是乔八子第一次受邀走进老韩的院子。他一边挽起长衫的袖子，一边用拇指试试刀刃。老韩客气地递给他一根烟。一根烟没有抽完，老韩已经把一头肥猪绑倒并轻松地放在屠户面前的木板上。乔八子一惊。这个时候，一个女人抱着一个硕大的盆子向乔八子走来。确切地说，女人向木板走来，在支架下方放下盆子。她头发灰白，散乱地披在肩上，在风儿的吹拂下，发丝飘逸，虽说她干瘦，但皮肤细腻，走路轻盈、柔和，似一股风儿到了屠户的面前。待她蹲下身子放盆子的瞬间，一缕发丝滑落下来形成一个优美的弧度。女人侧过脸看了乔八子一眼，好像征求他的意见，然后把盆子往外拉了一下，起身走了。她是不打算跟乔八子打招呼的。可是，那种高冷让乔八子过目不忘。乔八子手里的刀子当啷一声掉在了地上。老韩把刀子捡起递给了屠户，并友好地拍了拍乔八子的肩膀。

这头猪的血快把盆子盛满了。老韩没有急着吃肉，他把肉高高挂起，下面接了一个盆子，然后又出门了。

初夏适宜的温度，没几天，老韩家的肉就生蛆了。蛆的个头不小，啪——啪——啪——像雨点的滴落。听老韩说蛆虫是高蛋白，营养价值高。洼村的人都不懂这个。女人把接下的血兑上水，撒上盐，放凝固了，切成块状，烩菜时放上别有一番味道。这是老韩最喜欢吃的一道菜。

老韩有个习惯，吃东西不愿意被人打扰，包括女人。老韩吃油炸蛆虫时，女人坐等在灶台前的矮凳上。假如老韩那一天心情不错，他会给女人分几个蛆虫让她尝尝鲜。女人已经习惯了这样的待遇，她一点都不介意，好像从早忙到晚，听着老韩吃蛆的声音和喝酒的声音就已经饱了。

事实上，那几天老韩没有走远，他假装出远门，到了深夜再溜到自家门前的老榆树下。第一个晚上，他没有发现动静。第二个晚上他也没有发现动静。他家的院子静悄悄的。第三个晚上，他听到院子里的脚步声，又听到了猪仔的叫声。第四个晚上，他等的人出现了。一个身形高大的影子走到他家大门口，往里瞧瞧，然后，老韩听到了一声敲打什么东西的声音，就一下，影子便走到墙根下，身子一跃翻到墙那边去了……老韩还是一动不动。一分钟，两分钟，三分钟……屋子里传来了开心的笑声，接着一切又恢复静谧……老韩觉得到时候了，他拿出大门的钥匙……

那个晚上，洼村的人都在沉沉的梦乡中，谁也不知道老韩家发生了什么。

乔八子疯了。某一天早晨，上学的我们在村巷见到了一个衣衫褴褛的人，他头发纷乱，脸上似乎落着一层霜，嘴唇更是没有了血色。乔八子一遍一遍地说着：我是一头猪。我是一头猪。他说这些话的时候，眼里含泪。配合着乔八子哭声的还有皮鞭声，他说一声，就用皮鞭抽一下地面。地皮被他抽得冒烟。乔八子抽累了就地躺倒，不管地上有什么危险，或者有什么脏东西。一次乔八子躺在井沿边，一条腿掉在井口下。他的女人连喊带哭，死命地拖住他。从此，无论刮风下雨，乔八子身后都跟着一个罗圈腿女人。

有人说乔八子是装的，有人说乔八子杀生太多，遭报应了。为了试探他，队长马红头想了个办法，让人往乔八子脸上吐吐沫。这在洼村是最恨的羞辱了。听队长把话说完，却没人敢做。只有老韩，他走近乔八子，将一口浓痰吐在了乔八子的脸上，乔八子面带微笑，一副配合的样子。

在场的所有人眼里都噙满了泪花。他们觉得不仅失去了一个憨厚的乔八子，还失去了一个优秀的屠户。

自打乔八子疯了后，上村的人逢年过节，再没有吃上好肉，别人杀得肉都不及乔八子杀得香，他们嘴里嚼着肉心里念叨着乔八子。

洼村的夜晚突然安静了下来，人们再也听不到那个声音了。陡然感觉黑夜如此的无味，又觉得这样的安静里暗藏着什么。我总是在写字的时候，想起那哭声来。我不由得期盼那个声音的出现，有了它，好像有了一份牵挂。有天晚上，耳边终于有了响动，啪……啪……啪……缓缓的，似低沉的倾诉，就附在耳边，是那样真切！我惊恐地从炕上坐起来。黑暗里，那种响动随即切换成我的心跳。

那天，我像中了魔，想走近那个院落。老韩不在，大门紧锁。我靠近大门脸贴上去。我是想看她一眼，还是想给自己一个真相?

我企图把眼睛抠下来从门缝里塞进去。可是，门缝太严实了。于是，我大着胆子推了推，门板发出了响动。一会儿工夫，门竟然开了一条缝，我看到了她。一个头发灰白的女人，眼里充满血丝，干瘦得几近枯萎。她是五十岁，还是六十岁？我无法判定。我想跟她说点什么，或想听她说点什么，嘴巴一张却蹦出这么一句来：干妈——

在洼村，下村的娃娃把上村的大人叫干大、干妈；上村的娃娃把下村的大人叫干大、干妈。这是礼貌。听到那样的称呼，她大概很吃惊，半天没有动静。又过了一会儿，门响动了一下，门缝又开了二寸。我看到她伸出的手里拿着一朵玫瑰花，红得耀眼。是感谢我对她的称呼吗？快点走，不要告诉别人……门响了一声，又合上了。再次推时却丝毫不动了。她的声音是颤抖着的，我却听出了和洼村女人不一样的口音，那声音轻柔得像水波涌起的涟漪，立马把我浸透了。我将鼻子挨近了玫瑰，花的芳香让我连打了两个喷嚏，还让我流下了眼泪。我听话地转过身去，一步一步向前走着，就在这时，我的身后传来一声：吱——

我没敢回头，却能感觉到有一双眼睛注视着我，一步，一步，直到远离，直到消失不见。

我把玫瑰花放在书包里。我不想把这个秘密告诉任何人，包括我的母亲，我要替她永远保守秘密。

就在第三天的晚上，那个久违的声音又出现了。这次听得比哪次都真切。我的心摇晃了一下，是不是我的出现勾起了她的许多回忆。母亲这回叹息道，也是个可怜的女人，真担心她迟早会哭死。

女人是被塞进了放风箱的地方。这次大概不是因为在门口发现了一个小女孩那么简单。灯光下，老韩阴沉着脸，他的烦恼无人能猜透，大概他是从外面捕捉到了什么，或者从女人身上嗅到了什么味道。他看了一眼女人，厌恶地往地上吐了一口吐沫。女人知道他要发泄，瑟瑟发抖。是的，老韩要发泄，不然他会睡不着觉。在那个小小的地方，她的骨头变成了柔软的抹布，在小而潮湿的空间里，一个小小孩儿能钻进去的地方。

许多年以后，在城市工作的我，每年都会给自己留点时间走近洼村，尽管那里已经搬迁多年，四处是废墟。可我因为一个女人割舍不下一座村庄，因为一个女人让我懂得人在绝境中心中要有爱，爱一棵草，爱一朵花，爱世间万物，唯一不能爱错人。

我在家里或者办公室里喜欢放置一个瓶子，插上几朵玫瑰。在往返洼村的路途中，我仿佛在赴一场约会。我不止一次地听到，那个女人回到了她的娘家，双膝跪地求得父母原谅。在我上初中时，某一个假期在村里意外地碰到了乔八子，他赶着一对牲口，他的女人肩头扛着锄头，两人有说有笑。我不禁想：那些年乔八子都去了哪里？

老韩也不再拾粪，没有儿女的老韩被乡政府接到了敬老院，享受着各种优惠待遇。

当年，那个不凡的夜晚，愤怒的老韩当着乔八子的面，把女人踹进了风箱洞里，只听咔嚓一声之后，洞内无声无息了。老韩转向乔八子，说，兄弟，你没有错。乔八子想给老韩下跪，老韩没有给乔八子机会。老韩说，我是外地人，你走吧，我只求今天的事烂到肚子里，不要说出去，丢人啊……乔八子想救女人，说，是我的错，你放过她吧，你怎么惩罚我都行！乔八子真给老韩跪下了，他还想磕头……老韩微笑着，伸手推了乔八子一把。乔八子像遭到了飙风的吹刮，一阵尘土飞扬后，已倒在了一颗老榆树下。等他再次醒来后，他已经不是以前的乔八子了。

老韩躺在棺材旁抽了一根烟，刚才的那一掌似乎耗尽了他全部的力气，他疲惫不堪，不久便呼呼睡去了。

放风箱的那个地方异常安静，人还有气没气无法确定，夜又黑了一层，如雷的呼声里，已经断裂的骨头开始复苏了。看不到她的头，看不到她的四肢，她蜷缩的有些怪异。她的血脉却接通了，她竟然有了一丝呼吸！

第二天下午，老韩似乎想了起来，或者说，老韩应该想了起来，他总是把时间掌控得恰到好处。在死神想带走她的那一瞬，老韩就会立马出现在她眼前。他上前一把将女人从洞里揪了出来。

她平展地躺着，四肢慢慢舒展开了，乌紫的面庞渐渐清秀过来。头朝门口的方向，一缕亮光透射进来，她闻到了阳光的芳香，于是，她的鼻翼翕动了。扯断了的头发散落在身边，嘴角的血迹已干枯，一束亮光下，她像汲取了万般的能量。

于是，老韩吃到了他喜欢的油炸蛆虫。等把剩下的倒进灶膛，他摔门而去。

院子里剩下女人一个人的时候，她才想起了痛，想起了哭。于是，她可以放心地、好好地哭一哭了，她把许许多多痛苦化作了泪水。一天哭不够，第二天接着哭；白天哭不够，晚上接着哭。在洼村，没有人不知道老韩有个爱哭鼻子的女人，却没有人上门劝劝她，安慰安慰她。人们都怕得罪老韩。所以，有些夜晚，我期盼的那个声音就会出现。洼村有很多个夜晚不仅惆怅还湿漉漉的。泪水是那个女人的解药，也是愈合她伤口的抚慰剂。哭够了，她的身影会出现在圈门口，怀抱着一个硕大的盆子。

有一天，一个放羊的老汉说，他在山上看到了两个人。老汉老了，眼神不好，他的话引起了人们的猜测。老汉是这样说的：一个高个子的男人和一个长头发的女人。那一天的天气好极了，阳光明媚，女人的长发在风中飘逸，灰白的发丝染上了太阳的光泽。那一天，她很美。女人对身旁的男人说，谢谢你带我到这里来，有多少年没有呼吸这样的空气了！高个男人说，还是要出来走走，像正常人一样生活。女人笑了，有些感动地伸出双臂，迎着阳光打开了自己，像她三十多岁那样跟着一个心爱的男人怀揣着无限期盼，跋山涉水……她的激情又复活了。于是她朝山梁上喊了一嗓子，韩建伟，你为什么这样对我？然后，泪水滚滚。高个子男人受到感染，他走近她，把手放在她的肩膀上，抚慰道，别怕，有我呢……女人将头埋在高个子男人怀里，哭得更伤心了。在他们身后是起伏的峁山和鲜活的野花。

人们自热不会想到老韩的女人和乔八子哪儿去了。老韩门上的锁子狗头大，乔八子都那样了，还能那么逍遥？

乔八子从洼村消失了。和乔八子一起消失的还有老韩的女人。马红头带领一帮人到老韩家门口，首先看到了一个狗头锁子，锁子完好无损，冷漠地注视着人们，似乎在讽刺着一切。队长的目光从锁子移开投到了老韩的脸上。老韩的脸铁青着。最终，队长的目光投到了地上。

有人拽了队长一下，那意思是走吧。半路上，拽队长的人说，老韩会不会把女人给打死了，扔在了井里。

队长派人在三口水井打捞了一遍又一遍，捞上来的除了生锈的水桶、男人的帽子、女人的顶针儿、孩子的鞋子，没有别的。

至于乔八子的失踪，人们还是往好处想，本来人已经疯了，命肯定在，只不过，他自己把自己走丢了，说不准哪一天会突然出现在洼村。乔八子的女人鼻子拧成了蒜疙瘩，她后悔那天夜里睡得太死，没有看住男人。

书包里的玫瑰花瓣早已凋零，失去水分的花瓣儿边沿开始变黑，花蒂也枯蔫了。那股香味却在，好像那香味不是从花朵里散发出来的，是从一个女人的眼睛里、发丝里散发出来的。我舍不得丢弃一片，分片夹在书本里。一天晚上，我在灯下写作业，母亲依旧保持着灯下做针线活的习惯。母亲冷不丁地说了这样一句话，看你还能保存多久？那个女人不是一个人走的。乔八子把所有的人都骗了。我愣愣地望着母亲。这个生我养我的女人，她把我看得如此透彻。

听到那样的话，我一夜没有睡好。第二天，我来到一座山梁上，迎着风，积压在心头的那份担心瞬间变得轻灵起来，随着我的呼吸逸出我的胸腔。我对着群山长舒一口气，泪水随即涌出。失色的玫瑰花瓣就在我的书里，我把它取了出来，一片一片扔出去。风急速地接纳了它，带着我的祝福飞向远方……

老韩是九十年代初搬进乡敬老院的，那个时候他快八十岁了，但他身体硬朗，视力好，很少感冒生病。听敬老院的老人们说，他们睡了的时候，老韩的房间灯还亮着。白天，毫无睡意的老韩从不午休，他坐在第二排八号房门口的板凳上，仰望天空。谁也猜不透他心里想着什么，盘算着什么。他眼角挂泪，鼻涕挂在下巴上。老韩很少与人交流，吃饭的时候，他一个人坐在角落里，好像怕别人窥探他心里的秘密。他就喜欢一个人待着，一个人想心事。有风无风，或者下雨下雪，他都要在门口坐着，双手抱着拐棍，看着好像睡着了，当有人走近了，他警惕地睁开眼睛。

那副棺材就摆放在老韩的屋子里，岁月已使金黄变得暗淡无光，落满尘土。

（原载于《安徽文学》2020年第12期）

陪　嫁

起风了，风里传来一声羊叫。屋子里的女人停住手头的针线活，她将针扎在被面上，走出来。她站在风里，感觉出了风的潮湿，甚至闻到了雨的气息。

吹的是南风，只有南风才会有这样的味道。女人没有走进羊圈照顾她的羊。风将她的心吹乱了。重新坐回被子前，她没有动手拿针，一点儿心思都没有了。

是给女儿缝的被子，被面铺在上房，上房有个大炕，那是她跟男人亚古住的地方，在那个大坑上，她像个勤奋的母鸡一连生了五个丫头。亚古走后，她再没有在上房睡过。没有男人的上房有些空，那是用衣物和家具无法填补的。她随女儿睡火屋，火屋也有个大炕，做饭睡人都够了。上房一时就闲了下来，没有男人的家，亲戚朋友来得少。有时记起了，就扫扫，房子就又亮堂起来。扫也是一个月一扫，或半个月一扫。那要看她的心情了。那一天，好像有预兆似的，刚刚扫了，就来人了。云德老汉是很少来的，他是无事不登别人家门的人，她就忙把老人让到上房。后来云德老汉好像走顺了脚，两三天跑一趟，跑着跑着女人就把话给吐了。话吐了，便有了说不尽的懊悔。只知道给女儿当妈妈，操心着吃操心着穿就够了，没有想到养大了的女儿有更烦心的事等着她。女儿小的时候，她天天盼着她们长大，好替她干活，可是，哪里想到长大的女儿是要离开她的，是要嫁人的。她从来没有想过。大女儿锁伏燕十六岁了，一个母亲在这十六年里为女儿做了些啥，付出了多少，她忘了，好像从一开始就没有打算去记，直到把话吐了，她才感觉在女儿身上做得那么少！没有咋去疼她，操心她，说大就大了。从不知道亏欠女儿的女人，突然觉得欠女儿那样得多，没有养够，没有养好！日子是过的苦了点，比亚古在时还苦，女儿没有吃几顿好饭不说，像样的衣服也没有穿上几件，粗米大饭，缝缝补补，日子里好像到处是窟窿，到处是补丁。那个时候，亚古还在家的时候，光阴比现在好不了多少，但一个男人在家，她少了很多的担子，那些看不见的担子是压人的，亚古走了以后她体会到了。亚古走的时候，是个晴好的日子，亚古早早地卸了犁，将牲口拴好，说话的表情也跟往常没有啥区别，就好像她早就想到有这么一天，早等着男人说出那句话，她听亚古说完那句话，啥都没有说，甚至赞同地点点头，默默地为他打点行李，准备干粮，送他出门。男人把说过的话重复说了一遍，把娃们好好操心上，我挣上钱就回来……她竟是一脸的笑，对男人说，放心，家里有我呢！回来后她想，一个男人是应该到外面去挣钱的，村里有好多男人出去打工了，日子就是跟别人不一样。为了那个不一样的日子，她盼了多久？只有她自己知道。四年后的今天，当她一个人的时候，为自己的盼头感到那样的好笑！其实亚古早有预谋要撇下她们娘几个。

她真的是很傻地构想过自己的日子。和村里其他家户一样盖瓦房，铺地板砖，要乳白色上面印蓝花朵的那种，那将是怎样漂亮的一个屋子啊！现在的院墙破烂不堪，牲口、野狗当大路地走。用砖砌起来，那一定是很结实的，安上铁大门，想必苍蝇都飞不进来。羊圈也得重修，多买几只羊，至少赶出圈门像个样子，是一群，不像现在，养一只羊，那叫养羊吗？那圈也就不成圈了。女儿的衣服更得换换，尤其给大女儿多买几件，女儿大了，没有几件像样的衣服，真的是很没脸面的事。看着别人家的女儿穿得体面，脸都没处放。女儿家是应该冬有冬衣，夏有夏装，出出进进就是光彩……想着想着，眼前就亮亮的，似乎那些东西鲜活地出现在眼前。直到有一天，她听到婆婆说的那句话后，她的梦想就破灭了。那是亚古走后第二年的一天，她去问婆婆她听回村的人说亚古在外面混得很不好，连口饭都吃不上，快要当叫花子了。说话的人还告诉她，亚古在建筑工地砸伤了腿，干不了重活，人瘦成了一把柴。她几夜没合眼，她想让亚古的二弟去把亚古找回来，亚古在外面受大罪呢！婆婆没有因亚古的不归改变对她的冷漠态度，婆婆直言：亚古要是有个儿子他能到外面乱逛？能不回家？没有儿子拴亚古的心，那心还不越飘越远了……她没有给亚古生下儿子，是自己的过错，她在婆婆公公面前亏欠着，在其他三个妯娌面前挺不起腰，平日里走路就觉得短了半截，当婆婆把那句话说出口，她的脸好像给重重地扇了一巴掌，火辣辣的烧疼，心也疼透了。她无声地回到家里，无声地淌了一回眼泪。可是后来，她又听到了亚古在外面很风光的消息，她委实欢喜了一阵子，心里暗暗地等待亚古的归来，给她们带来意想不到的好日子……等了四年。现在她想：自己还是把亚古忘了的好，不想再提起他。有时，女儿们无意间喊声“大（爸爸）”，她还要动一回气。也好像，从亚古走后天很少下雨了，记忆里不是一场黄风就是几点的雨丝，地皮子都没有湿就停了。退耕还林是给发粮的，那是国家按地的亩数多少分发的，亚古不在，公公分给她的地很少，每次，分发粮食她家是最少的。她常想，天不下雨，若不是国家给的那点粮日子咋往下过？锅真的挂在墙上了，五个娃还不给饿死。她有时把对亚古的恨转移到自己身上，自己要是生个儿子，那亚古就不会四年不着家吧？那么她的日子也不会有现在这么苦，女儿也就不会受这么多的罪。云德老汉说得对，像她家这种状况，以后的日子也不会咋好，还是把锁伏燕嫁掉，让女儿在另一个家里过过好日子！她说锁伏燕还小，她没有养大。老汉说，都十六岁了还没有大？他拿驴驮回来自己老婆时，那女人才十四岁，十六岁时就给他生了个肉头肉脑的儿子。那是啥年代的事？她是不想过早地把女儿嫁掉的。她经不起云德老汉的死缠烂磨，说男方家的光阴太好了，牛羊满圈，五间挂瓦的砖房，女儿嫁过去有享不尽的福。要带着女儿去验家道，她不想去，她是验过家道的人，母亲嫁她的时候，就是看上了亚古家境好，母亲说，有房住，牛羊满圈还愁啥，亚古除了个头小些，庄稼汉娃娃能过日子就行。她没有嫌弃亚古的个头，亚古是丑是俊她压根儿就没敢正眼瞅过。亚古是老大，后面有三个弟弟。想想，婆家哪一样东西是她的？她现在住的房子是土坯房，是婆婆准备圈牲口的，给亚古要下，收拾了一番就当个真正的家住了。五个女儿就在这个简陋的家里相继出生，一天天地长大。有女儿们的陪伴，日子里少了份寂寞。有时还为她们的争吵打架断官司，总是小女儿对，总是大女儿错。那个时候，锁伏燕会大吵大闹为自己叫不平。现在不了，总是让着妹妹们。锁伏燕究竟是从哪一天懂事的不知道。有时，在田间地头看着那些两口子有说有笑地干活，一起回家，心里就不咋好受，实在想哭一哭，就躲在一个地方美美地哭一场。总有女儿碰见的时候，锁伏燕会走过来替她擦泪，这个时候，她抓住女儿的胳膊，狠狠地攥紧，哭着质问女儿，你大为啥不管家，不管我们？你们是我一个人生下的吗？咋不跟我姓啊？我也不管你们了，我明天就回你外奶奶家……锁伏燕一言不发听妈妈咒骂，好像她就是那个做错事的亚古。

话吐了，想告诉锁伏燕，但面对女儿，她倒说不出口了，她的蛮横劲儿哪儿去了？竟有些怕见女儿。她不知道女儿听完后会咋想，同意还是不同意？不同意咋办？她该对云德老汉咋说？让小女儿去告诉姐姐吧！那她还是个啥妈妈？说就说吧。就说了。锁伏燕出奇的平静，一句话都没有说，在锅台前忙她的。说话多好，不说她的心里没底，她不知道女儿是咋想的，也就说女儿啥心思她没有摸透。多想让女儿问她，那个时候她会把自己的想法说出来，这个家让女儿过不好，穿不好，吃不好，连个像样的润脸油都没有。她想让女儿过好日子，她还想告诉女儿，男方是小儿子，天下的老人都偏袒小的，女儿嫁过去不会受委屈。女儿没有给她这个机会。想起了公公婆婆。应该把给女儿的事告诉他们。她是很少去婆婆家的。婆婆见了她也没有好脸子，她还是把给女儿的事说了，婆婆听后说了一句不冷不热的话，你生下的，想给谁家就给谁家吧，女出亲娘口嘛，公公脸上也不喜悦。女人突然想到，锁伏燕嫁过去好不说，不好她是会遭埋怨的——遭婆婆公公的埋怨，有朝一日还会遭亚古的埋怨。她觉得有一座山重重地压在她的心头，让她喘不过气来。在一棵柳树下，她站住了，她有点眩晕，忙忙将身子靠在树干上，树干粗糙的皮咯着了她的背，她感觉到一阵钻心的痛，她不知道这痛究竟来自哪里？泪水顺着脸颊流下来。该有多长的日子没有哭过了，是要好好哭一场了，在这无人的地方，趁着女儿们都不在的时候，泪水从心里的最深处漫上来，漫上来，一寸一寸将她淹没了。为了让自己的哭声不至于过大，她拿围巾的一角捂住自己。越是这样，越无法抑制……

回到家，迎面走来女儿。女儿看着她，她不好意思地低下了头。锁伏燕笑着对她说，妈，我愿意，你给哪儿我都愿意去……听这么一说，心里那股子酸楚来势那样的凶猛，竟憋得她心口疼。她强忍住，迎合着女儿笑着说，下一集妈带你到镇子上买衣服去……

很快到了定亲的日子，男方家拿得很好，都是些锁伏燕长那么大没有穿过的好衣服，好润头。男方的母亲高兴得合不拢嘴，不停地拿眼看锁伏燕憨憨的脸蛋，还抓了锁伏燕的手。

亲一定，男方家要往回娶人了。

出嫁女儿，娘家是要有陪的嫁妆。很想给女儿陪好。除了陪嫁的衣服、鞋子，还有铺盖。离女儿出嫁的日子越来越近，被子还没有缝好。已经缝了两床褥子，一床被子。她还想缝一床。已经缝了三天了，一床被子她就是缝不上。将褶皱的被面拉展，对着缝好的针脚，她一时觉得那针脚没有走好，一针长一针短，这样陪过去，婆家人是会笑话的。她又将缝好的针脚拆了。

第一次出嫁女儿，啥都想置办好的，别让人看笑话。亲家送的彩礼钱一下就花完了，一个家好像无底洞。真的不会计划！一条很好看的围裙，绣花的，新娶的媳妇系上它上锅做饭，肯定好看！在马五的铺子一问，一百二一条，问最低价格，马五降到六十八元，再不能少了。在老三媳妇跟前说出了借钱的话，弟媳面有难色，说，最近钱买了手扶了，也欠着别人的账呢，让她到别处想想办法。她向婆婆家走去，那一天，婆婆的心情似乎不错，问了她给女儿陪嫁的东西准备的咋样了，还有啥没有想好？她很感激，说准备得差不多了，让婆婆做做准备吃锁伏燕的宴席，送送亲。婆婆满口答应了。她没有说借钱的话。

有一家她没有去过，是因为上次剪鞋样子时娟子回娘家不在。娟子的男人老尤是个小包工头。最近一段日子老尤身体出现了问题，浑身没劲，四肢乏力，脚腕像长了磁铁，老出现幻觉，最严重的是夜里说梦话。一次，他喊了一声“春燕”，将娟子唤醒了，当即问春燕是谁？老尤一惊，梦醒了。在女人一再的追问下，老尤说春燕就是春天的燕子，好几只春燕在建筑工地的屋檐下作窝呢！这才把娟子的嘴堵住。老尤找到私人诊所的张大夫。张大夫是个老医生，他把完脉说，老尤伤元气了，身子太虚，需要滋补，药物见效慢，乌鸡汤来得快。最关键的是乌鸡汤可以抑制梦话。老尤从镇子上买来三只母乌鸡，让女人炖。第一只鸡娟子炖得不错，男人非常满意。炖第二只的时候，娟子对着咕咕冒气的锅盖走神了，满脑子的“春燕”，觉得盘踞在建筑工地上的燕子非同一般，没有男人说得那么简单。娟子走神了，乌鸡炖糊了。母鸡的肉原本乌黑，一糊更黑了，老尤二话没说上前给女人一拳头。娟子一只眼睛也成了乌鸡色。娟子回娘家了。

娟子是老尤亲自接回来的，还特意给她买了一块女士表。这个女人，心理的伤痕远比皮肉愈合得快，虽说眼睛还乌着，心情却好到了从前。

深秋的日头暖暖地照着村落，各家的场院上都堆放着柴草、麦垛、胡麻垛 ，一群鸡在附近寻找食物，它们神态自若，步态悠闲，叽叽咕咕一路健谈，丝毫感觉不到拖儿带母的艰辛，它们华丽的羽毛将阳光渲染的五彩缤纷。

娟子在场院上收拾麦子，她用男人鞋底子绑就的拍子在摊开的麦秆上捶打着，揽进簸箕一下一下筛簸，时不时地拿手搓着，吹着，看着。脱去壳的麦粒并不饱满，扁瘪，瘦小，但丝毫影响不了娟子，她好像还哼着一首歌，以至于女人进来了她也没有觉察。妹子……娟子一惊停下手头的活，她一脸的汗，那只受伤的眼睛像戴着一个墨镜。女人把借钱的话一说出口，自己不由得脸红了。不料娟子爽快地说，借你一百吧！啥时候有了啥时候还。见女人满怀感激地望着自己，娟子接着问了一句，亚古还没有回来？出嫁女儿他应该回来吧？女人浅浅地一笑，说没有带信，他不知道。那个没有良心的，烂了肝肺的……娟子显然是动气了，好像亚古是他的男人让她受了天大的委屈。见女人低下头不说话，忙收住了。女人请娟子那天来送送锁伏燕，娟子答应道：一定去。

该请的人都请过了。

一村子的人在那一天要看她给女儿的嫁妆。

风越吹越大，天真的要下雨吗？目光投向窗外，天上有了淡淡的云絮。

缝的是个缎被子，紫红的被面，印着金黄的凤凰，那鸟的翅翼多么的好看，每根羽毛都在发光，好似它刚刚从天池飞来，带着水的柔润、水晶莹剔透的色度，落在她的面前，炫目的光环一圈圈荡开来，整个炕给精美绝伦的凤凰占据了，而且不是一只，是一对。它们近距离地对望着，永远地卧居在紫红色的柔美里。色度搭配是和谐的精致的，无可挑剔的美使她又一次俯下身去，用手轻轻地抚摸着被面。她想起了母亲给自己缝被子时的情景。母亲也是缝得很慢的，拆拆缝缝的好几天，她不知道一床被子母亲为何缝得那么的慢。每一个针脚都好像拿尺子量过。母亲缝得忘了吃饭。大概每个母亲都是这样子缝的，母亲每缝一下都要拿针在自己的额头上划一下。那些日子，她突然发现母亲额头上的皱纹多了起来，那大概是被针划出来的吧。母亲在缝的过程中很少说话，少有的平静。有那么一阵子，使她忘记了还有个替自己缝被子的母亲。饭做好后，她端过去，看见母亲一脸的泪水。她现在才真正体会到，嫁女儿对一个母亲来说意味着啥。母亲把缝好的被子叠在炕角，拿枕头压平整，像她现在给锁伏燕压被子一样。能一样吗？不一样的。她出嫁时，大是在的，出嫁的那一天是大把她送上车子的。亚古不在，那一天谁扶女儿？给女儿缝被子的头一天，小卖部的马五突然喊她去接电话，是亚古打来的，亚古说这几年他在外面遇事了，回去了细细对她讲，电话上说不清楚，事情处理完这几天就回来，行李都打包好了……听着电话那头的话，喉头噎着，让她感到生疼。听亚古说完，她只哦了一声就挂了。走出马五的小卖部，一股心酸充斥着她，难以控制，难以平息，她就拉过围巾捂住自己的脸，尽量让泪水不流到外面。四年了，亚古第一次给她打电话。亚古的话她不会相信。然而她又是那么渴望亚古说的是真话，她不知道四年里亚古在外面究竟发生了什么，女人不想把这个消息告诉大女儿。一想到大女儿，泪水又一次流出来，她怕伙房里做饭的大女儿看见自己哭鼻子，忙咽了回去。日子给了后，她在大女儿跟前总是一副高兴的样子，她不知道锁伏燕看到她哭会咋想。不能哭了，哭也白哭，眼泪把鼻子疙瘩冲走都不起作用了。让娃好好地走吧！她当时对云德老汉说锁伏燕不给人，天要是下雨，她们娘们会过上好日子的。她的话让云德老汉笑了。话吐了，日子给了，刮起了南风。这风为啥不早刮啊？

那么她就不会那么匆忙地吐话，她的心里也就不会像现在这样的难受……

说啥都迟了，迟也是给，早也是给，总会有这么一天吧……

伙房里传来女儿们的打闹声。好像她们过着满是蜜糖搅拌的日子，就连那笑声也是甜美的。谁把谁的头发揪了，谁又把谁当驴骑，谁往谁的脸上吐吐沫随时都发生着。清官难断家务事，自打把她们生下会说话后一直断官司到现在，越断越乱，越没有头绪。有时她想，女儿们哪来那么多开心事？

伙房热闹了一阵归于了平静。女儿们吃过午饭各忙各的去了。

日子里也就女儿带给她的那点闹腾和快乐了。平时看女儿吃饭，刷锅，扫屋子，锄地，砍草，梳头，对她都是一种抚慰。白天的这种感动常常会延续到黑夜，女人的夜晚就是个温馨的夜晚。女儿们睡在身边，一个紧挨着一个，均匀的呼吸一波一波涌向她，这气息会把她疲惫的心神涤荡得一尘不染，她会在温馨的气息里踏踏实实地睡去……开始给女儿缝被子，缝到半夜，她从上房走进伙房，走进一种气息里。不知咋的，心猛地一颤，大女儿在家还能睡几天？生下她的日子似乎就在昨天，说嫁就嫁了。隔不了几年二女儿也会离开她，接着是三女儿、四女儿……最终留给她的又是一个空空的大炕！她感到莫名的恐惧。

母亲曾把一颗心缝进被子里一同陪给了她，母亲哪知道她的苦？亚古刚走的那几年她是喜欢浪娘家的，一浪几天。那个时候她坚信亚古会回来，她还给母亲许愿说亚古挣钱回来给母亲买件像样的衣服。当时母亲一脸的笑。后来亚古不管家了，她也很少去娘家了，怕母亲问她，她怕母亲问得多了自已会流泪。实在想的不行就打发女儿去看看。临走时给女儿安顿说啥话，该咋说。母亲也来看她，母亲问起亚古，女人说亚古走了不几天，外面打工不敢在家常待。

夜影子下来了，上房亮起了灯。灯光下，针脚走得很匀称。风似乎小了，女人的心也静了。她深深地俯下身子，细细地缝，一针一针地走。

羊又叫了一声，她这才恍然想起圈里的那只羊来。一天了，羊没有喂草。这是只有身孕的羊。羊的身子裹挟在风尘里，毛色不咋白，膘也不咋肥，但看起来很饱满，想必它快生了。已经养了四年了，羊并不显老，叫声也不老，很清纯，不含半点杂质，听惯了自家羊的叫声，看惯了自家羊的模样，就觉得这叫声这模样是村子里最好的，是其他羊无法比的。

羊见到主人异常兴奋，拴在脖子上的铃铛响了又响。她俯下去解开绳子将羊拉到窑里面的槽边。槽是空槽，她拿过墙角的背篼，把一种叫苦子蔓的草添进槽里，这是羊最爱吃的一种草，嫩绿，叶儿脆，听羊吃的就很香，就知道羊的牙口还好。想想在这个家里羊待了四年，一年一只羊羔子，天要是下雨，庄稼好的话，她是不会轻易卖掉它们的，她会养着那些羔子，直到它们长大。一家子人的生活，花钱的路子就指望这只羊。开春剪一次毛，秋后下一次羔子，从羊羔子怀上那天起，就把卖的路子想好了，花钱的路子也想好了。羊羔子生下到长够毛，她迫不及待地把羔子从羊妈妈的身边抱走，坐上去镇子的手扶拖拉机，很远了，还能听到羊悲切的呼唤声……卖完羊羔子办完家务，大包小包地拎着随着车赶回来，刚进村子，就听到自家的羊叫，会有很长一段时间羊不好好吃，就那样地叫。羊在叫声里一天天瘦下去，毛也枯黄了。等到开春把毛剪了才能送到七娃的羊群里去。一个春天，一个夏天羊把整个草山走遍了，吃遍了，它们的身子也在沟沟壑壑间在风吹日晒中起膘，脱胎换骨了。

怀有身孕的羊七娃是不敢收留的，他会带信让主人把羊牵回去。那个时候，刚刚牵回来，羊叫个不停。一个笼头拴死了它，一个破旧的窑洞圈死了它。最终，羊安静了，乖了。一只怀有身孕的羊终究是会安静下来的。卖完羊羔子的那会儿，回到家，听到羊的叫声，知道羊想它的羔子，她仅仅是一想，便坐在炕上打开包，一一给女儿们分发买来的袜子鞋子衣服，喜滋滋地看她们试穿。羊的叫声，包括那只羔子的影子早已随风而去了……

眼下，面对这只羊，女人有生以来第一次产生了愧疚感，她望着羊吃草，望着羊滚圆的肚子——那个尚未出生的羔子。可羊哪里知道又一次的生离死别在等候着它！她蹲下去，抚摸着羊。锁伏燕给人了，她的心刀割一般的疼，觉得世界上再也没有比她更疼孩子的母亲了，她曾无数次地坐在黑暗里流泪，一次次地责怪自己这些年来对女儿的种种过错；一个不会说话的羊，从生下羔子奶它疼它的过程与人是一样的，她却轻而易举地把羔子从羊妈妈身边抱走，而且容易得像抱一捆草。羊那样地叫，她竟然连回头看一眼的想法都没有……锁伏燕出嫁了会回来看她，会见面。羊再也不会见到它的孩子了！自己是多么的残忍。

槽边点着灯，差点被风吹灭，她将灯往窑垴里挪挪，重新审视她的羊，羊似乎吃饱了，它微眯起眼睛，望着灯，好像望着灯以外的某一个地方，它的薄薄的嘴唇翕动着，似有千言万语。它时不时地回头看看主人，继而又陷入沉思中。女人感觉眼前站着的不是一只羊，是个懂事的人，饿它是一天，冻它是一天，女儿少不了地要抽鞭子，它默默地活着，孤独地活着，它承受了多少？隐忍了多少？令她伤心的是，在没有嫁大女儿之前她竟然没有注意这只羊，更体会不到一只羊的心思。

她把羊从羊群里牵回来，羊要叫好长时间，它在想谁，记挂谁？说是想草山了，其实想那只让它怀上羔子的羊吧？那只它深爱的羊，此刻在哪座草山？想怀有身孕的它吗？肯定想的，要不自家的羊也不会那样地叫了。

亚古走了，她在一天天的期盼中走向绝望，四年的时间让她忘了亚古的模样、声音、气息。恨，迫使她不愿意去想。不行的，亚古会走进她的梦里，赶都赶不走，而且在梦里亚古给她说了那么多的话，说了就说了吧，还要动她，亲她，摸她，梦里他们两个是那样的好！整个过程中她快活的要叫，不要脸的自己还迎合着亚古，竟然用双手紧紧地抱着他，说着一些不要脸的话，说着说着自己就哭了起来，亚古忙忙地应承说他再不出门了，再也不离开家了……总归是要醒来的，是梦就有醒的时候，她愿意永远活在梦里。醒了的她是空落的，忧伤的，现实跟梦境的落差是巨大的，让她伤痛着，也悔恨着。恨自己，恨亚古。不死的亚古，人在千里之外，还不放过她！亚古没死，在她的心灵深处储藏着，那是她生命中的期盼和等待，她不愿做那样的梦，有了那个梦，她会想起跟亚古的许许多多。由不住，她在梦见亚古的那几天里，要扫扫上房，彻底地清扫，包括院子里的每个角落都要扫到。一个清洁亮堂的院落，感觉就有一个男人的影子在走动，走在院子的每一个角落；在田里干活，就想着回到家里会看到亚古熟悉的背影；走在村道上，她由不住要向村口张望。此时此刻，亚古的影子又鼓胀起来，满满地占据在她心头，她多想在出嫁大女儿的那一天能看到自己的男人，让亚古扶着锁伏燕走向婚车。羊像明白了她心思似的，轻轻叫了一声。这一声叫钻进她的心里去，让她激动不已。她贴近羊，抱紧羊，一阵感动让她开口说道：要是天真的下雨，我再也不会卖掉羔子，让它们陪你一辈子……这次，羊真正地听懂了，它亮开嗓子长长地叫了一声：咩——

一种声音同时扑向了她。女人惊异地直起身子，冲出门去。下雨了，天真的下雨了！雨的气势是凶猛的，让人猝不及防。雨水夹着闪电、雷声从山的那边滚过来。晶莹的雨点是曼妙的，在雨声里在闪亮中女人闭上双眼，她深情地呼吸着，一脸的雨水，一脸的泪水。

（原载于《朔方》2012年11期）

海的那一边

1

锁孔咔嗒、咔嗒、咔嗒，转动了三下，门马上就要开了。军军盯着门口紧张地抱紧脑袋，瑟缩在墙角。进来的是嫂子。嫂子每天都来送饭，从不间断。军军每每听到锁孔的响动都会紧张，好像每一天进来的不是同一个人，都是来取他脑袋的；每一天，嫂子送完饭会匆忙离开，多一秒钟都不待，有很多的事务等着她。今天嫂子没有急着走，她站在地上，眉头一皱，咬了一下嘴唇，咽了一口吐沫，努力调整了一下自己，然后，她向军军走了两步，又停住了。屋子里的气味太大了。确切地说，是军军身上散发出的气味有些锁喉。嫂子本能地向门口那道缝隙看了一眼，她想把门开大些，让气味走走。但她放弃了这个念头。军军实在饿了，却发现嫂子神色不对，他就望着嫂子。嫂子说："你哥他……"对于这样一个小叔子，嫂子完全是信赖的，她怕别人听见似的又向军军走了两步。军军这才看清了嫂子，嫂子哭过，她眼睛红肿，鼻头也泛着红。发现嫂子的身体日渐消瘦和神情不对劲，已经有段时间了。军军很想多打量一会儿嫂子，但嫂子不敢给小叔子机会。现在，嫂子害怕每一个人的关注。每次送饭来，嫂子的消瘦都是不一样的，神情也是不一样的。军军不敢轻易问嫂子，他无法确定嫂子因何而消瘦，就眼巴巴地望着嫂子。今天的嫂子有些反常了，她没有急着走。“你哥一年没有回家了，你也一年没有洗澡了。”嫂子的话语里有些歉意，她不容军军回答就蹲下了身子。这么些年，军军第一次这么近距离地看着嫂子。嫂子将手伸过去，摸了摸军军的头发。“都能扎个辫子了。”嫂子说，她的手滑到军军的脸上，好像有生以来第一次认识军军，为他的这般模样感到惋惜。“我给你洗澡好吗？”嫂子在征求军军的意见。军军听明白了嫂子的意思，他用无辜的眼神看着嫂子。“别怕。”嫂子微笑着安抚道。嫂子开始解军军的纽扣。这一刻，这位被囚禁了二十多年的小叔子竟然忘却了什么是羞耻。他听话地把手从头上放下来。军军的衣服并不多，常年不见太阳的缘故，为了不让他生病或者感冒，秋衣秋裤上面加一层稍厚点的外衣，也是一直以来的穿着。记忆里，军军还真没有生过病。平日里有衣服掩盖着，嫂子没有发现军军的瘦。随着衣服一件一件褪去，军军的瘦显现了出来。他的瘦有些触目惊心，嫂子的手仿佛被军军的骨头硌着了，手开始发抖。给军军脱内衣时，嫂子的脸有些泛红，有些烫手。她的手停住了，好像她有所图谋。除了丈夫，她从未碰过异性。和丈夫的那一幕幕，在解军军第一粒纽扣时就复苏了。

每次丈夫回来，到了晚上都是要洗澡的。早早的，她做好饭菜，伺候完他的吃喝，提醒丈夫洗澡。这个时候，她从柜子里拿出为丈夫备好的换洗衣服：衬衫、内衣、内裤、西装、领带，然后将高处的洗澡液取下来，放到丈夫伸手就能够着的地方。她负责给丈夫脱衣服、解纽扣，一个一个地解，缓慢地，羞怯地，惬意地，不怀好意地……这个习惯是从什么时候养成的，两个人都不记得了，两个人却坚守至今。丈夫听话得像个孩子，随着衣服的褪去，丈夫结实的肌肉凸显出来，他胖了。出门做生意的丈夫，其实是很辛苦的。每次丈夫走后，她就觉得他把自己的心带走了，总担心他吃不好，喝不好，住不好，是不是冷了；每次丈夫回来要是瘦了，她心疼，想法给他改善。慢慢地，随着丈夫的生意越做越好，有了小车和存款，丈夫的身体也发福了。再解丈夫的纽扣时，感觉就不一样了，是被敦实的热腾腾的气团包裹，甜美踏实立即在心头缠绕着。卫生间水汽氤氲缭绕，升腾着，墙壁上挂满水珠，晶莹剔透。丈夫背对着她，她帮他搓背。丈夫宽厚的背像座山，她就说："你比过去胖多了，多少斤现在？""不知道，你可以称称。"丈夫笑着回答道。她敏感，脸红了，她停了几秒钟又开始搓。后背搓完，丈夫转过身来。她开始搓前面。这夫妻啊，一旦把那点纸戳破，就什么都不顾及了，脸比城墙还厚。丈夫或蹲或站，或左或右，配合着她。她是不放过每寸肌肤的，好像那是她的领地，她有责任清洗干净。有一股味道穿透香皂和洗澡液的气味钻进她的鼻腔里，她觉得那味道好香啊！那是丈夫独有的味道。丈夫很享受这样的过程，她也是。从解开第一粒纽扣到卫生间，到床上，到第二天穿衣服时系上最后一粒纽扣，每个环节都是那么有意思、深刻，心知肚明。丈夫是不会多待一天的，外面有更多的事情等着他。他不会忘记一件事，那就是给军军洗澡。这些年给军军洗澡的都是丈夫。丈夫一个月回来一次，军军就一个月洗一次澡；两个月回来一次，军军就两个月洗一次澡。丈夫已经一年没有回家了，军军一年没有洗澡了。丈夫最后一次回家，是在去年的初秋。那次丈夫回来是取户口本的。丈夫中午回来下午要走，她说：“你不给军军洗澡吗？他可是三个月没洗澡了。”给军军洗完澡天已经晚了，丈夫就住了一夜。那个晚上丈夫是一个人洗澡的，他没有让她搓背。在卫生间里洗澡的丈夫接了一个电话，是手机铃声引起了她的警觉。天生敏感的她走近门口，听到了一个女人的声音：“你咋还没回来啊，不是说当天就回来吗？”丈夫说话时放大了水声，他的话她没有听到。晚上丈夫像以往那样搂着她，她却觉得自己像根木头一样硬邦邦的，自己的魂远离了身体飘到了一座孤岛，四周漆黑一片，在冰冷的水上孤独地游荡着，找不到回去的岸。

军军和嫂子同住一个小区。这是个安置小区。哥哥把军军的病情给政府部门做了详细汇报，廉租房很快被批了下来。军军不但住房解决了，而且有二级残疾补贴，有低保，享受各种福利。每到节日期间，各企业老板、慈善机构还会给军军送来衣物和各种生活用品。有一点，军军是坚决不能见那些人的，这是哥哥给嫂子安顿下的。企业老板都是想见见军军的，嫂子的回答是：“军军有病，他见到生人害怕。”“既然这样就不打扰他了。”对方都很客气。脑积水的军军自己不会做饭，不会洗衣服，不会洗澡，需要人照顾。为了照顾军军，哥哥把房子买到了同一小区。

这一年里，丈夫虽不见人，却天天有电话。在电话那头，从丈夫的语气里，她能听出他的心情。过去，她无论多忙、多累，她的心都安放在一个安全的地方。每次听到丈夫打来电话，她的累顿时消散，好像打了兴奋剂。手机里，简短的几句，似乎拌着蜜糖。而今，她开始杜绝那样的声音了，哪怕是半句，她都能从中听出虚假和欺骗。事实上，这些年她都没有把丈夫的真面目看清楚，她的眼睛被爱遮蔽了。丈夫每天问的话都是一样的，无非是温棚菜的长势咋样？女儿假期上网吗？商贩再难为你了吗？花的钱够不够？你的身体好不好？她就说，女儿这个假期不想回来，女儿要生活费呢。那边说：“不是有军军的补贴吗，还不够？”她被噎了一下，接着怯怯地提醒道：“你回来一趟吧，军军都臭了。”丈夫想都没想回答道：“你给老二打电话，我忙。”话又说回来，丈夫不在的日子也没啥不好，她可以一心一意忙家里的温棚，虽然苦些，不就一把苦力气嘛！上大学的女儿假期回来整天喜欢挂在网上，温棚的活女儿也干不了，她也从来不喊。那年暑假，温棚忙得实在走不开，她就给女儿打电话让女儿给军军做顿饭送去，别把军军饿着。女儿有女儿的理由：“我两个婶婶咋不伺候小叔叔，就你。妈，我不会像你活得那么窝囊。”在三轮车剧烈的颠簸中，女儿的话让她半天没缓过气来。三轮车上拉的是蔬菜，她负责送到商贩指定的地点，烈日炎炎，豆粒大的汗珠挂在脸上。今年她鬼迷心窍又承包了一个温棚。四个温棚够她一个人忙的了。她喜欢忙碌，喜欢大汗淋漓。她讨厌停下来的日子，讨厌夜晚的到来。夜晚的来临意味着痛苦的降临。她的头发就在无数个失眠的夜晚成了灰白色，身体也一天天消瘦下去。

2

军军的紧张感慢慢褪去了，他很乐意嫂子为自己脱衣服，丝毫没发现嫂子的尴尬，他甚至配合着嫂子将胳膊高高举起。嫂子低着头，嫂子的头发散发出一股清香来。这是军军有生以来第一次这么近距离地闻到嫂子的气味。这股气味好像在哪儿闻到过，唤醒了军军的某个记忆，他呼吸急促，眉头皱了起来，紧接着，他的眼里闪现出一道光芒，使他的表情异常生动。“妈……”军军叫了一声。这一声把嫂子惊呆了。她睁大眼睛看着军军，军军的眼里蓄满泪水。嫂子的心里波澜翻滚，她突然产生了想抱抱军军的冲动。是的，没有了老人，长兄为父，长嫂为母。她就是母亲啊！一个母亲在孩子面前有啥害羞的？嫂子彻底放松了下来，她解开军军的裤带，帮他脱下来，再把军军的内衣脱下来。不多时，军军在嫂子面前一丝不挂。

她牵着军军走进卫生间。在氤氲蒙蒙里，在香皂的芳香里，嫂子给军军搓着背。军军的骨骼，不，整个身体都很像他的哥哥，假如军军有点肉的话。平时有衣服的掩盖看不出军军的瘦。雾气里的军军出奇的瘦，肋骨像排骨，青筋凸显。嫂子不由得生气了，给他端了那么多年的饭，竟然没有把他喂胖！难道，他……也失眠？他也有自己痛苦的事？见到了水的军军好开心啊！他真的变成了一个醉心于嬉戏的孩子。嫂子没有阻止他，由着他的性子把水弄得四处飞溅。一年了，军军身上厚厚一层污垢，在泡沫深入的侵蚀下，污垢一层一层脱落化作乌黑的臭水流走，军军原本的肌肤显现了出来。这个从未接触过异性的孩子，这个年过四十岁的孩子，原来，他的肌肤这般光洁、紧致、富有弹性，还有，他的眼神……军军这样的俊美！嫂子看着眼前的孩子，激动得热泪盈眶，愧疚之心油然而生。

在这光线并不明晰的屋子里，仿佛有一双圣者之手把军军精心装扮了一番。嫂子将目光投向屋子里唯一的那扇窗。那小小的窗子，投进来的光有些幽深，那是军军与外界接通的渠道。平时送饭，嫂子是顾不上打量那扇窗的，也想不起打量。她怕屋子里呛人的气味。那常年不流通的气味，使屋子洁白的墙壁变得黑渍斑斑，唯有投进的那束光幽深处带着几分清新。此时此刻，那道光像圣者的眼睛，盯着她，审视着她。嫂子觉得不能立马走掉，还有一道程序没有完成。她用剪刀给军军修剪头发，她像个罪人一样，怀着深深的愧疚俯下身子，一下一下剪着。长长的发丝带着香皂的味道一缕一缕散落下来，一部分散落在嫂子身上，一部分散落在地上。随着咔嚓咔嚓的声响，军军的耳朵、脖子显露出来了，白皙的皮肤下能看到清晰的经脉和血管。她害怕剪刀伤着了皮肤，小心翼翼，而她的眼圈发红。女儿小的时候，她就是这样精心地修剪着。在剪刀的声响里，嫂子感觉剪刀像剪在自己身体的某个地方，让她感到一阵疼痛。不是吗？这些年，害怕军军的住所被人看到，或许害怕军军逃跑，丈夫安顿她每次记得把门锁好，外面又加上一条链锁。她照办了，并且一直坚持到现在，而每次放下饭碗往出走时，她都不忍心看军军那渴求的眼神。那眼神里饱含太多的东西！那些企业老板、慈善协会的负责人都想见军军，说远远地看看也行。就一眼。她咬定一句话，军军害怕生人。就在昨天，她一再提醒丈夫回来给军军洗个澡，丈夫依然让她给老二打电话，并安顿把门锁好。她打了，老二说了，谁花军军的低保和补贴，谁给他洗澡吧！

嫂子的目光移开了。在门口，那条锁链冰冷地挂在那里，她知道她走的时候照样会把它锁上。八年前的那次逃跑，丈夫不仅狠狠地骂了她，还把军军暴打了一顿，军军疼得双手抱住头。从此，这个孩子总爱抱头，生怕有谁突然推开房门再次揍他。也是从那个时候开始，军军再没有机会走出这个屋子半步。嫂子感觉自己也被一根锁链拴着，它无形却真实地存在。丈夫每天一个电话，在证实家里一切都好，他可以放心地在外面逍遥。她想不起反抗，甘愿让捆绑着。难怪女儿说她窝囊。

3

头顶放大了的影子把军军吓住了，他汗毛直竖。它的被放大了的四肢弯曲而凶险，周边细密的茸毛像尖利的芒刺，在有限的空间里缓缓蠕动。军军叫不上它的名字。它来路不明。军军寻找过屋子的每一个角落。他的屋子严密的一根针都进不来。那么这个不速之客从何而来？军军想起来了，它从水路进来。对，从水路进来。这个判定让军军兴奋不已。

卫生间的滴水声是半夜响起的。睡不着的时候，军军觉得自己的骨头在寂寞里快被烤化了。空气是那样黏稠，胸闷气短，身上盖着薄薄的一条旧毯子，在漆黑里似乎变成了一张铁皮，炙烤着他。军军大汗淋漓，口干舌燥，这种热好像跟季节毫无瓜葛。为了防备断电，哥哥给军军买了一把手电筒，上厕所不至于撞墙。每晚睡觉时军军把手电筒抱在怀里，这是他唯一的陪伴。事实上，自打有了这把手电筒，军军就很少开灯了。怀里抱着它，就像抱着一个温情的亲人。军军想了一个驱热的办法，他到卫生间拧开了水龙头，一股清凉的水直逼嗓喉。哗哗哗哗，在水的欢叫声里，军军扭着脖子靠得更近些，将整个身子挨上去，那清凉从头顶直灌下来，闷热顿消。

军军回到床上躺下去。他现在可以睡觉了。夜深了，窗外的夜猫子叫累了，那孔窗口比夜色更暗了一层。万籁俱静。这个时候，军军听到了一个声音，缓慢地，胆怯地，犹犹豫豫地，一步一步，似乎一个刚刚苏醒的鬼魂，能感觉到它的呼吸。军军紧张地一骨碌爬起来推亮手电筒。声音是从卫生间发出来的。水龙头没有关紧，是滴水的声音。

在手电筒的光照里，银色的水龙头低垂着，像个沉思者，过不上十几秒吐出来一个饱满的水珠，啪……军军觉得那声音很好听。他把水龙头拧大些，啪，啪，啪，声音空灵、怪异。

从此后，沉沉的夜晚，睡不着的时候，猫头鹰的叫声远去了的时候，军军就拧开水龙头，让滴水声响起。听着听着，倒听出一个人的模样来，虽说模糊，但能感觉到，轻轻地走近他，俯下身子，像拍打一个孩子那样拍打着他，啪，啪，啪……军军渐渐进入梦境。嫂子发现了几次，提醒军军上完厕所别忘了关水龙头。有一天半夜，军军突然惊醒。确切地说，他是被虫子咬醒的。在手电筒亮堂的光芒里，虫子打算逃走。军军哪里会放过它？眼尖的军军用手箍死了它。受惊的虫子动了动，调转身子盯着军军看。军军发现它油亮的硬壳下藏有翅膀，嘴巴上方还有两根触须。这是这么些年来，屋子里第一次出现的另一个生命。军军爱惜地把它放在手心里。虫子大概不喜欢这个地方，它横冲直撞。军军突发奇想把虫子放在手电筒上。这样一来，虫子安静了。一定是手电筒的光唬住了它。这只比苍蝇大不了多少的家伙，感觉到了一种被掬起来的快乐，它在镜面上四肢舒展。于是，屋顶上出现了一个放大了的影子，它庞大、傲气、阴险、咄咄逼人，一对触须的顶端竟然还有两个小圆球。在光照里，虫子轻轻打开了翅膀。这个时候，它有了要飞的冲动，薄亮透明的翅翼显现出圆弧状，上面点缀着深深浅浅、形状各异的花纹。军军深深地被吸引，他小心地掬着，生怕一不留神手电筒断电，一切不复存在。时间快要凝固了，眼前即将飞翔的虫子犹如从光柱开启的地方起程，伴着滴水声打算向一个光明世界飞去……第三天，虫子死了。它是被闷死的。忧伤从黎明诞生，军军打开纸盒，这个可爱的小生命没有跑出来。他伸手去抓它，碰到的是虫子冰冷僵硬的尸体。

黎明的曙光投进来，那一刻，一种绝望过后巨大的孤独裹挟了他。对着那具尸体，军军流泪了，他觉得自己没有善待它。木头板凳就在窗户下。窗户太高了，为了看清外面，看的面积更大些，军军会踩上板凳，看到楼宇的一角，再抻抻脖子踮起脚尖就能看到天空的一角，那片天空幽蓝深远。被愤怒烧昏了头的哥哥本想把整个窗户都用砖砌了，砌到最后一个窗口时心生一丝怜悯。那抹亮光使军军有幸能看到人间的光明。不仅有光明，还有风雪雨露。冬天时，寒风肆虐，军军的屋子却温暖异常。满天的雪花飘下来，无声而纷繁，偶尔有几片落在这扇窗户，还没等军军看清雪花的形状就融化了。下雨的动静比较大，雷声震耳，乌云密布，雨点从云层里掉下来，啪啪啪……紧接着就是哗啦啦的流水声。有几天，听到小区里锣鼓喧天、鞭炮炸响，小孩子们阵阵欢叫，接着是歌声，大人们的鼓掌声……在众多的声音里，军军渴望的那种声音始终没有出现。

4

在家里，嫂子是唯一能看出军军是“知道一点”的人。三个哥哥两个姐姐都认为军军是智障之人，包括军军的父母亲。十多岁的人，三岁孩子的智商。那个时候，父亲和母亲都在，由父母亲保护着，在村子里军军很少受欺负，除非军军自己跑出去，情愿受欺负。村里那些伙伴，大都比军军年龄小、胆大、聪明、花招多。他们都知道军军脑子有问题还好哄，都喜欢叫他。军军也爱和他们往一起凑。相比之下，军军不但个头高身体也算壮实，他们都拿军军当马骑，军军也是愿意给人当马，他四肢着地，还学马叫，人人抢着要骑他。背上的人一边喊着驾、驾、驾，一边疯狂地拍打他的屁股。军军兴奋得忘乎所以，他发疯般地奔跑，在奔跑的过程中冷不丁尥蹶子。这样一来，背上的人会摔下来。对方就很不高兴了，揪住军军的耳朵不放，让喊爷。军军虽然喊了，耳朵还是给撕烂了，殷红的血一滴一滴往下流，他疼得嘴巴都给抽到耳根上去了。那么多人，他得一个一个驮。野外的阳光和凉风会让军军忘了疼。他越跑越快，离村子越来越远。如果不是一条河阻拦去路，他能一口气跑三里地。河不是很宽，会游泳的人二十分钟能游到对岸。背上的人大概害怕水，叫停了。军军就停下来，他对着河水大口喘着气。伙伴们都知道那是一条河，他们想考考军军，问道："那是什么？"军军没见过河，他被问住了。伙伴们告诉他："那是海，大海。"军军也是第一次记住了那么生动的名字。"军军跳下去，可好玩了。"有人提议。也有人反对："他跳下去，谁给我们当马？"

那一天，军军真的对海产生了极大的兴趣。海水一平如镜，波光粼粼，轻漾的微波下面，卵石泛着白光，偶尔蹿出几条鱼来，它们身形弯曲，摇头晃脑，跃出水面，腾空而起，在半空扭动着身子，突然头朝下，啪的一声，不见了，溅起无数的水花。军军看得入迷。伙伴们偷偷溜走，一个也不见了。海的四周是枸杞、葡萄、糜子、西红柿、豌豆、娃娃身子一般高的白菜、树林，还有玉米。玉米叶片长而尖细，在叶片下面掩藏着绿色的玉米棒子，顶端有嫩黄的穗子，仿如姑娘的头发。是鸟叫声把军军引到树林里去的。军军抬起脑袋，看着林间飞翔的鸟影。有一只羽毛泛红的鸟儿，一直在军军的头顶飞旋着，鸣叫着，不一会儿又飞来几只，忽高忽低，轻灵、激越，它们用另一种方式欢迎这位新客人。太阳渐渐拉长了植物的影子，而庄稼的气味把军军熏晕了。“军军——”母亲在四处找他。“你咋成这样了？”母亲生气地问道，“谁让你跑出来的？看你的耳朵，你的脸！”军军脸上不仅沾满泥巴，还有青紫的印子，尤其是耳朵，血已结痂。母亲气疯了，带着军军挨家挨户地询问、声讨。那些孩子的家长一副爱答不理的样子，都跟商量好了一样：“怕欺负，那把你傻儿子圈住别让出来啊！”母亲气得嘴唇哆嗦说不出话来。回到家，真把军军圈在了家里，不让走出大门半步。

姥姥活着的时候，常来看望军军。善良的姥姥嘴巴陷下去一个窝，周围布满皱纹，像母亲做的菜包子。姥姥的嘴巴不停地翕动，仿佛咀嚼着世间万物的滋味。姥姥说：“一个活人成天圈在家里，那不成牲口了。牲口圈的时间久了也傻了。”没有人把姥姥的话当回事。姥姥太老了。姥姥喜欢让军军带着她在村子里转悠。姥姥出门不带拐杖，军军就是姥姥的拐杖。姥姥扶着军军的肩膀，颤巍巍地，但她就是不想停下来。阳光下，姥姥的头发白得像雪。其实，姥姥的心思没有人懂。姥姥是想让军军散散心。他们在村巷里遇到了好多人，也有军军的玩伴。有姥姥在，他们只好远远地窃笑。晚上，军军就睡在姥姥身边，姥姥出气不用鼻子用嘴巴，噗噗噗，吹了一夜。后来姥姥再没有来看军军。一天，母亲从姥姥家回来，眼角挂泪，头上缠着一条白布子。母亲说姥姥走了。姥姥走的第二年，母亲也走了。哥哥和嫂子下田去，家里留下军军和父亲。大门紧闭，父亲在院子里晒太阳，军军坐在旁边。父亲一句话都不说，陷入沉思，有一阵子好像睡着了。军军听到高墙外孩子们的喊叫声，就控制不住自己想溜出去。“又想挨揍？”身后的父亲说。军军无奈地看着父亲，他知道父亲为何没有和母亲一起走，母亲留下父亲来守他。军军十八岁那一年，父亲也走了。那段时间，军军老看着父亲坐过的木板凳（也就是军军现在窗户下放的那张板凳）发呆。军军是二十五岁那一年跟大哥住进了城里。二哥和三哥没有来，他们从来不过问军军。他们对军军不闻不问是有原因的，大哥享受着军军的补贴和低保，他们见不上一毛钱。

军军逃跑的那一次是八年前，也就是军军三十四岁的时候。那个时候军军的房门虽说有保险，但没有加链锁，窗户也没有用砖砌，每天有充足的阳光照进来。那次嫂子把饭碗放下，接了个电话，趁着这个机会，军军冲出门去。很久没有走路的军军连着摔了几个跟头，他的脑海里只有一个念头，跑。可是，他的双腿像被抽取了骨头似的站立不起来。但他有双手，他有当马的技能。军军四肢并用向外直奔而去。嫂子的喊声越来越远，最终听不见了……军军分辨不出具体的方向，一望无际。下午三点钟的时候，阳光的作用，四野蒸腾起淡蓝色的雾气，似萦绕的烟云。笔直的田埂把土地分隔成长方形、正方形的板块。庄稼的品种不同，呈现出的景象就不一样。军军的胸腔里灌满庄稼的芳香，激动的心怦怦直跳。这时，他看到东边的原野升腾起阵阵白雾。军军想看个究竟，原野的风助长了他的速度。原来，地上压着黑色的细胶皮管子，有一部分管子直立起来，水从管子里喷射出来，伞状的白雾就地形成，经阳光的照射化作云雾漂浮着，翻腾着。不远处，农民弓着身子清理田里的杂草。军军莫名地进入云雾中，他旋转着，叫喊着，打着滚。就在左面，庄稼的尽头，军军发现了那久违的光波。他赫然想起，那不是他曾经见过的海吗？那一刻，他竟然能用双腿走路，能迈开步子奔跑了！而且，速度是如此得快！风吹散了军军的头发，吹散了他的纽扣，衣服像帆一样鼓胀着，承载着他要飞起来了。他真像一只大鹏鸟要飞起来了。在庄稼之上，在云雾之上，在所有人的头顶之上……近了，近了，军军一个猛子扑向光波里……

军军是被一条狗拖上岸的。那条金色的狗，力量真大，它把他拖到了一个地方。军军是被狗叫声唤醒的。睁开眼睛，身边不只是一条狗，是一群。接着他看到一个白胡子老人。那不是父亲吗？白胡子老人开口说话了。大概很久没有见人了，老人像遇到了知己一般。在老人的身后是茂密的树林，树林掩映下，隐隐约约出现房屋的轮廓。树林中放着一个圆桌，有茶壶、茶杯、蒲扇、水果，仿佛老人知道会有这么一天，备好了东西等一个人。树林间飘荡着紫色的云烟，丝丝缕缕，升腾着，萦绕着。阵阵鸟鸣。狗在林间追逐、狂吠。军军就是起不来。老人帮军军换了衣服："不要紧，孩子，呛了几口水没什么大碍。"躺在椅子上的军军，看着天空忽明忽暗，不久升起了月亮。狗们见到月亮，叫声此起彼伏。那个夜晚，为了博得军军的信任，老人给军军讲述了他的身世。老人是个孤儿，少年时四处流浪，挨饿受冻，受尽欺辱。十八岁那年，老人参加解放军，在部队受到战友们无微不至的关怀。四年时间过得飞快，和战友分别时老人没有哭，而是挨个给战友一拳头。老人复员回来，有了一份正式工作，有了一个温暖的家。他们很相爱。他们的儿子上初中时，女人病逝。女人带走了老人的心。在以后的岁月里，老人再没有娶妻。退休的那一年，老人遇到了他生命中的第一条流浪狗。老人说，是狗的眼神打动了他。他想，自己当初看别人的眼神一定也是那样的。老人收留了那条狗。他把它带回家，洗澡，剪毛，喂它饭吃。其实，那条狗是非常漂亮的。再后来，老人遇到了很多的流浪狗，他把它们都收留了。这些狗和老人相依为命。有一天，公安局的人敲开了老人的家门。小区的人反映狗叫声太大，影响他们休息，是严重的扰民。在省城工作的儿子，就在乡村给老人买了一座农家院落。儿子定期给老人送生活用品，也定期给狗带来城里的优等狗粮。“别看它们不会说话，通人性呢。”老人总结道。强烈的倾诉欲占据了老人的心：“你能来这，我太高兴了，要是不嫌弃的话你经常来，我在这边等你。”老人说。军军认真地听着，不愿打断，有很长时间没有听到一个人跟他说这么多这么多的话了！军军是第二天一早被遣返回去的。回到家让哥哥一顿暴打。哥哥专门打军军的头，让他的脑袋瓜清醒清醒。然后门上加了链锁，窗户也给砖砌了。嫂子挨了一顿臭骂：“一个傻子都看不住，下次再这样，卷铺盖滚蛋！”哥哥生气是有原因的，由于军军踩踏了庄稼，哥哥赔偿的金额不小。夜深人静，那位像父亲模样的老人会走近军军，他慈眉善目，在暗处盯着他看。八年不见，那位老人和他的狗还在吗？

5

军军洗完澡的第二天清晨，有人敲开了嫂子的门。小区打扫卫生的谢姨说：“我在小区后门碰见了一个穿戴一新的小伙子，好像是你们家的军军。”嫂子吃了一惊，和谢姨一起来到军军所住的单元楼。嫂子拿出钥匙准备开门，发现链锁已经断裂，门开着一条缝。两人进去一看，哪有军军的影子？“门是被从外面撬开的。”谢姨说。“我还正准备给他做早饭呢……”嫂子的语气里带着伤感。“快给他哥哥打电话吧！”谢姨提醒道。

6

凌晨五点半，军军发现了那道光亮，是一道暗灰色的光亮。习惯了黑暗的军军却被这点亮色吓了一跳，他试探着走到门边，推了一把。门开了。军军几乎是从七楼爬下去的。小区笼罩在灰白的晨曦里，一切物象成为幻影。军军深深地呼了一口气。八年了，在大地浓烈的芳香中，军军分辨出了另一种味道，那是海的味道，他由那股味道引领着加快了逃跑的速度。下午三点钟，军军来到了海边，他认定，那就是以前见过的海。他欣喜若狂，在万道光芒里向前一跃……

傍晚时分，海的那一边响起了狗的狂吠。

（原载于《朔方》2020年第1期）

银玲珑

1

1958年的那个初夏，一个老女人牵着一个小女人出现在洼村的地界。

洼村的山，大，高峻且陡峭，一个紧挨一个，簇拥着，遮挡着，看不到更远的地方。她们好像走了很长的路，身上落满了尘土，目光急切而又迷茫。西去的日头依旧灼热，野外的风吹刮着，吹乱的发丝遮挡住了视线。小女人想捋一捋发丝，手却被老女人紧紧牵着。两人额头都渗出了汗。小女人的手心也出汗了，老女人感觉到了一种黏稠的湿热，但她始终没有撒开手。两个女人的脾性看起来都有些腼腆，都被眼前的青石山吓着了一般。老女人停下来，抬起布满血丝的眼睛向远方眺望，那堆积眼角的一团紫色胬肉已经长出眼角来，乍看，好像是没有擦干净的眼屎。这好像影响了她的视力，使她看任何东西都有些吃力，眼睛微眯，眉头紧蹙。在一棵瘦高、枝叶稀疏的杏树下，老女人停住脚步，她的眉头舒展了些，环顾了一下四周，便蹲了下去。她想撒尿，走了几步。看样子一泡尿憋了很久，老女人蹲下身子时，给小女人安顿看看四周是否有人。小女人听话地点点头。她的手被撒开后，看到老女人蹲下去，她也想尿。于是，一棵杏树下，蹲着两个女人。山野的风从远方吹来，她们感觉到一股凉爽袭面，这股凉爽同时赋予她们一股力量。稍息之后，两人都感觉精神倍增。重新上路。曲折的山路，酷似缠绕山峦之间的白色条带。人的影子深了，浅了，隐没了，浮现了……陌生距离她们越靠越近。跟上次不同的是，山谷里，偶尔，传来鸟雀的叫声，出现牲口的身影，还有，羊把式的吆喝声。不久，所有声音都被沟壑稀释，消失在大山的尽头。

四野沉浸在一种空茫里。

突然，山下响起的声音，给俩人带来一阵振奋，抑或是一种希望。身上背着的干粮袋子是扁瘪的，没有一粒粮食。出门时记得要带水，这次出门，似乎，在远方有种未知的喜悦在等待她们，在跨出屋门的一瞬俩人都忘记了。两个人都没有提及水的话题。一路匆匆，到达洼村的地界，老女人没有停止她的嘴巴，一路上，给小女人安顿了很多的话，语气里充满了担忧。小女人，可真是有点小！八岁的她从老女人众多的话语里听明白的不多，她甚至被眼前的陌生惊得睁大着眼睛四处瞅。关于女人的种种，她懂得太少。令她开心的是，一大早，太阳还没有出来之前，老女人就在她的脸上抹上了雪花膏，那种东西，也只有韦庄刚结婚的新媳妇才能享用。记得头天的晚上，老女人用三个鸡蛋换取了指头蛋子大小的雪花膏，一根红头绳。在清晨第一道曙光透进窗棂时，睡得迷迷糊糊的小女人被母亲叫醒了。首先，她闻到了一股浓浓的香味，她有些怀疑这是梦境里才会发生的事情。确切地说，她被香味熏醒了。睁开眼睛的小女人，看到母亲将飘香的一抹白擦在她的脸上，母亲说，快点，今天我们要去很远的地方。她并不知道母亲要带她去的地方有多远。要知道，在平日里，母亲带的不是她。挨不上。在小女人的前头，有三个姐姐，大姐姐和二姐姐已经出嫁。大姐姐阿西是老女人七个孩子里最大的一个。出嫁大姐姐的时候，小女人还没有生下来。听大姐姐说，老女人怀小女人的时候，大姐姐阿西也在怀孕，月份都满了。大姐姐阿西回娘家想看看老女人后回去坐月子。因为大姐姐阿西无法保证她和老女人究竟谁会生在前头。一个春天的晌午，西北特有的黄沙漫卷，天地间弥漫着黄尘，吹得人识辨不来方向。风里传来一个女人的呻吟，那个叫阿西的大姐姐这个时候出现在了院子里。一个留着山羊胡子的男人看到大姐姐阿西，惊喜地叫道："阿西，来得正好！快，你妈要生了。"村子里没有接生婆，都是女人自己生孩子。老女人双腿跪在沙土上，她的下半身裸露着。见到老女人身子底下一摊浑浊的液体，阿西二话没说，挽起袖口走近老女人。阿西想象不来当时母亲生她时的情景，看到因痛苦脸色煞白、扭曲的母亲，她流泪了，她向着自己的母亲跪下去，一只手伸进母亲身体里……那血红的温暖的子宫，像朵鲜红的花蕾，阿西闻到了一股异常的味道。当年的她就是在那样一个温暖的地方待了九个月啊。而后来的母亲为那次的分娩后悔不已！她为那个出生的孩子闹心了半辈子，心情从此再没有改变过，常常在深夜因思念女儿噩梦连连，也使老女人的身体一天一天的枯萎下去。尽管，回家后的老三带来的消息令人满意，预感却是那样强烈地折磨着她。母亲真的后悔那一次的分娩。

阿西摸到了一个硬硬的东西，她把这个发现告诉了母亲。母亲的嘴角掠过一丝微笑。母亲的双手抓在阿西的肩头上，阿西让母亲把一个瓶子塞进嘴里，使劲儿地吹。过度地用力，母亲的眼球快要蹦出来了，脸红成了酱紫色，而她嘴角的微笑始终没有消失。她不能换气，她要用一口气的力量把自己的孩子生出来。那一天，整个韦庄的空气都凝固了。一个时辰过去了，随着一声啼哭让整个韦庄震颤了一下。这一声啼哭使阿西的母亲瞬间坍塌，她向后倒去，抱着腰的那个男人已经累得无法抵挡倒进怀里的女人。

一碗小米粥能缓解女人生产后的惊慌和虚弱。于是，一个月子便从那一碗小米粥开始，母亲的下半身拥在黄沙土里，沙土让女人感觉坐在绵软的绸缎上。黄沙土，小米粥，婴儿的啼哭，滋养着月子中的女人，她的面色也一天一天红润起来。

小女人是老女人的第七个孩子，起名叫麦燕。排行老七的麦燕前头还有三个哥哥。她的出生给贫困的家庭增添了新的负担。那个时候人们不知道什么叫计划生育，只知道，一个女人的一生会生很多的孩子，而到一定年龄自然就不再生育了。就在麦燕生下的四十天里，母亲产生了把她送人的念头。可是，以母亲的话说，麦燕在四个姐妹里，长相并不是太俊，这让母亲很挠心。那是个四处饥荒的年代。在每一次行讨中，母亲喜欢带上三个姐姐。谁也不明白，母亲讨要为何不带儿子。听说二姐姐就是在母亲的一次次行讨中被一家人相中的。在二姐姐被那家人相中娶走之后，母亲便带上了三姐姐。相比麦燕，三姐姐自然是能带出手的俊丫头，她柳叶眉，看人时喜欢咬着下嘴唇。十二岁的三姐姐跟随母亲出去了好多次，她们身上背着的袋子不再扁瘪，米面杂盛。天黑之后，在渐浓的夜色里，麦燕站在台沿上，从村头的方向远远地看到两个晃动的影子，但她无法判定那就是母亲和姐姐——饥饿使她视线模糊。那天晚上三姐姐高烧不退，母亲说："明天麦燕跟我去吧。”

母亲带麦燕去的地方是这些年来母亲从未去过的地方，也是最远的地方。印象里，也从未听谁说过有个叫洼村的。叫洼村的地方真是山大沟深、人迹罕至。一天的行程里很少碰到人。头顶的太阳那样的高远，从未见到太阳在大山的夹缝里显得那样猥琐。而那一天所有的鸟雀都躲进窝巢里不愿出来，斜斜的土路上没有一个牲畜的脚印，这个寂静荒凉的世界好生恐怖。麦燕感觉母亲带着她走进了一个口袋，快要闷死了。

她们是赶着夜路回到家的。回来后的母亲，像变了个人似的，半个月时间没有出门。母亲好像得了一场说不清的病。母亲说，早知道这样，还不如当时不要生下来！谁也不知道母亲说的是孩子中的哪一个。家里人也都没有把这话放在心上。再说了，一个母亲不是常常跟自己的孩子说这样的话吗？当一个孩子连哭带闹的时候，吃不饱肚子的时候，无奈的母亲会说：早知道这样生下还不如送人呢。另一种赌气的说法：再不听话就送到亲生父母那里去！怎么说呢？有些孩子被哄信了，一再地让父母证实自己是亲生的还是领养的。

一个月后的某一天，母亲带着她的第七个孩子麦燕，第二次走进了洼村。

刚到洼村村口，小女人的心绪被眼前那一抹绿捕获了。那抹绿里像暗藏着一种神圣的东西令她心跳不已，那一刻，她相信自己真的喜欢上了那浓绿的地方。她甚至后悔地想，第一次来时怎么就没留意这些？饥饿遮蔽了她的双眼？这个坐落于深山的地方，事实上是多么的迷人啊！使她这个年龄的人心花怒放。多年以后，她真为自己最初的犯傻追悔莫及。

然而，当时的她，真有种想挣开母亲的手向那一抹绿奔跑过去的冲动。实在是太渴望了！那浓绿把存留于心的陌生统统都驱散了，勾起了她的饥渴。手给母亲紧紧牵着，眼神并不是太好的母亲，其实是很敏感的，她明显地感觉到了小女人的心思。但作为养女儿的人，有她自身的戒律，不能表现得太过明白、一目了然，那样的话会让人家小看她！更何况木匠的女人那种淡漠的眼神把老女人剥离得只剩下骨头。

母亲也看到了那一抹浓绿，委实眼前一亮。上次来的时候，是暮春，四野被一种荒寂掩盖，寡淡得如黄尘扫荡。饥饿会使一个人把尊严撕下踩在脚下。那种讨要者的猥琐和卑微与生俱来，还有更多的不可名状的东西缠绕心头。那一次，那个看上去殷实的家户，施舍了她们两碗白面条。老女人感激得要掉眼泪，这也是她当叫花子以来，第一次受到的优待。记不清当时吃过饭是啥时辰，因为母亲和小女人都被那面香熏蒙了，以至于她们放弃了应有的警惕和矜持。母亲和那位施舍给她们饭的女人说着话，叫麦燕的小女人，大胆地告诉那个面容和母亲差距很大的女人自己的名字。那个女人，面容比母亲年轻些、红润些，穿着比母亲更得体。女人听麦燕说完名字，一笑，端详着她，不说话，嘴角挂着不可捉摸的意味。叫麦燕的小女人，一下子就喜欢上了那种居高临下的表情，那是一种有钱人家独有的富贵相。这个时候看见一个头戴麦秸秆编制帽子的男人走进门来。男人比麦燕的父亲年轻些，戴着的草帽压得很低，看不清他的面容，就形体而言，没有麦燕父亲身体透出的那种沧桑和摇摇欲坠的苦难相。这家人，他们的模样都不可小觑。小女人第一次这样想。她觉得母亲和父亲都长成这家人的模样多好！小女人歪着头看着眼前的两个大人，好奇心让她产生了要给予他们一个称谓，这样，才能对得起施舍给她的那碗面条。

老女人警觉地滑下炕头，打算要走了。她们的手里都备有一根打狗棒，不管走到谁家，首先会被看门狗嗅出叫花子的味道，然后，猛扑。可是，那个日头压山畔的时刻，小女人和老女人从那户人家的门口走出来不远，那个女人把老女人叫进了屋子。老女人再次出来时，夜的帷幕已经拉开了。老女人的背上驮着大半袋子粮食，在小女人的手里塞了一百块钱，“这要买几瓶雪花膏呀，你说？”老女人激动地问。小女人没有见过那么大数额的票子，对钱的概念也不深，所以也没有表现出有多大的吃惊或惊喜。老女人只是让她摸摸而已，八岁的麦燕怎能承受一百元钱带给她的分量！母亲拔腿就跑。头都不敢回，好像她成功地完成了一次抢劫。

紧跟其后的小女人，望着老女人背着面袋子的身子，可是，她的脑海里，总是出现给她们饭吃的那个女人的样子。后来她想，那是上苍的安排，假如那天，母亲带去的不是她而是三姐姐，结果会是啥样子？那个家境相比自已家强万倍的地方，放电影一样在她的脑海里回放着。

哥哥姐姐们对小女人第二次去洼村表现出了莫大的关心。清早老女人帮小女人打扮结束，小女人身上透着醉人的香味，一家人都跟随在小女人的身后，从每一个人的表情上看，没有高兴的迹象。但是他们也没有表现出一种别离的痛苦。其实，大可不必，第一次母亲不也是这样带着她出门的吗？在众姊妹中最丑的一个小女人，经过雪花膏的润泽，面相还算看得过去，眼睛大而纯净，倘若她长点肉，怎么也不会让人感到她是一个每天跟饥饿抗争的孩子。

总之，一切都是从第一次出远门后发生了变化。那次，返回的路上，老女人并不是没有跟她说话，老女人说了些话，叫麦燕的小女人其实也没有用心去听，她的脑海里有两个人的影子交替出现，越来越浓重的夜色掩盖了白天的荒寂。在身后，偶尔，传来一声怪叫，偶尔，身后响起比脚步声更大的响动。两个人都不敢回头。作为母亲的老女人，经验告诉她，走夜路千万不能胆怯，不能回头看，心里更不能装鬼。也许，那声音就是从自己的内心发出的。曲曲山路，老女人凭借感觉走在夜幕中，头顶的星星俯视着她们。一路上，母女二人好像一直没有从白天的感动里缓过神来。记不清回到韦庄是深夜几点，远远的，看到一星亮光，那抹光亮让两个人加快了步子。她们走向那熟悉的光里。三姐姐已经把一锅水烧开了，锅里的水沸腾着。当老女人把大半袋子面放在案板上，把一百元的票子展现在大家的眼前时，一家人对麦燕的成功出行发出了赞叹，还是麦燕本事大！想想，老女人带着二姐姐、三姐姐，哪一次有这么大的收获？所以，当第二次，叫麦燕的小女人陪着母亲再次出门时，大家表现出了莫大的关心，按捺不住心头的喜悦送她们出门。

靠北的山弯，绿色就是从那里扑入她们的视野里。由于第一次去过，路熟，两人加快了脚步。她们直接走进了那个家户，他们的房屋似乎就掩映在那绿色里。叫麦燕的小女人终于撒开了母亲的手，跑了几步，又停了下来。因为她看到上次见到的那个女人就站在院子中央。她在接应她们。女人像对待客人一样把她们让进上房里。叫麦燕的小女人已经不能自控了，她端起一杯水一口气喝完，然后，转身离开了自己的母亲。她想看看绿色。对当时的小女人来说，在她的意念里，说不出是什么季节，一园子的树，不是一棵两棵，多得数都数不过来，叶片繁密地高居枝头，而且在不断地努力地舒展、打开，在她眼前摇曳。感觉不到一丝的风，摇曳却没有停止，叫麦燕的小女人觉得西去的太阳自带风向，颤动的叶子，斑驳的光点洒满一地，她走进光点里。事实上，在这座园子里，不仅仅有柳树、榆树，还有杏树、桃树、梨树、沙枣树、核桃树，它们都已挂果，有嗡嗡叫的蜜蜂飞舞，林园附近种着各种蔬菜。周围有三眼水窖，供林园的浇灌。好像，一开始并没有发现有人，那个蹲在菜园里的人，用一顶草帽遮盖着自己，依旧看不清他的脸。原来，这些绿色是他创造出来的。这引起了小女人的好奇，她打算走过去。奇怪的是，那位低头除草、松土的人，不想让她认清自己，转过身背对着她。八岁是她人生中最好奇的年纪，她打算看个究竟。她站在一个土坎上，这样看得更仔细些。一棵树冠猛烈地摇动了一下，接着探出一颗脑袋来，他大眼浓眉，皮肤黝黑，身体结实，倘若留有头发，也许显得年轻些，但他光着头，看上去就老相。似乎有四十岁。小女人仰望着他，他脑袋圆，头皮泛青，那种青色自带油光。秃头很不友好地盯着她看了一阵子，他从树上“腾”地跳下来。这下小女人看清楚了，秃头的个头比她的三个哥哥高不了多少，粗胳膊粗腿的。光头身着蓝色半袖布衫，脚穿黑色布鞋，是手工做的那种，系的裤带是白色毛绳子，长长的穗子拖在那里，像半截羊肠子，这似乎助长了他的霸气，他的眼睛始终大睁着，有些凶险。但是这个跋扈的光头伸出手递给小女人一样东西。那是一副周围缀着小巧铃铛的银手镯。秃头怎么知道她喜欢银手镯？在家里，时常看到浪娘家的二姐姐手上就戴着一副这样的手镯，听母亲说，是婆家送的定亲物。二姐姐起先也是哭哭啼啼闹着不同意，有了一副手镯之后，她就不再哭了。小女人和三姐姐好是眼热，单听铃铛发出的响声都诱惑人。二姐姐只让她们摸摸，戴是不可能的。在小女人家，只有二姐姐有资格戴。三姐姐问过母亲，她啥时候也有一副银手镯？母亲一句否定了，“肚子都吃不饱，戴啥？”是的，肚子是困扰一家人的大问题。

她接过了那副银手镯，落日赋予了它一层灼眼的银光，她一下子就喜欢上了那个光头。不，确切地说，是喜欢上了他送的手镯，就像吃光头家那碗面条一样。友谊这东西是无法抗拒的，对一个孩子来说更是诱惑巨大的。光头兴趣大增，他走向林园深处，她紧跟其后，宛若在那密林深处有更多更好的东西等着她。果然，她看到了更多的树木，更浓的绿色。花香和果子伴着鸟雀的欢叫。这是何等让人痴迷的一个世界！多年以后，她再次走进这里，依然会有这样的感动。

她学着光头的样子想爬一棵树，如果，她有爬树本领的话，她有可能跟着光头把一片林子爬完。可是，过后她想，她之所以那样讨好、巴结光头，是因为她觉得那个光头，不定还有什么宝贝献给她！上树她是初学，在一棵柳树下，光头先给她示范动作。那一次，她对上树着了魔。手腕上戴着一副精美绝伦的镯子，全身都有使不完的劲儿，好像不这样就无法报答光头。后来是光头对上树厌倦了。靠东面的山梁上，晚霞可以作证，是光头友好地把一只手伸给了她，他要带她到山的把边去，那片霞光更浓的地方。山梁上荒草习习，一个条带突兀地出现，蜿蜒曲折，酷似古城的遗址，一头傍依山梁，绕了一个弧线，然后延伸到山水沟处突然收口。时光的磨损如此残酷，那种透彻的、悠远的苍凉，就像野外的风，无处不在，这里的一切，荒草、瓦砾、虫子、神出鬼没的黄老鼠、低飞的蜂蝇，包括牲畜，一年年，呼吸着这样的苍凉。霞光涂抹了一层凝重，企图掩盖坚不可摧的一切。光头大概被感染了，他站在城墙的豁口处，用手给小女人比画着。小女人又一次看到了光头的魁梧与高大。他粗壮的胳膊在半空挥动，表达着他的激动。从此，光头与小女人交流，不发声，用手比画。小女人没有想更多，她喜欢这样的交流方式，并跟着学这样的表达。她试着在残破的墙体上行走，还捡到了几块形状独特的瓦砾。看样子，光头非常喜欢这里。走在古城墙上，他们瞬间达成了一种默契，小女人藏，光头找。在藏与寻找的玩闹中，古城墙上的霞光渐次退去。小女人突然想起了什么，她向山下奔跑。

她直接奔回那座院子。院子里静悄悄的，小女人预感到了什么似的，她冲进老女人第一次和她吃饭的那间屋子。屋子里有一个人，就是给她饭吃的那个女人。那女人拿眼睛白了小女人一眼，那一眼让小女人的心猛地一战。她已经顾不上这些了，大声问："我妈呢？"炕上的女人依旧没有说话，她对小女人的问话无心搭理。小女人不依不饶，都带上了哭腔："我妈呢……"女人这次用一种平淡的口吻说："饭在锅里。"小女人听到了这句话，她停止了喊叫，此刻，她被那句话深深震撼，才想起自己有多么的饿！她开始往锅台边走去，走了两步又停了下来，大概在她的心里把老女人和一碗饭做了一下衡量，相比，还是老女人重要，她突然放声大哭："我妈呢——"

她的身后，站着那个陪她玩耍的光头，此时，他的出现救了她，她转身走到光头跟前大声说道："走，带我去找我妈……"光头这下听不明白了，他一个劲儿地摇头，还甩开了胳膊。炕上的女人看不下去了，她下炕拉过小女人，一个耳光扇了过去，"反了你！你那个叫花子妈早走了！以后老老实实在这里待着"。原来，哭泣可以治疗饥饿。八岁的小女人，第一次被遗弃在这个陌生的家里。从此，她再也没有机会回到她的出生地。直到自己成为三个孩子，不，是四个孩子的妈妈，带着虚弱的身体去探望病重的母亲，母亲才把实情告诉了她。

2

那个晚上，她没有吃饭，被关在一间简陋的屋子里。里面的摆设是陈旧的，有一面土炕，散发出一股浓浓的土腥味，还算新的被子，一个断了丝线的绣花枕头，对面墙上有一面镜子，是崭新的，这是这个屋子唯一吸引小女人的东西。她走近了它。镜子里出现了一个脏兮兮的面孔，她的眼睛在晚霞退却的那一刻已经哭得红肿，嘴巴上沾着血迹，一边的脸肿着，有三道红红的指印，她小心地把手伸出去，放在那红印上，感受着一种灼烧的痛。这也在提醒她——从此，在那个女人面前就得学乖。后来才想明白，那一天，他们都是预谋好的，让那个光头用银手镯诱惑她，带她去林园，看古城墙。

其实，老女人看见她往园子里走的时候，匆匆扒完一碗饭就离开了。不知道路程那么遥远，一路上，孤单的她是怎么一个人翻越高山、爬过沟谷回到家的。是的，老女人没有停止奔跑，她的兜里揣着三百元大钞，背着一袋子小麦在夜色中奔跑。她几乎把一生的能量都下注到那次奔跑上，她仿佛担心后面有人追上来截住她，或许，稍稍的歇缓会让她反悔而改变主意，更担心自己一旦停下来歇缓，那一大袋子粮食没有人帮忙，她能否再次扛上肩头？一路奔跑的老女人，比第一次去洼村时早回来半个小时。放下袋子的那一刻，她才想起什么来，一屁股坐在地上，号啕大哭。家里的几个人都在，却少了最小的那一个，心一下子被掠走了，好大好空的家啊，地上站着的，没有一个能填补那个空。三哥哥说，后悔的话，明天我去把妹妹领回来。父亲说话了，那是一句话落地的事情，粮食收下了，钱也花了，使不得！女儿家迟早是人家的人。老女人说，她有好几次想回去的，又一想家里几张嘴等着吃饭……老女人哽咽着说不下去。

一路狂奔的老女人其实是应该慢下来的，那一刻，她的孩子，那个小女人正站在一棵树下，伸着细瘦的胳膊，让光头给她戴银手镯，小女人完全把老女人丢在脑后。一路的行程，她脸上雪花膏的香味并未消淡，看样子光头是喜欢这个小丫头的。

第一次的一百元钱并没有买雪花膏，那个家窟窿太多，需要多少个一百元填补！银手镯的光泽晃花了小女人的眼睛，铃铛声那样美妙，她羞于启齿，不知道怎么感谢，一个劲儿地拿手摸着贵重的礼物，忍不住地，用鼻子闻闻那银光。

本想在母亲面前好好炫耀一番，尤其在三姐姐面前。那一天的太阳啊，怎么就那么快地落到大山的背后，不容她仔细想想怎么回事儿，夜幕已经将一切掩盖。她就像做了一场梦，梦醒后，眼前的一切都变了样。

屋子里有一盏煤油灯，时时在提醒她，这是一个叫洼村的地方，在一个叫锁木匠的家里，没有一个亲人，处处要小心。还真听到了锯木头的声音，一下，一下，让夜在拉扯声里变得异常漫长。无法睡去的小女人，耳边伴着那样的声音，她开始哭泣。哭泣也被拉锯声肢解得支离破碎。在断断续续的响声里，恐怖裹挟着她。她想起了那个光头，此刻，他在哪里？

白天悄然而至，太阳就从那古城的方向升起。小女人看到了一个高个头的男人，走出靠北面的上房，戴着一顶麦秸秆编织的帽子走出院子。当那人走到院子中央时，光头出现了，并向戴草帽的男人招手。男人的胡子没有留得特别长，但很精致，说起话来胡子在微微抖动，光头的头在男人的手里摩挲片刻之后，男人走了，光头收到特别的奖赏一般转过身来。让小女人不解的是，光头变了个人一样，并不打算往她这边看一眼，昨天的他瞬间那样陌生。

院子里安静了片刻。木匠的女人走出来，她向小女人这边望了一眼，便放心地走进鸡舍，几只鸡咕咕咕地欢叫着，翅膀扇动着，一夜的睡眠让它们精神百倍，公鸡伸长脖子打鸣。长长的叫声使阳光一下子铺满半个院子。木匠的女人踩着鸡鸣声走下台阶。女人向站在门口的小女人招招手，让她过去。小女人还记得昨天晚上的那一巴掌，她胆怯地站着不动。女人走近她，拉起她的小手，就往伙房里走。伙房收拾得很干净，锅台跟前凉着一盆子开水，女人把热水倒进一个盆子里端在地中央，掺了冷水，用手试试，并往水里扔了一块毛巾。女人向小女人招招手，小女人慢慢地挪着步子。身上是老女人带她来时穿得还算体面的衣服，只打了两个补丁，在女人脱衣服时，小女人反抗了，她大叫一声想要跑出去。在她的身后，屋门已经倒扣着，窗帘拉了一半，屋子里的光线一下子暗淡了许多。脱衣服的过程有些简单，八岁的孩子就穿件粉色碎花的单衫，一条颜色接近土色的裤子，裤带是一条烂布条，十分寒酸地甩在那里。跟光头的裤带比，那就是一条肮脏的狗肠子。女人没有表现出多大的耐心，几下就把小女人的衣服扒干净了。这个小女人大概从一生下就没有洗过澡，也从未穿过裤头，身上的污垢紧紧刻在皮肤上，使得她的皮肤看起来那么粗糙，少了小女孩应有的细腻和光洁。水温刚好，小女人羞怯地、战战兢兢地站在盆子里。水的雾气包裹着她，木匠女人的脸在雾气里时隐时现，有时候感觉女人已经远离了自己，被雾气阻隔在了千里之外，只有一双手在她身体上摩挲。起初的胆怯和羞怯渐渐褪去，雾气让她放松了下来。小女人还是很喜欢水的，她开始用手往自己身上撩水。水慢慢变得浑浊不堪，上面漂浮着一层油花。在两只手的摩挲下，小女人配合了。木匠女人擦洗她胳肢窝的时候，小女人主动把胳膊抬起来。木匠的女人是无声的，小女人也是无声的，两个女人，都听着水声。有一阵子，木匠的女人停住了，她还是被眼前瘦小的身体触动了。当厚厚的一层污垢剥离、脱落，小女人原形毕现。宛若一只蝉脱离了蛹壳，光洁、鲜活、白皙、生动、不忍心触碰。倘若她再胖点，一定是个美人胚子。木匠女人有些愣神，她很想把这个小女人揽进怀里，让她满足一下膝下无女儿的虚荣。木匠女人最终还是忍住了，她拿过准备好的新衣服给小女人换上，她动作轻柔，始终以一种欣赏的眼光打量着眼前的小女人。也许，这么些年来，是上苍怜悯她，赐予了她这样一个孩子！她的眼睛有些湿润，一把檀香木的梳子，女人轻轻地给小女人梳理着，一根发丝一根发丝地垂落下来，她梳理得专注而深情，木匠女人仿佛回到了少女时代。可不是吗？在当年，自己的发辫不就是这样一下一下地梳理、一根一根编织成麻花状的吗？每一天都精心地编织着，把一个少女的美梦和心思都编织在发丝里。木匠女人心思重了，随即长叹了一声。两根小辫子扎起来，扎上红头绳，润上雪花膏的小脸蛋透着粉白。自始至终，小女人一声不吭，她任由女人打扮。“以后叫我妈吧。”木匠女人开口这样安顿。小女人没有回答，她用眼睛盯着女人看，她为这句话感到不可思议。她怎么可以是自己的妈呢？自己的妈，那个她叫了多年的妈，跟眼前的这个女人区别有多大啊！小女人的呼吸变得急促，她抬抬脖子用目光告诉了木匠女人答案。

吃过早饭，光头出现了。木匠女人把光头叫到跟前，她没有说话，面带微笑，用手给光头比画了几下，光头明白了。小女人没有注意到这个细节，她以为，是女人有意这样的，怕说出的话让对方揭穿或者听到，故意给光头打手语。在她而言，光头只会在她跟前打手语，怎么跟自己的家人也这样？小女人被光头带出去了。去的还是上次的那片绿色蓬勃的园林，他们刚进入树林，光头就在一棵树下撒了一泡尿。他丝毫没有避讳小女人的意思。小女人第一次发现，光头身上跟自己不一样的东西。小女人吃惊地看着光头。玩的还是上次的游戏。这次，小女人没有了兴趣。她看着光头上到树冠高处，然后转身疾步离开。

好大一片树林，大得一时找不到边际，树木的种类十几种，在这个与世隔绝的地方，洼村，这里是唯一一片令人赏心悦目的地方。始终带着麦秸秆编织帽的锁木匠，倘若不外出干活的话，他会将大半的精力倾注在林园里。有些树木经他的手变成了精美的家具，有些粗壮的完全长不成一棵成器的大树，他任由它们生长。锁木匠还有一个别称：林木王。这是洼村人送给他的别称。锁木匠从来不计较。平时，在树林的地畔、空出来的地方，锁木匠就种上各种蔬菜、花卉。一个春，一个夏，一个秋，到处是花香，到处是鸟语，有吃不完的果子和蔬菜。小女人转身离开时，没有注意到，在她的身后，压在帽檐下的那一双紧紧盯着她的眼睛。

3

是上次母亲带她走过的路，她坚信自己的眼睛不会错。在奋力奔跑的时候，翻过两道坡梁，视线被群山、沟岔扰乱了，她一时无法判断走哪一条路正确。到处是细瘦的土路，有人踩踏出来的，有牲口或者是野物踩踏出来的。小女人迷失了，但她没有停下来。已经吃饱喝足的她，有足够的能量奔跑，不管哪条路，只要奔跑，就会离锁木匠家越来越远。那天早晨，整个世界一片寂静，这种寂静自然生成一种强大的力量在暗自为她鼓劲加油。漂亮的小辫子散开了，新衣服上已是粘满土尘，在她心里只有一个信念。奔跑。像母亲摆脱她时的奔跑。

太阳西斜，小女人被抓到了。其实她并没有跑远，就在附近的山谷间转悠。起初，她惊喜于突然出现的四个人，她好打听去韦庄的路怎么走？不到一百米的距离，她还是认出了他们。她转身就跑。她是在一条浅沟被抓到的。木匠女人上前扇了她一个耳光，骂道："你叫花子妈妈拿了我家那么多，你就那么容易跑掉？"这是女人第二次打她。锁木匠没有出声，他的帽檐压得低低的，小女人始终看不清他那张脸。倒是木匠的大儿子，一个长相酷似光头的男人，看起来比光头的年龄大不了多少。小女人从未见过他。是他上前摁住小女人，木匠女人才完成她第二次的发泄。打完之后，命令那个男人，"穆哈绑住她，回家！"后来，她才知道，叫穆哈的男人是光头同父异母的哥哥。四十岁，已经成家，住在村北头。光头是木匠和现在的女人所生。

事实上，是小女人手上发出的铃铛声暴露了她的行踪。

以后的以后，小女人知道了这个家里更多的秘密，从而，她更加提防这家人。直到她当了妈妈以后，生下第二个孩子，木匠女人行动也大不如前，才跟小女人讲了为何和木匠结为一家子的故事。小女人从那时起，才渐渐消除了和木匠女人的隔膜。但她没有放弃逃出洼村的念头。

那次的逃跑使小女人彻底失去了自由，她无缘再见到老女人和哥哥姐姐。老女人病重时，身体的缘故小女人没有带自己的孩子。送完母亲，她匆匆赶回来，她在八岁那一年其实已经失去了自己的村庄、自己的亲人，因为有个光头男人，注定，她跟洼村结缘。

木匠女人昼夜监视，上茅房也跟着。小女人发现，这个银手镯其实是他们安在她身上的闹铃，只要她稍有动静，一家人立马就知道了。她背着他们用牙齿咬，那五个坚固的铃铛就像焊接一样，不仅焊接在镯子上，也焊接在皮肉里。木匠女人似乎以监督小女人为乐。在平常，大门紧锁，她走进伙屋开始教小女人做饭。怎么洗菜、和面、切菜、炒肉，怎么放调料等，每一个环节，都要求小女人细心、专心。稍不留神，就会挨棍棒。木匠女人早已把扇耳光改为棍棒伺候，伴着小女人一年一年的长大，她的反抗情绪越来越强烈。在木匠女人将门背后的棍子拿起来时，她的嘴角掠过一丝轻蔑的微笑。“啪！”事实上，落下去的棍子并没有让她感到有多么地疼，木匠女人已经没有多少力气来驯服小女人了。听到棍子响声时，光头会瞪大眼睛盯着自己的母亲。他大概是在抱怨自己的母亲下手太狠，抑或是不该那样对待小女人。小女人看着光头上前断然夺走母亲手里的棍子，很不情愿地冲着地上吐一口吐沫。

这是光头在保护她！十岁的那一年，小女人和光头相处融洽了些，就此她也知道了光头是个真正的哑巴。这又能怎么样？两年前的那个黄昏，友谊的种子已经埋在了她的心里，在这个举目无亲的地方，有个人保护，多好啊！小女人亲切地叫光头哑巴哥，第一次叫他，光头难为情地摸着自己的脑袋，仿佛自己的这副模样对不起那个称呼；但这声叫，让哑巴觉得小女人是值得信任的。从此后，只要光头在，母亲就不敢轻易动手。表面上，小女人乖了好多，木匠女人也放松了警惕。有几次，哑巴带小女人去田里干活。小女人啥都不会，需要哑巴去教。哑巴的吃苦是洼村人有目共睹的。活干了不到一半，她把哑巴叫到一边用手语告诉他一件事。哑巴吃惊地环顾四周，然后，坚定地摇摇头。有了上次的逃跑事件，哑巴好像变得机灵了，他寸步不离小女人。即使小女人说她想方便，他也跟着。阳光照耀大地，远处笼罩在蒙蒙的黄尘里。村子的方向传来牲口的叫声，哑巴听见声音深情地张大嘴巴，人都说十聋九哑，这个哑巴，他的耳朵捕捉声音的能力极强。不明白他的哑是半路得的还是天生的。

哑巴比小女人大二十四岁，这是她后来才知道的。哑巴的个头并不是很高，身体强壮，有足够的能力保护小女人，当然也不会放过小女人。一次逃跑在古城墙背后，小女人躲在草丛中，哑巴敏锐的嗅觉还是闻到了她的气息，小女人给哑巴跪下了，祈求他放过她，她想母亲。见哑巴柱子一般一动不动，她抱住哑巴的双腿哭道："哥，放我走吧……"眼泪是好东西，能软化坚硬的石头。那一刻，看到小女人眼泪滚滚，哑巴委实心软了，他扬扬手。这是应允的意思。小女人感激地向哑巴鞠了个躬，转身就跑。

她沿着古城墙旁的山水沟奔跑。她都想好了，万一碰见人，她就躲在深沟里。这次，她紧紧抱住手镯，不发出半点声响，只等着天黑下来，他们便什么也看不到了。天真的就黑了，黑得像泼了墨。沟底，静谧异常。青石山的影子倒扣在沟底，加深了四周的黑暗。有一只晚归的雀儿飞进沟里，它身影隐没在黑暗里不叫了。突然消失的声音带来的枯静使小女人心脏急剧地跳动。但她一动不动。不远处传来几声怪叫，她无法判定那是什么在叫。小女人闭紧双眼。她有些后悔，应该让好心的哑巴她送一程，她提出要求，他一定会送她的。一切都晚了，现在是什么时候？好在东边的山畔出现了一轮圆月。月光虽说照不到沟底，但也带给对面山头一抹亮色。倘若，刚刚，那只雀儿就在附近该有多好！起码，有个生命陪伴。一想到鸟雀，它真给她壮胆了。她都想好了，趁着月色，她完全可以爬出沟底，沿着沟沿奔跑。她突然又想到那只雀儿来，它每一天要飞多远？一定认识去往韦庄的路吧？她突然就安静了，等待天亮后，跟着它，会逃出去的。想想，要是有一根丝线多好，为了保险起见拴在它的爪子上，让她牵着，不用担心会迷路。于是，她把头上的头绳解下来缠绕在手指上等待天亮。家里的三哥哥喜欢把雀儿从窝里掏出来拴上绳子，牵着它在村巷里跑，她跟在后面。跑呀跑呀，雀儿自己就找到了家，它的妈妈在头顶急切地叫。那么，这只鸟儿是不是从韦庄来的？小女人想着竟然有了睡意。刚才消失的声音又响起。果然就在附近。但听声音是警觉的，好像受到了什么惊吓。小女人侧身想看看，她却听到了另一种声音。抱着的手撒开了，一道比月光亮百倍的电光照进来，沟底，一道雪白出现。小女人的身子出现在亮光里。是三个人。哑巴垂头丧气地走在两个人的前面，他走进亮光中，用一根指头指着小女人。那表情无奈、自带痛苦相。这次，木匠女人没有来，是锁木匠。他命令哑巴抓起小女人的胳膊直接用绳子绑起来，跟哑巴绑在一起。他俩是同犯！一路上，一根棍子不停地敲打着哑巴的脚后跟，哑巴的哥哥穆哈一边骂道："软耳朵，连个女人都看不住！"在不间断的敲打声里，小女人感到那一下一下地敲打像在赶一头不会说话的牲口。

果然，一连几天哑巴走路瘸着。从此以后，哑巴带小女人出去田里干活，再不敢轻易放她逃走。也是从那次以后，哑巴好像变得异常冷酷。随着年龄的增长，小女人在木匠女人的看管、教化下，学做各种饭菜和各种针线活。

十二岁那一年，也就是小女人在洼村呆的第四个年头，木匠要给他的哑巴儿子圆房了。小女人以哑巴媳妇的身份走进了她刚刚来时住过的那间屋子。只是叫法不一。屋子叫新房。十二岁，她已经长高了些，辫子长长了些，身体发变了些。木匠女人说，这是小变，等她真正有了例假，会有大的变化。但是，小女人这个样子与她刚来时已经有了天壤之别。以当地的说法，满十二岁交十三岁的丫头，完全可以做一个真正的女人。那一天，小女人的头上戴着一个鲜红的盖头坐在炕上，为她揭起盖头的是哑巴。那一刻，小女人才朦朦胧胧感觉到了什么……

那一天，木匠的院子里骤然热闹。一村子的人都来贺喜了，这些人好奇地盯着小女人，他们很少见到小女人这般模样，她的小模样令人怜悯，也令人新奇。“哑巴有福！”木匠女人听到这样的赞誉嘴巴都合不上。

夜晚，灯光幽暗，小女人的枕边多了一个枕头，和四年前相比，光头哑巴依旧是光头，也是没有头发的缘由，更显老气。人们盯着小女人看，然后又盯着哑巴看，表情神秘而诡异。话又说回来，婚缘这事谁又能说得清楚？哑巴，挑挑拣拣，谁也打不到眼睛里去，晾到三十六岁的时候娶了个小黄花闺女，她虽说瘦小了些，无辜又好奇的眼神望着大家伙。人们满怀信心地看着，评价着，有些还捂着嘴巴笑。当初，第一次时，木匠女人当着小女人的面给光头比画，小女人感觉好笑，她不懂他们母子的交流方式怎么会那样特别。当有一天她真正知道光头其实是个不会说话的哑巴，她更感觉好奇，还好笑，她曾学着木匠女人跟哑巴比画动作，不厌其烦地跟着哑巴学手语。在这个深宅大院，唯有从哑巴这里能看到笑脸。所以，想念亲人时，心里委屈时，她爱给哑巴比画，比画她心中的思念。哑巴听话地点头，耐心地用手语回答她。从手语中哑巴好像很理解她的思念。比画更多的是怎么帮她逃跑。关于逃跑，这是哑巴和小女人私下里的秘密，哑巴答应着，答应了无数次。现在哑巴就在屋子里，小女人又想起了哑巴的承诺。灯光散发出昏黄的光环，在灯光下，哑巴表情僵硬地杵在地上。屋子的门大概被反锁了，屋门外那个沉重的脚步声又出现了，声音一次比一次小心翼翼。现在，哑巴试探性地向小女人走近了。小女人丝毫不畏惧，她稍稍吃惊地望着哑巴，哑巴神情有点怪异。她用惯用的手语给哑巴比画了一遍。这次，哑巴没有任何反应，在这样的夜晚，他不懂小女人要说什么？他也并不打算离开。他望着穿戴一新、美若鲜花的小女人，突然蹲在地上抱头痛哭。

门被一脚踹开，木匠女人和哑巴的哥哥穆哈出现在灯光下。“你个软蛋，今天是你的新婚之夜，你哭啥？”哥哥说完上前在哑巴的屁股上给了两脚。哑巴给踢醒了，他战战兢兢地站起来。木匠女人推了哑巴一把……屋子里的灯啥时候灭的，小女人不记得了。她只觉得哑巴扑倒了自己，一股浓烈的味道令她窒息。她很想把哑巴推开，双手给谁抓着不能动弹。挣扎是徒劳的，另一个更大的声音在耳边回荡——“哑巴，快上啊……”一阵撕裂的痛让小女人昏厥了。

4

木匠女人手里拿着一块洁白的布子，她欣喜地望着布上几朵鲜红的血迹，宛若盛开的梅花，在这个安静的清晨，花瓣的组成虽说凌乱却傲然绽放，似乎灼伤了女人的眼睛，木匠女人流泪了，她爱怜地拿手抚摸着，然后轻轻将布子叠好。

太阳升起了。小女人从屋子里出来，她扶着墙站着，太阳的光芒刺痛了她的双眼，她无力地向着院子扫视一眼。院子里怎么一个人都没有？她试探地想迈开步子，但这一努力失败了。她颤巍巍地转身进屋，一阵眩晕让她倒在地上。木匠女人走进屋子，她疼惜地扶小女人起来，并用毛巾替小女人擦擦脸。女人的这个动作，让小女人附在她的肩头开始哭泣。现在，在这个家里，谁是她值得信赖的人？木匠女人真像个慈善的母亲，一边拍着小女人，一边拉过小女人的手，那副银手镯在木匠女人手里转了几下奇迹般地变大了一圈，并温和地说道："会过去的，哪个女人都会过这一关。"

第二个夜晚来临，听到院子里躲在黑暗处的那个脚步声，小女人心跳加快，她感觉大难临头。她抱着自己靠在墙角里。哑巴走了进来，他站在灯光下，有些不好意思地看着小女人。小女人逃回木匠女人的屋子。木匠女人又把她给哑巴送过来，顺手反扣上门。一阵门锁响动过后，两种脚步声互相交替着走远了……

小女人依旧靠在墙角，她的心同时被两种脚步声交替踩踏着，战战兢兢，然后坠落深谷……灯光晃动，摇晃中惶恐开始蔓延，屋子里所有的东西都向她张开狰狞的面孔；那些目光交织着，形成一个大大的网，缠绕着她。她不能动，也挣脱不了。以前对哑巴的好在新婚的夜晚化为泡影，现在，在这个家里，她最恐惧的、最不愿见到的就是哑巴，他像个苍老的魔鬼，面孔狰狞。现在才算看清楚哑巴背后的预谋和阴险，其实，一次次逃跑，是哑巴的哄骗。哑巴早就在心里把她当成自己的俘虏，银手镯就是定亲之物。难怪，那天，在古城墙上哑巴是那样的激动？他们一家都在合谋哄骗她、捉弄她。小女人像只发怒的豹子向哑巴扑过去，恨恨地抓哑巴。然而，单凭她的力量，哪里是哑巴的对手。哑巴的身上、脸上留有浅浅地抓痕，他其实是毫发未损。哑巴一动不动地蔑视她，这更加激怒了她，抓起枕头冲着哑巴砸过去。灯突然灭了。屋门外，传来一个声音，“哑巴，你还算个男人吗……”黑暗把那个声音无限地放大——

一阵酣畅淋漓的怪叫之后，一切归于了平静。另一个屋子亮着的灯随即熄灭，浸在黑暗中的两张面孔带着难以抑制的笑。少顷，一个影子匆匆从小女人窗户前闪过。

第七个夜晚来临，木匠女人看到哑巴脖子上的抓印，她没有说话。第十个夜晚来临，那一晚，小女人很情愿地吃了哑巴端来的饭，她走近了哑巴，看样子有话要对哑巴说。还是熟悉的动作，哑巴耐心十足地盯着她，等她比画完，哑巴走出了屋子。她不知道站在屋外的哑巴心里能否真的把她的话当回事。现在她越是怀疑哑巴的阴险，越是对他提出要求。离开！离开这个家！在她是亘古不变的信念。

哑巴不再是以前的哑巴。

四年以后的暮春，小女人生下了她的第一个孩子，步入四十岁的哑巴得子了。木匠一家人为这个男婴做了满月，抓了满岁。令他们高兴的是，一岁的亚亚抓岁的那天，他第一个抓的是算盘。锁木匠说，将来这个孩子一定是个秀才。抓岁的那一天，谁也没有想起请小女人的娘家人。这个叫亚亚的男孩的出生让木匠一家人放松了对小女人的监管。那天，小女人做好饭，给木匠女人打声招呼到田里给哑巴送饭。自打有了孩子，都是哑巴中午回来，午饭是不会送到地头去的。殊不知，听完小女人的要求，木匠女人面带微笑地点头应诺，“早去早回”，她说。那次的逃跑是非常顺利的，拐过一道山梁，小女人扔掉饭罐子开始飞奔，她看到饭粒在半空让太阳染成了金黄，那少有的金黄，让小女人想起亚亚尿布上的颜色。而她已经无法停止，冥冥之中有一双手牵引着她向着一个方向飞奔。叫洼村的地方一点一点消失在她的身后……

不像上次，她这次走了一条不是路的路。她甩开了所有的眼目。她顺利地逃脱了。在一道坡梁上，小女人看到了一样东西——一棵瘦高的杏树赫然出现！她的眼睛被点亮了。那不是当年母亲带着她在此地停脚撒尿的地方吗？杏树长高了，稀疏的枝叶在风里见证着当年的一切。小女人扑上去抱着树干，一节一节跪下去，然后泪水奔流。她一边痛哭，一边后悔地想：当年，母亲在此处撒尿让她看人，早知母亲的心思，她为何不逃跑？时隔这么些年，再次见到杏树，所有的都发生了改变。眼前一条弯弯的土路发出诱人的白光。对，那时，母亲就是沿着这条路把她带到了洼村。这个发现让小女人信心倍增。她停止了哭泣，欢喜让她大口喘气，胸部急剧起伏，她甚至以胜利者的姿态回头看了一眼。似乎就在不远处，木匠女人、穆哈、哑巴，包括锁木匠都用无奈的眼神望着她，她鄙夷地转过身去……

此时，身体的某个部位起了变化，似被针扎了一下，一种急速的胀满带来的痛感开始向全身蔓延。她的身体摇晃了一下，然后站定，她慌乱地用手按住痛处。可是，已经来不及了，痛感已经从整个胸部扩散到了指尖，紧接着，涨满破裂，奶水溢出，胸前一片浸湿。这个时候，一个小小的面庞浮现了——亚亚明亮的瞳仁专注地望着她，似乎受了莫大的委屈，孩子哭声不止。早晨尽想着逃跑的事了，没有来得及奶他，孩子一定是饿坏了。小女人掉头飞奔……

远远的，她就听到了哭声，当她气喘吁吁地出现在孩子面前的时候，木匠女人抬眼看了看她，什么话都没有说，她把孩子放到小女人的怀里，转身离开。

哑巴冲着小女人嗷嗷大叫，一边比画，还挥动着拳头，他什么都知道了，在表达心里的不满。亚亚大概哭了很久，他一时泣噎不含奶头。小女人着急地一次一次往孩子嘴里塞着，孩子就是不配合她。她的眼泪下来了，汗顺着脸颊在流。她不知道该怎么哄这个孩子，让他不再哭；孩子越哭，她越着急，哑巴的拳头举得越高。孩子哭累了，平静了下来。她这才顺利地把乳头塞进了孩子的嘴里。一阵胀满袭来，像在杏树下时的感觉。她含着泪望着怀中的孩子。她不知道自己的生活里会一下子出现这么一个小人儿，在她十六岁的时光里，她没有做好任何准备，糊里糊涂就成了一个孩子的妈妈。她不知道该用怎么样的一种方式去疼爱这个孩子。她还有一件重要的事情没有完成！这个孩子的出生加深了她的焦虑。她想不出更好的办法去应对了。抱上他显然是不行的，能跑多远？天黑了怎么办？她失眠，白天下田劳动精神极度恐慌。晚上，亚亚吃奶不定时，刚刚有了点睡意，孩子开始啼哭。从黑暗处摸到火柴，划亮。油灯的芯子一闪一闪。灯光里，她慌乱地把孩子揽进怀里，将乳头凑近孩子的嘴巴，孩子一时没有吃奶的兴趣，他还没有哭够。她手忙脚乱，额头冒汗。一边的哑巴已经呼呼睡去……

木匠女人说亚亚感冒了，要到她的屋子里去，她用艾灸调理。那一晚，木匠不在，听说木匠到外面干活去了，一时不回来。所以，在那个夜晚，木匠女人把小女人叫到自己的屋子里，要求陪她睡一晚。

其实那个晚上，木匠女人并没有睡觉的意思，她有话要跟小女人说。

不知什么时候，天下起了雨，雨点敲击着窗棂，犹如低低的哭诉。

原来，锁木匠娶的女人是个外地人，是木匠在内蒙古学木匠时认识的。那家的姑娘听说模样很俊俏。在当时，木匠的手艺传遍四方，当二十多岁的锁木匠把自己的想法跟姑娘的父亲说了后，那位年迈的父亲捋着雪白的胡子当即点头答应了。可是，不知道为什么，娶进家门后，木匠发现女人并非处女，新婚之夜，木匠问那个男人是谁？女人就是不说。后来他们有了两个孩子，一个刚生下就没气了，留下现在的穆哈。虽说有了孩子，木匠对女人嫉恨在心，更是不信任她。一次木匠假装出远门打家具，谁想，恰好那天回来发现屋子里真有一个陌生男人，尽管女人给锁木匠解释说是她娘家的一个亲戚，路过家里来看看她，她留他吃顿饭而已。木匠就是不信，他眼睛盯着那个中年男人的背影消失在村子尽头，转身反锁了屋门。锁木匠将两袋子木渣倒在地上，命令女人脱光衣服睡上去。女人已经吓得半死，哪有敢不听的。锁木匠手里拿着赶牛的鞭子在女人的身上一遍一遍抽打着，还不让女人哭。问让她失身的是不是那个男人？女人只是摇头，身上的鲜血已经把木渣染红。穆哈已经九岁了，那个夜晚，穆哈睡在乔奶奶的炕上，他是受母亲委托给邻村的乔奶奶送鞋子的，乔奶奶有个孙子跟穆哈同岁，乔奶奶说，明天再回去吧，好好跟她的宝贝孙子玩玩。穆哈非常高兴地答应了。

在锁木匠来看，是女人有意支开了穆哈。

女人的气息越来越弱，她凭借最后一丝力气给锁木匠说，“看在穆哈的分上饶我一次……”锁木匠已经被妒火烤糊了，他什么都听不进去了，看着女人像条癞皮狗一样央求着自己，他搬掉堵炕洞的砖头，朝女人的耳门子砸去。就一下，绝了女人的命。为了掩盖事实，锁木匠把女人扔进院里的水窖。他把屋子里所有的痕迹清理干净，走出大门。第二天从锁木匠的院子传出了哭声，那是穆哈的哭声，他不知道自己的母亲犯了啥病自杀了。给亡人清洗的女人们都看出了亡人的耳朵和半边脸上有淤青，身上有一道道似刀子划过的伤痕。人们立马回想起头一天的那个下午消失在村头的男人，大概女人的死跟那个男人多少有些联系。人已经一口气都没有了，再看从外面匆匆赶来的锁木匠面色阴沉，失去女人的痛苦使他面容扭曲。谁也不忍心去深究这件事。锁木匠一遍又一遍地质问着穆哈母亲自杀的原因，穆哈早给吓傻了，哪里能回答得上？那个女人就那样的死去了。

锁木匠不知道用什么办法让穆哈深信自己母亲的死跟那个男人有关。后来，穆哈要找那个男人算账，被锁木匠拦住了。毕竟是丑事，越闹越对自己不光彩。

时隔不久，锁木匠娶回来了他第二个女人，一个三十几岁的年轻寡妇。寡妇的男人在外面替别人驮盐，漫长的冬夜，想家，他产生了逃跑的念头，于是，跟身边的同伴说去附近解手。那晚没有月光，他只顾眼前没管脚下，结果掉进冰眼里毙命。女人等啊等，半年后才知道自己的男人掉进冰眼里给淹死了。没有人记得他的死亡日期，女人就把男人出门的那一天记做他的忌日，他们没有孩子。哑巴是女人嫁给锁木匠后生下的。两岁时，哑巴跟随穆哈上山放牲口，不慎滚沟，回来以后再没有说出话来。她本想再生一个，木匠不让生了，他说这是上苍对他的惩罚。夜晚，锁木匠怀里抱着高烧不退的哑巴，灯光下，他太阳穴的青筋鼓胀，眼睛盯着灯光，目光充血。令女人心惊的是，锁木匠说完那件事后，似乎有些后悔，临了给她交代了一句："老实待着，说出去没有你的好果子吃，更不能让穆哈知道，懂吗？"自打第二个女人娶进门，锁木匠就把院子的墙垒高了，高高的墙头上还用水泥固定了玻璃碎片。大门也换了，更厚重，更结实。女人每次听到大门厚重的吱呀声，心里就有一种给拧巴几道弯的痛感。闲时，她找过水窖的位置，在院子中央有颗榆树，长势茂盛，大概，那就是水窖当年的位置。锁木匠依旧是方圆百里的手艺人，锁木匠家的生活在洼村是头等家户。哪家的女人都羡慕她。谁想，自打锁木匠讲了那件事情，女人也想逃跑。她常常站在榆树下发呆，说不一定哪一天，自己干错了啥事，狠毒的锁木匠也会要了她的命。精明的锁木匠看透了女人的心思，他二话没说就把大门换了，把院墙砌高。

锁木匠有时候出门很长很长时间才回来。这个大院子里，只有哑巴陪伴着她。但她知道，在暗处，有一双眼睛时刻盯着她，她知道她逃不脱的。哑巴不会说话，但听话。时常望着在榆树下玩耍的哑巴，树叶无端地颤抖起来，她会长久地盯着那些叶片看，那些颤抖的叶片会不会是那个女人的阴魂，在提醒她，还是威胁她？她甚至想，哑巴的滚沟是那个女人推下去的。在这座大院，到处留下了那个女人的印记、气息。她从心里抱怨锁木匠不该把那些事讲出来，无知者无畏。现在事情那么明了、清楚。睡在他们曾经的大炕上，在炕角，她发现了几根女人的头发。女人记得在某个夜晚，木匠不在，半夜，清晰地听见地上有轻微的走动声，一步一步，走近她，一股气息立马裹挟了她，她惊呼一声，坐起来，点亮油灯，一切退回暗处不见了。她曾给木匠说过，木匠说，那是她心虚。还有一次，在白天，她眼见着一个风柱就地生成，围绕着榆树旋转，旋呀，旋呀，最后绕上枝头，一树的叶子哗啦啦。那个时候，哑巴五岁了，她紧紧地抱着他，好像稍不提防，孩子会被冤魂带走。她曾想带上哑巴一起逃跑。哑巴小，跑不脱的话，她的归宿会跟那个女人一样。

每一次出门锁木匠都会安顿一句话：“把娃操心好，不要乱打主意。”她知道，这是提醒，也是警告，女人不傻，她不会无辜地死在锁木匠的手里。为了哑巴，她必须学乖。平日里，即使白天，大门都紧锁着。高墙内的女人闲了的时候就给他的哑巴儿子教手语。随着儿子一天天的长大，哑巴的手语超过了她。哑巴因学会手语反而高兴得手舞足蹈，一种憎恨从女人的心底升腾，是锁木匠害了孩子，也害了她。而她又那么害怕他。锁木匠那张阴沉的长脸永远淹没在麦秸秆编织的草帽下，令女人摸不透他的心思。相反，木匠能看透她所有的秘密。除了害怕，憎恨，还有别的。每次从外面回来，他都闻闻女人的身体，像条狗一样，折磨人的时候，他喊着一个叫麦麦的名字，那个叫麦麦的一定是个女人。麦麦又是谁？

夜深了，两个女人都没有睡意，她们都在暗处，似乎又能看清对方。“不要再逃跑了，你逃不出去的。穆哈就是第二个锁木匠。”木匠女人说。小女人说：“我在夜里听到过脚步声，是那个女人的吗？”“不是。”“你为何不告诉穆哈内情？”木匠女人长长地叹息一声，“今晚的话烂到肚子里都不能说出去，这样对你好！”

5

某年七月，小女人的第三个孩子出世了，跟生第一个孩子一样拥坐在黄沙土里，也跟当年母亲生她时一样，黄沙土是月子里女人最好的卧床。除了木匠女人伺候月子，没有阿西姐姐的陪伴，没有娘家亲人的陪伴。自那个夜晚后，两个女人的心靠近了些。亚亚已经八岁，像她当年的年纪，不同的是，亚亚衣食无忧，已经是小学一年级学生，写完作业，能帮妈妈筛沙土了。第二个孩子是女孩子，已经四岁，她的模样跟小女人很像，尤其是皮肤，每一天她都不忘给孩子梳理小辫子扎上红头绳。对面墙上的镜子已被时光打磨得没了当年的崭新，每次小女人取下镜子让孩子照，她恍然觉得那就是她自己，时间把一切无情地还原如初。已经是三个孩子的妈妈了，小女人想，等孩子们都长大些，带着她的孩子逃离洼村。

第三个孩子是女孩，她的模样却像奶奶，这很奇怪，怎么会像奶奶？事实上，像哑巴，小女人很不情愿将自己生的孩子和哑巴联系在一起。哑巴不配。哑巴睡在身边，厌恶让她心口憋闷。两个稍大一点的孩子随奶奶睡。晚上的怪叫让小女人憎恨，她从来不在灯光下看哑巴的面孔，在黑暗里，她任由哑巴发泄，相比当年，增添更多的除了憎恨还有妥协。作为孩子的妈妈，她妥协了，妥协同时带给了她习惯。一如太阳每一天从东山升起又从西山落下，霞光洒满东面坡梁——一切都在按部就班地运行、消磨。她已经习惯了那样的怪叫、鼾声、气味。

在木匠女人的眼里，小女人真的变乖了，她彻底放弃了逃跑的计划，像她自己一样。

那只不过是表象，当小女人听到上房传出的拉锯声，犹如冰水浇身，透心的寒冷。锁木匠在吃喝上很讲究，为了使木匠吃得入味，木匠女人会用心地教小女人。偶尔，锁木匠心情好的话，也会夸上一两句。小女人叫木匠女人妈，她叫锁木匠爹，她是强迫自己那样叫的，她叫得生硬而无半点诚意。锁木匠倒是不计较。

大侄子来到洼村的时候田里的庄稼都上场了。小女人第四个孩子流产不到一个月。木匠女人说大小都是月子，一定要坐好。喝一个月的小米粥，不到四十天不能下田干活。

母亲大病缠身想要见她一面。听到这个消息，小女人突然没有了回去的念头，她淡淡地问道：“奶奶啥病？我走不开。”倒是木匠女人说孩子留下她看，“你收拾一下，去吧。”她收拾得很慢，等待她的大侄子有些不耐烦了，老催她。这个她曾抱过的大侄子，那一年才半岁，胖乎乎的，大嫂子奶饱他，把孩子交给小女人，安顿道，孩子睡觉的时候别忘了在脚腕上拴上麻绳。大概他永远不会记得当年小女人的模样，眼前这个身体单瘦、一米五个头的小女人的磨叽让他产生了放弃邀请的念头。半路上，小女人问他，“你是怎么认识这儿的路的？”侄子说：“是三叔指的路。我三叔每一年都来看你一趟，回去给奶奶说你生活得很好，一年比一年胖。我咋没有见你有多胖啊？”小女人惊诧地望着侄子，随即她移开了目光。

母亲病得很重，嘴巴翕动，说话很费力。见到小女人，八十多岁的她回光返照一般从炕上坐起来，伸手抓住了小女人的手。母亲的手干瘦得几近柴火，和当年背着袋子狂奔的她简直扯不上关系。八岁一别至今，二十年的时光流水一样淌过去了。她们都吃惊地望着对方，母女的变化太大。见到小女人，母亲的眼角挤出一滴泪来，“当时是没有办法，你三哥要成家，你三姐姐没有出婆家，好在锁木匠他们不嫌弃你……”小女人靠近母亲，她听明白了，伸手捉住母亲的手，她感觉母亲的手比筷子还硬，比石头还冰凉。

“我对不住你……”母亲的嘴巴萎缩、深陷、没有牙齿的支撑像苦菜包子。

“我已经放弃了回家——”小女人说。母亲听到这句话绝望地摇摇头，闭上了眼睛。

其实，在七个孩子里，母亲放不下的是小女人。母亲知道，在洼村，那个家庭会让女儿嘴巴上不受委屈，能吃饱肚子。想想女儿迟早要出嫁，让她当童养媳也是出于这方面的考虑。只不过，锁木匠的女人失言于她。当时，锁木匠的女人答应她，小女人长到十六岁才能圆房。因为小女人的种种恶劣行迹，提前了四年。锁木匠两口子那么乐意，在哪里找这样好的人家？能看出母亲的亏欠。父亲体弱多病，在老三结婚的第三年离世了。母亲继续讨要，但她绕开了洼村。母亲每年让三儿子去洼村看看小女人，回来后的老三带给家人的消息是令人满意的。小女人没有揭穿老三欺骗母亲的话，更没有说一次次逃跑计划的落空，在无望的夜晚，怎么思念亲人，她怎么跪在哑巴面前求他帮她逃跑。哑巴一次次答应着她，背地里在穆哈的逼问下又一次次地出卖了她。她说："老三说的没错，我和哑巴过得很好。"母亲问道："那你咋瘦成这样？"

6

一阵怪叫平息后，哑巴转身睡去。小女人沉浸在暗处，忧伤比黑暗更浓更重地挤压着她，令她喘不过气来。母亲的离世，她没有过度伤心，也是这些年来积压心头的怨恨作祟，她没有像三个姐姐那样放声悲哭。她甚至将目光越过人群投向熟悉又陌生、日夜思念的韦庄，韦庄的每一棵树，每一座山头，每一条土路，包括村里的每一条狗。

亡人起程了，家里的人都放了声，她将目光收紧，有些无望地目送着一群人跟随着一个椽子绑就的架子远去了。她和母亲的别离竟是如此简单。和三个姐姐没有更深的话聊，她没有抱怨姐姐们为何不来洼村看看她，她们体会不到她的思念有多深。

乡下人都有个讲究，亲人亡故要忌四十天身子，也就是夫妻之间不能行房事，这是对亡者的尊重。晚上，面对哑巴，她比画了多次，哑巴装作不懂。她狠毒地在哑巴身上抓着、掐着。哑巴感觉到了疼，也刺激了他的蛮横。她像一枚薄脆的叶片在黑不见底的夜晚被揉碎。此时，那个久违的脚步声挤进来，沉重、神秘、小心翼翼，她分辨不出脚步声源自哪里。大门似乎轻微地一响，又无法确定声音是从大门口那边传来，还是从大门内传来。她翻身悄悄爬起来，隔着窗户，榆树比夜更黑地站在那里，能听出枝干的摇晃，好像刚刚经历了一场风暴，摇晃尚未平息。脚步声却到了门口。门似乎被推了一下。她紧张地抱紧孩子，往哑巴身边靠。哑巴的呼噜匀称。

锁木匠的屋子静着。

从娘家回来太阳已快落山头了。回到家，小女人把母亲得胃癌离世的事跟木匠女人说了。木匠女人说："上天饶恕她吧，可怜的女人。""其实，我妈想见见孙子的，来不及了。这些年，我没有跟她再见一面，她还不知道三个孩子的名字。"木匠女人真像个慈善的母亲一般走近她，说："我本来也想去看看她的，谁想她走得这么快。"说完眼睛竟也潮湿了。一间屋子响起锯木头的声音，艰涩、彻底、重复，弥漫着一股挣脱不开的束缚。两个女人都不说话，将目光投向那间屋子。随着年龄的增长，锁木匠的活少了些。锁木匠对他的那些工具有种与生俱来的喜欢，一天不触碰它们心里就痒痒，一如他对自己林园的喜欢。忙乎了半个晚上，到了后半夜，刨木头声停息下来，夜色沉沉。锁木匠喜欢在这样的夜色中走动，近八十岁的他视力出奇得好，嗅觉出奇得好。

白天，天空呈现鱼肚白，一声门响后，一个灰色的影子从西边的屋子飘出来，戴着麦秸秆编织的草帽子，手拿铲刀，背着背篼，在晨曦灰白的雾气里影子隐没在林园中。太阳西去时，西边的屋子，响起拉锯声。有一点，锁木匠不会因推掉一部分的活而减少出门的次数。他习惯了远行。无论春夏秋冬。锁木匠不在家的时候，家里的气氛一下子活跃了起来。圈里有五只羊，也好像永远就那五只。每一天从圈棚里飘出咩咩的叫声，和鸡叫声交相呼应，最小的孩子在学走步，奶奶扶着她，一步一步，走得认真且谨慎。一缕缕青烟从屋顶缓缓上升，缠绕着，撕扯着，挣扎着，散开来，飘向高处，轻了，淡了，与晨雾相融在一起。屋子里的风箱声宛若霞光出现的前奏。“今天我们去一趟镇上，给孩子买几样花布。”木匠女人对小女人说。

在操心孩子上，木匠女人比小女人周到。她是过来人，怎么裁剪衣服是行家。哑巴整天在田里忙活，庄稼行里他无师自通。一匹骡子对哑巴有种与生俱来的害怕。哑巴虽不会发号施令，一条鞭子轻轻一挥，就是他的代言。春播的时候，小女人要给哑巴帮忙。事实上，小女人在庄稼田里啥都不会干，哑巴的任务，一边负责把土地侍弄好，一边负责教小女人干农活儿。最初的劳动充满艰辛，洼村的女人庄稼行里样样通，就她不会。并不说苦有多大，但她的确不会与牲口达成一种默契。播种小麦，哑巴扶着耧子，绳套里的牲口必须走直线，这样，种下的麦子长出来才能像一条线一样笔直。小女人的手牵着牲口的笼头，跟随牲口的脚步惶惶前行。广阔的田地，生产队里十几头牲口排成一行，前有领头的，后有催撵的。一地的耧铃声，清脆悦耳。牲口的肩膀大都被脖子上的草拥箔磨烂，红红的皮肉，流血不止，苍蝇嗡嗡地盘旋在上面。痛苦会让牲口斜歪着身子走。哑巴生气了，扬起鞭子，狠狠地抽打牲口的背，一种更剧烈的疼迫使牲口卖命地扯拉绳套，它们胯部、肚子、脖子的汗顺着毛穗子流淌。小女人望着牲口因痛苦眼睛里滚出的泪珠，她不敢阻止哑巴，也不敢停下来让牲口歇缓。太阳也似乎给染成红色。原野的风野刮刮地吹，人和牲口的睫毛上落满尘土。这个时候，远处飞来几只鸟儿，它们扑棱棱地落到附近，寻找耧沟里的虫子，不一会儿，翅膀一展飞向半空。小女人仰起头来看着天空。鸟儿的影子小了，小了，最终化作蓝天的一部分……

春播结束，牲口瘦了几圈。小女人也瘦了几圈。休息的那几天，小女人到生产队的牲口圈里去铲粪。走进牲口圈，一股浓烈的粪便味扑向她，她第一眼就认出了那匹骡子，它的伤口开始结痂，它躺在地上，大大的眼睛，长长的睫毛，一副淡定而知足的神情。饲养员把任务交给她，安顿她把粪铲干净，撒上干土，还要拍碎。她点着头，眼睛没有离开牲口。她向牲口走近一步，大概骡子认出了她，打了一声响鼻和她对望。她的影子印在骡子的眼睛里，水汪汪的。

在木匠女人的指导下小女人学会了擀面、蒸馒头，炒各种菜，做各种饼子。更重要的是在小女人十五岁来例假时，木匠女人手把手教小女人怎么洗。小女人已被驯服，她已经是一个彻头彻尾的洼村女人。

随着夏季的临近，田地里的劳作更加忙碌。除草、松土、壅土哪一个环节都要手到。太阳炙烤着大地。哑巴汗流浃背。五十多岁的哑巴，皮肤松弛、黝黑，背部明显的驼了。哑巴的苍老让小女人越发感到他的陌生，就跟一棵老朽的树木，从未见过他的枝繁叶茂。小女人曾提醒他把头发留着，哑巴做不到，他习惯那样光着。

锁木匠的工具挂在西屋的墙壁上。一堵墙钉满了钉子，挂着各种各样的工具。那些工具经岁月的打磨显出湿滑的光泽，像镀了一层油漆。锁木匠出门时带上一些；回来时工具重新上墙。有时候，锁木匠一言不发，长久地站在那面墙前，扬起头，一种成就感掠过他的眼眸。锁木匠是洼村唯一的木匠。谁也不知道锁木匠曾经拜师谁的门下，他打出来的家具就是跟别人打出来的不一样，精致、灵巧、结实、不裂缝、不变形。木匠的手工费不低，所以木匠的家境是洼村最好的。倘若小女人的母亲不亲自将女儿送上门，就锁木匠那份光阴，给哑巴主动给女儿的家户不少。这跟哑巴不哑巴无关。木匠女人常常在小女人跟前说的一句话是：“你妈还算有眼光，死活要把丫头给我们，要不是看着你皮肤白，我们是不会收留你的。”小女人当了妈妈之后，偶尔，还能听到那样的话从婆婆的嘴里说出来。听得时间久了，麻木了，不在意了。小女人从内心还是感激木匠女人没有把她当外人看，能告诉她那个秘密，说明木匠女人是信任她的。

木匠女人也是女人，她有一肚子的苦水没有地方说。别看小女人小，她还是知道木匠女人在沉默阴冷的锁木匠跟前活得并不幸福。她很少看到锁木匠对女人笑。从外面回来的锁木匠大多时间睡在西房，喜欢跟工具待在一起。但是，木匠女人对锁木匠是一万个恭敬，低三下四像个奴仆。锁木匠一顿饭不合胃口都要重新做。木匠女人也是习惯了那样的一个男人。这么些年了，从来没有发现木匠女人有娘家人来看过她。

锁木匠永远有他要忙的事。这个沉闷的家里，自打有了孩子，倘若锁木匠不在，院子里就有了活力。头天晚上，在饭桌前，锁木匠跟女人说他明天要出门。第二天，待锁木匠走了，厚重的大门“吱呀”一声关上后，木匠女人转身对小女人说了去镇子上的话。

小女人是第一次跟着婆婆去镇子上。镇子上有集市，三天一个集市。来自四方的人们拥挤在一条长长的土街上。土街上的驴车、马车、牛车，女人娃娃拥坐在车子里，面带喜色。这个时节，杏儿、桃儿、瓜和各种蔬菜都上集市了。忙乎了半年，辛苦了半年。人们把下馆子当做赶时髦。家里很少吃到一顿肉，在馆子能吃一碗羊肉臊子面、一碗糊饽，啃一个熟烂的羊头会幸福好几个月、肚囊里的油水不散。当时流行一句话：等麦子上场了到集市上吃瓜走！在这里，把赶集吃喝当成一次盛宴。土街的特点就是土多，到处是叫嚷声，到处是土尘。整个一条街道土雾蒙蒙，看不清人们的面容，急吼吼地喊着对方的名字，拉车的牲口也不甘地亮开嗓子叫。热浪扑面，叫卖声此起彼伏，踩踏不断，各种气味混合一处。乡下人喜欢这样的氛围。下午四时左右，大街上基本就空了。人们把这叫流水集，也叫跑集子。吃饱了肚子的人们，买上了生活所需，赶着架子车匆匆离开。

两人到集市是中午十二点钟。她们搭乘村子里的一辆车来赶集市。那个时候，有专门拉人赶集的牲口车，车把式按照人头收钱。街道上，人头攒动，尘土同化了人们的肤色。木匠女人带小女人走进一家饭馆，要了两碗羊杂。小女人吃得心不在焉。因为对面桌子上坐着的那个人总感觉面熟，在哪里见过。想起来了，好像是韦庄的人。在这里能碰上韦庄的人是她没有想到的！那个人大概很饿了，或是小女人的模样他压根就没有认出来，神情茫然地坐等。这么说，在这里能搭乘去韦庄的车子？木匠女人好像不在意小女人吃饭的速度，等她吃完，俩人来到一家商店。那一天人真多。商店里什么商品都有，琳琅满目，水洗了一般。走了一圈，在最后的柜台前她们停下了。木匠女人伸手摸了摸一块面料。一个男人走过来，问俩人买哪种布料？小女人看上了一种小花的粉色的确良面料，她喜欢那碎小的花朵。婆婆也看上了。一个女人走过来跟售货员说，她扯八尺要急用。待那个女人买完布走开，剩下的布不多了，售货员和蔼地说："等几天货就到了，你们过几天再来买。"第二次是小女人一个人去的。就那次，她和一个叫汤伟的人认识了。

7

是冥冥中的注定。站在柜台前，小女人如愿地买到了那块的确良布料。售货员走过来说：“还有一种面料适合你穿，今天刚到的货。”他的声音很特别，像女人一样纤细修长的手指，头发浓密油黑，梳着中分，戴一副金边眼镜，左边第二颗牙齿镶嵌了金属。这样的装饰，是小女人没有见过的，尤其是他的声音。禁不住地她盯着男人看，竟然有点儿愣神。男人又问了一遍。她脸有点微红，不好意思地说道：“没有打算给自己买，没有带布票。”男人有些失望，他看着眼前这位个头矮小的女人，当她说到自己没有带布票时，他想都没有想地说：“我先替你交上，下次来还我。”小女人看了他一眼。男人拿眼睛在征求她的意见。“这块布料，穿上绝对好！”小女人再次抬起头来，她有些不知所措，拿不定主意。男人继续拿眼睛在征求，他一时得不到明确的答案，说不上对方是什么心思，但他确信他的推荐没有任何问题。好像在这个小镇，从未遇到过这样一个女人。已过三十岁的小女人，蜕变得跟以前不一样了，尽管她瘦，但当了妈妈的她具备了一种母性的柔情，她大大的眼睛，眼神深邃，却暗藏着一种忧郁，浮在眼眸的深处，不留心是看不到的。这样的气质真不符合她！她的脸衬白皙、清秀，假如她的面色红润点，眉宇间带点喜气的话会更漂亮。那滑出帽檐的发丝都在替她诉说着一种深深的忧伤。不难看出，她身上有种与其他女人不一样的东西。这是一个缺少爱的女人。怜悯之心油然而生，男人把手伸过去，隔着布料却鼓励了一下她，小女人像弱小的鸟雀受到响雷的惊吓，赶忙抽开手，转身离开。

坐的不是上次那辆架子车，是邻村的，将她带到村子附近，下了车，日头已压山头。浓艳的霞光洒了她一身。爬上一道坡梁，身后响起自行车的铃铛声。她猛地转过身。她不敢想象男人怎么跟到这里来的，好像他和他的金狮自行车猛地从地上长出来似的。“你把布料忘了。”男人说。“我不要，我没有……”“没有关系，什么时候有布票什么时候给吧。根据你的身高我扯了六尺，绝对宽裕。”男人固执地把布料递给她。就是那条她喜欢的玫红。男人说：“你穿上一定好看。”女人小心地接过布料，说话都有些结巴，“这……这不……”“拿着，我送你到那边。”她连忙道，“不要，我男人在坡梁那边等呢。”男人听出了她说这句话的虚假。“我叫汤伟，再见！”男人并没有表现出不高兴，他的任务已完成，调转车子一路飞快。

小女人第一次有了回味的东西。回味多么美好啊！那只手放哪儿都感觉放错了地方。是隔着一层布，感觉却那么强烈、绵软、细滑。最重要的是他的声音。小女人后悔没再听他多说几句话。太阳马上落山，他是怎么回去的？天一定是黑透了。她做贼心虚地把那块布料藏起来，只把木匠女人安顿的那块布料拿出来。偷偷积攒布票其实是很艰辛的一件事，一再地给木匠女人撒谎，说哪天去给哑巴也买块布料做衣衫。第三次去的时候，是十天后。她是去给汤伟还布票的。汤伟高大、儒雅，像个教书先生。见到她，很开心的样子，“急什么？”商店里人依旧多。小女人不想再打扰他，汤伟让稍微等等他。那天汤伟请假出来，“走，我送送你”。似乎是等着汤伟说出那句话，她竟然没有拒绝。一路上，从汤伟的说话中，她记住了汤伟父亲英年早逝，母亲改嫁，叔叔是支宁青年，叔叔让他到艰苦的环境中锻炼，于是他跟随叔叔来到了宁夏。他在宁夏结婚了，爱人在一家银行上班，有一个孩子。“要不是看孩子我也不怎么回去……”汤伟的声音放低了，沉默片刻，他将目光移向别处。小女人用爱怜的眼神看着汤伟，原来，他也是遭亲人遗弃的人。正值下午两点的时光，峰峦叠嶂，雨水的冲刷和野风的吹刮，似刀斧手发怒的狂劈，遍体鳞伤，不规则的青白的骨肋被苍茫掩盖着。汤伟突然说：“洼村我知道，我经常去那里。那里有座可可城你知道吗？”小女人摇摇头。“我今天不妨带你去看看。可可城还有个美丽的传说。”她应该拒绝汤伟的，可是，汤伟富有磁性的话语让她没有勇气抗拒。她忘了时间，忘了身份，忘了身后的眼目。而汤伟像遇到知己一般，喋喋不休。

事实上，他们去的就是哑巴第一次带她去的那座破败的古城。

刚踏上古城，汤伟就像个解说员一样开始了他的滔滔不绝。这座古城，在当时还有一个名字叫可可城，这里看似荒凉，在古代，是固原通往灵武、盐池的必经之路，地理位置相当重要，是兵家必争之地。因有青石山和险峻的山水沟为天然屏障，隐蔽性极强，地势险要，易守难攻。

整座古城为不规则形，坐北向南，形似葫芦，故为“葫芦城”，也叫“可可城”。城墙沿沟边地形而筑，状似弧线。古城内埋藏了好多古董，大都被乡民盗走了，少数收藏在宁夏博物馆。

据史料记载，此城始建于宋仁宗庆历五年（1045年），因当时固原与环县一带的三个部族势力强大，动辄联合西夏侵犯宋朝边境，宋军不堪其扰，宣抚使范仲淹主持修筑了此城。

明代成化九年（1473年）可可城重修，嘉靖三年（1524年）又增筑辖墩台19座，在抵抗西夏和明代防御蒙古部族南侵中发挥了一定作用。据说，可可城有一员大将的女儿，看上了大将手下的一名小卒。

大将私下已经把女儿许配了一户家境殷实的人家，哪肯同意，那位女子性子烈，死活不嫁。大将一看没有办法，就派人偷偷把那位小卒刺杀了。女子得知心爱的人遭人暗算，女子就站在可可城上，奋力一跳结束了自己。大将在沟底找到了女儿的尸体，追悔莫及，拔剑自刎。

小女人用心地听着，听得懵懵懂懂。但她就是喜欢听。她被汤伟渊博的知识深深吸引。

第二次站在可可城墙边，跟上次感觉是不一样的，有了汤伟的存在，尽管有烈女自杀的故事在她心里投下了阴影，她还是愿意跟在汤伟的身后。她不怕汤伟讲出更恐怖的故事。中途，汤伟话题一转问小女人多大，告诉他年龄时，小女人的眼里闪着泪花。她不明白自己为什么流泪，一股酸水直抵心岸。汤伟欣慰地说，比我小九岁。话语权被汤伟掌控，小女人有问必答。汤伟说 :“洼村正因为有可可城，我莫名地喜欢这里。有时候站在山水沟边望着沟底，我能看到从沟底升起的烟雾。你知道那是什么？是那个女子的冤魂。她有时候化作一股烟气，有时候变成一朵云彩，她是那么高贵，纯洁无瑕。当然，有时候会变成一只鸟雀在天空飞……”小女人想起，她逃跑的一次，躲在可可城边的山水沟，那会儿，天那么黑，鸟儿无误地飞近她，那么，那只鸟儿会不会是那个女子变的？

“洼村有个林园特别大。”汤伟说。他怎么知道？汤伟还知道什么？知道她的男人是哑巴吗？他知道那片林园是谁经营的？他真的是个售货员吗？汤伟究竟是谁？

睡在炕上的小女人，她的脑海里重复出现汤伟的影子，他说话的神情，他富有磁性的声音持续回荡在耳际。她紧闭眼睛，但无法睡去。白天见汤伟是她跟木匠女人撒谎，说是去地里干活。刚刚从大门口出来，她就往村头走。一路上倒是没有碰见几个人。哑巴以为小女人在家里，跟队长一再解释，但工分还是被扣了。他回来不比画，对锁木匠来说，工分多与少关系不大。在家里的婆婆以为小女人在田里干活。就这样，她同时欺骗着两个人。哑巴不过问，木匠女人不过问。

他们第五次见面的时候是在锁木匠的林园里。锁木匠不在，小女人大胆地和汤伟走进林子里。在当年哑巴表演爬树的地方，两人停住了。夏季的树荫真浓，四周都被遮蔽了，头顶鸟声阵阵，在为他们唱赞歌。小女人靠在树干上，仰起头看着繁茂的枝叶，阳光的碎片从枝叶间筛下来，她罩在碎片里，浑身鳞光闪闪。汤伟被她的样子迷住了，他走近小女人，本来想抱住树干的，他抱住的却是她。小女人羞愧难当时，她被汤伟的气息裹挟着，急促地说："别……"汤伟没有放手，他用鼻子抵着小女人的额头，低低地说："这里的环境真好！"依稀记得，前面的一棵树，当年，哑巴靠在树干上，掏出银手镯庄重地给她戴上，从此，她走路时就有了悦耳的铃铛声。为了不暴露自己的行踪，她无数次地想把它取下来，哑巴不知道用了什么魔咒就是取不掉。随着年龄的增长，胳膊和手腕、身体的每一处都在发生着变化。那手镯早已成了她身体的一部分，泛着银白的光泽，无论白天还是夜晚，它固执地圈着她，一种冰凉直入心底。此刻，面对另一个男人，积压心头的那股酸楚那么猛烈地撞击着她，这次，她的眼泪喷涌而出。她声音有些颤抖："我公公爹常在这里除草，打理园子。"汤伟不理会她的眼泪，更没理会她的话，他说："你放心吧，锁木匠已经出远门，一时半会儿不会回来。家里就剩哑巴和他哥哥，他们都是生产队的强劳力。"男人什么都知道。小女人被揭穿了似的，垂下眼帘。汤伟说："我们往里面走走吧。"于是他们走向树林深处，男人有所思考地靠在树干上，他说：“好久没有这样走走了，有时候很想老家。我的老家在江苏，虽说江苏处于南方和北方的交界处，但那里的气候真好，到处是绿色。这片林子勾起了我想回老家的欲望。”小女人问他：“你女人很好看吧？”汤伟笑了，“没有你好看！”

也许在汤伟的眼里，小女人过于单纯，他的自信在膨胀。

“没有想到锁木匠是个爱美的人，他年轻时候一定很浪漫。”汤伟的话又让她想起木匠女人的话，她没有说出锁木匠的秘密。她答应要替婆婆保密。汤伟看着她，他好像刚刚发现了她两颊的泪水。她竟然流泪了！他伸手想替她把忧伤的泪水擦去。小女人向后退一步，她打算把男人推开，忙说，她要去田里给男人送饭，婆婆在等她。汤伟哪里肯。

汤伟的肩上背着一杆土枪，他是以进山打兔子为由走进洼村的。起初，汤伟没有做出什么出格的事情，他像个兄长一样安慰着小女人。小女人知道锁木匠出远门了。然而，园子、菜地、林子间……四处弥漫着锁木匠的气息，他的眼神无处不在。小女人担心地说：“你回去吧，商店里不能没有售货员。”汤伟说：“售货员多了去了。今天不是我的班，闷的，我想透透气。”小女人知道，她的事情很多很多。田地有哑巴等着她，家里的婆婆等着她，还有她的孩子，缸里的水浅下去了，圈里羊的草还没有添……一双脚就是不听使唤。她不忍心把汤伟一个人留在这里。于是，她以一个庄园主的身份陪着汤伟。汤伟一边给她交代着身份，一边抽着烟，唯一不说的是他在哪里上的学，跟爱人的关系怎样，就像他压根不关心小女人跟哑巴的关系一样。小女人不问，她只做个忠实的听众就够了，无需知道太多。她不愿漏掉半句话，哪怕汤伟的一声咳嗽。

从此，洼村出现了一个爱打兔子的男人。那人骑着金狮牌自行车的样子很威风，油亮、浓密的头发在阳光下闪闪发亮。人们从野外时常听到不定时的枪响声。也有人看见一个戴眼镜的男人追赶着一只大灰兔子沿着山畔奔跑。

是他打乱了洼村的平静。

又一个阴雨的下午，小女人去园子里割韭菜，一去不回。她忘了木匠女人安顿的话，忘了锅里还煮着饭。她是那样地迷恋汤伟，不仅仅是他的声音……她爱上了他。她为他高兴着，也为他忧伤着。这种矛盾心理让她焦躁不安。当她听他说，明年说不定会回江苏去，她忧郁的眼神流露出的是不舍，她不由自主的说道："把我也带走吧……"那会儿汤伟头脑是冷静的，"你跟哑巴没有离婚"。良久又说："你还有孩子。"小女人坚定地说："我带上我的孩子，我不想在那个家里待下去了，那个家里有鬼。"汤伟的口气里有了抱怨的意思，"那你为什么要给哑巴生孩子？"小女人被问住了，她的眼泪扑簌簌滚落。汤伟最怕小女人那双眼睛，他上前抱住她，她也没有推开他，将头依靠在汤伟的怀里，然后，她猛地抬起头，质问汤伟为何打算回江苏？汤伟说："这里不是久留之地。迟早要回去。"汤伟从小女人的眼睛里读出了绝望，他低下头将嘴唇放在小女人的嘴唇上，一股独特的气息逼近她，那一瞬间，小女人的防线坍塌了……在密林隐蔽处，无人看到的地方，汤伟将自己轻轻盖住小女人，他一边做着，一边在小女人的耳边说着话。"你真漂亮……""真的，你是世界上最漂亮的女人。"这是汤伟真实的表达，"第一次见到你我就喜欢上你了。我好喜欢你的眼睛。"汤伟一遍一遍重复着。"你呢？喜欢我吗？爱我吗？"汤伟在她的耳边呢喃，他讨好她，巴结她，他希望小女人能给他一个满分。小女人慌乱地点着头，她眼角挂着泪水。雨水浸透了她，泪水浸透了她。在雨幕里，她获得了新生，犹如一束花蕾，在雨水的浸润下瞬间绽放，芳香四溢。紧张和惊悚远离了她，在汤伟面前她彻底放松、打开了，她深情地闭上眼睛，用毛发呼吸，用肢体作答，一遍一遍喊着汤伟的名字。汤伟满足得热泪盈眶。“汤伟，带我离开这里好吗？带上我的孩子。”小女人同样在讨好、巴结、央求汤伟。

此后的几个月里，他们不停地变换着地点，林园、沟谷、坡梁，洼地……人们看不到的每一个地方。每一次女人不忘地重复着那句话。汤伟渐渐被感动，他答应道：“先给我时间，我和我爱人的事情还没有处理好。”汤伟又补充道：“等在那里站稳脚跟，我再想办法接孩子可以吗？”相信汤伟不会欺骗她，她从汤伟的眼睛里看到了真诚。

小女人的天空一片光明，感觉有无数的太阳照着她。她肤色红润，神情迷离，看什么都对着自己笑，空气里塞满了芳香的味道，不时有飞鸟带着美好的祝愿从头顶飞过。抱着水壶的小女人，忘了田里哑巴男人等着喝水。她环视周围，庄稼的五颜六色，层次分明。群山、沟壑以缄默的姿态替她保守秘密。跟以前的逃跑不一样，现在有人替她谋划，她可以放心大胆地享受那份等待。人一旦兴奋过头会忽略周围。她始终没有发现木匠女人脸色的变化。嗅觉灵敏的哑巴晚上加倍地折磨她，她却感觉不到一点痛苦，她大胆地摊开自己，也不吹灯，她用鄙视的眼神看着哑巴。哑巴的光头在她的瞩目下黯然失色。

汤伟的影子无处不在。

汤伟就是她的天空！

汤伟喜欢在树林里抱着她。那次听完小女人的话，汤伟说：“那就换个地方吧，下次，你假装到商店买东西，到我宿舍来。”他们真的忽略了这是洼村，林园是锁木匠精心经营的地方，是锁木匠的地盘。他们各自俘虏了对方的心，看不到周围的眼睛。

秋天来临。洼村的秋粮开始收割了。哑巴家里好像被一种不祥笼罩，家里的两个女人不怎么说话，木匠还没有回来，那种沉闷的气息却赶在了他的前头。小女人不在乎孩子是否吃饱，田里哑巴的干粮是否带够，队长是否扣足了工分，白天黑夜，她沉浸在自己的世界里。她什么都看不见了，在她的世界里，只有一个声音，一个身影。

8

那件玫红的布料还是穿在了小女人的身上。出其不意，布料是她自己裁的，亲手缝制的。木匠女人看在眼里，她一言不发，暗自惊叹小女人的手巧。她是从哪儿学会裁剪衣服的？殊不知，在平时木匠女人裁剪衣服时，一旁的小女人看似不经意，实则一万个留心。

弯弯曲曲的田埂尽头出现了一点红，那红愈来愈浓艳，灼人眼睛。洼村的女人都注视着她。在坡梁上或者村道里，碰见小女人，都不跟她说话，商量好了一样保持着距离。小女人坦然面对，甚至是趾高气扬。那些女人们捂着鼻子绕过去。小女人挺起胸走过去时面带微笑。她不在乎她们，就像晨鸟的叫声，不怕吵醒森林里沉睡的野兽。这些年，她第一次体会到阳光是那么美好，空气是那么美好，原野是那么美好。无论在田地里，还是在家里，她看到的，包括一粒尘埃都冲她微笑。汤伟人虽说不在眼前，但汤伟的气息在，汤伟说过的每一句话都在。田野里，手触碰到的是庄稼，身边陪伴她的是哑巴，她却看不到哑巴。她总感觉在不远处有一双眼睛深情地注视着她，她希望他骑着金狮牌的自行车，肩膀上扛着一杆土枪一下出现在眼前，说不定她会停下手头的活冲上去……

月亮的清辉照进来，铺洒在炕的一角，她伸出一只手放在亮光里，那份来自天上的亮光冰清里透着一种轻柔，酷似一双眼睛的观望。她迎接着、长久地与之对望。记得与汤伟第一次约会的时间和地点，那个雨雾蒙蒙的下午，她第一次和汤伟偷欢的情景。令她想不到的是，原来，男人和女人深藏着那么多的秘密！和他，她怎么体会不到一丝的痛苦？那一刻，她的身体随着汤伟的爱抚化作一缕云霞升向半空，自由轻盈地飘荡。男欢女爱的过程多么的美妙！汤伟懂她，知道她需要什么，知道什么时候该说什么话，该怎么去抚慰她。最初的小心翼翼，带着几分羞涩后的难堪，还有，不是十分的情愿，慢慢的，慢慢的，一切的发生又是那么合情合理，自然、舒缓、缠绵、冗长、带着醉人的虚幻。雨，一滴一滴掉在脸上，灼热和沉醉让她的魂飘向远方，像一条船漂游在清凌凌的河水之上，摇曳着，摇出一河的柔波。是的，在她看来那船摇醒了一河的水，摇清了一河的水；河水闪着亮光，跳跃着，涟漪四起。有风在吹，凭借风的助力她缓缓驶向对岸。对岸是一块尚未开拓的土地，就她，就他，两个人一起停泊此处；在他的抚摸下，每一寸土地都发生着改变，光彩照人。

“我喜欢你……”

“我喜欢你……”

在呢喃般的重复中，他成就了一个全新的她。“你好漂亮啊！”男人没有停止他的赞美，就在她的耳边。他小心翼翼地，却如此地放荡不羁。她甚至感恩般地配合着他，用央求的口吻说：“说吧，想说什么就说什么，说什么我都爱听。”男人听话地，一遍一遍地跟她耳语。

这么些年来，已经是四个孩子的妈妈，第一次，这么近距离地聆听一个男人跟她说话。哑巴带给她的除了嗷嗷大叫，就是喘息、塌陷过后的呼噜。她淹没在痛苦的深渊里。夜深了，在枕边，她的世界和哑巴一样哑着。她大睁着眼睛，困倦万分，她渴望睡意的来临，白天有那么多的活等着干。就是睡不着。现在，月光于她都有点奢侈了，稍不留神，就跌落梦境里。梦里，汤伟继续做着他的事。

汤伟就在现实中，她随时都可以见到他。只要她愿意，她给哑巴撒谎，给木匠女人撒谎，甚至给孩子们撒谎，然后，赴约。

一天，木匠女人把小女人拦在大门口，“木匠要回来了，你要留心”。木匠女人语气里充满担忧。这话激怒了小女人，“你儿子是个哑巴，哑巴！这些年来，在我的枕边没有一个跟我说话的人……”木匠女人被噎住了，“木匠不会放过你……”“你要是告诉木匠，我就把那个女人的死告诉穆哈。”小女人转身走出了院子。在她的身后，木匠女人向着天空长叹一声，“报应啊！”

深秋的一天，锁木匠回来了。那天下着雨。小女人见到锁木匠时，面带微笑跟他问好。锁木匠取下了他的麦秸秆草帽。小女人第一次看到了锁木匠一头的白霜。

秋雨绵绵，似乎这雨从一开始就不打算停下来。锁木匠的屋子里，只有三个男人，都被这雨声弄得心情烦躁，脸色比天还阴沉。锁木匠少有的和两个儿子单独待在一起。木匠女人不在场，她在照顾孙子。洼村的孩子天生是喜欢玩水和土的，孩子们在院子里围绕着榆树转圈，是热闹一阵子的。雨到了下午没有停歇的意思。闹腾够了的孩子们才回屋吃饭，屋子便弥漫着一股雨水的味道。孩子们丝毫感觉不到危险已悄悄降临这个家。木匠的屋子里气氛低沉。木匠女人走进屋子，屋子里沉闷异常。锁木匠问：“回来没？”木匠女人没有出声，她紧张而胆怯地望着浸在灰暗中的锁木匠。

蒙蒙细雨，洼村的山野已经被雨水浸透。锁木匠的园子里，汲取水分的植物争相开放。鸟雀抖动翅膀，鸣叫，叫声急促、潮湿，它们预感到了什么一般，突然在林间乱飞起来。

今天他们不在林园，他们在可可城。在残垣断壁处，长满青苔的地方，他们想用爱来修复、补救，抑或诠释他们的爱情，就在当年大将的女儿跃身绝尘的地方，他们大胆地亲吻、偷欢。两人的激情在雨水中燃烧，“哑巴他……”小女人每每想表达一下自己的感受，汤伟赶紧就把她的嘴堵上。他不想听。现在，是他们俩人的世界，他不愿意提及第三个人。小女人将头枕在他的肩膀上，他们丝毫没感觉到四周的异常。小女人问：“那个大将的女儿很漂亮吧？”汤伟回答：“没有你漂亮。”“那个小卒有你个头高吗？”汤伟笑笑，用坚定的口气回答：“肯定比我高、帅气得多，不然那个女子不会为他自杀。”“谁要是阻拦我和你好，我就自……”男人赶紧捂住她的嘴巴：“别胡说，我们都好好活着。”一只惊慌的鸟雀从头顶飞过，首先，小女人扬起头看到了。那只鸟雀没有飞远，它在近处低飞、鸣叫。小女人慌乱地说：“我们快离开这里。”

已经晚了，哑巴一行找到了他们。汤伟翻身坐起，他第一个反应是：跑。小女人却喊了出来，“汤伟，跑——”哪能跑得开？汤伟的头部挨了一棍，一股股红的血蚯蚓一样从皮内钻出来。小女人疯了一样扑上去抱住穆哈的腿，“是我的错，全是我的错，你打我吧？”这话太没有用了，小女人眼看着两个男人挥动着棍棒轮流砸向汤伟。两个人像打牲口一样得心应手，汤伟渐渐软了下去，成了一摊烂泥巴。哑巴面部扭曲，穆哈则黑紫着脸。有种声音同时落在俩人的耳边，“往我们姓锁的头上拉屎，割掉！”一声惨叫过后，小女人看到，一只耳朵似一只鸟雀的翅膀，轻灵地飞向半空，划了一道弧线缓缓坠落。小女人像吃了豹子胆，她转身向锁木匠跪下去，她重申道：“他没有错，是我，是我，你们把我杀了吧……”“啪！”一声脆响过后，小女人停止了喊叫。她张大眼睛望着面容阴沉的锁木匠，她又听到了一声命令：“把她也往死里打。”穆哈和哑巴听到命令掉头转向小女人。汤伟乘机滚下山水沟……

“不要——看在孩子的分上……”雨雾里，一个踉跄的身影出现在锁木匠的面前。

木匠女人用身体护住小女人，“你们打我吧，是我没有管教好她……”

一个月过去了，小女人勉强从炕上坐起来。她浑身是伤，淤青尚未消散，眼睛的淤青更重，但疼痛已经远离了她。她打量着自己的屋子。屋子里的家具都在摇晃。院子里有孩子的说话声，一缕阳光照射进来，她感觉有些刺目，微弱地呼吸，眼睛再次合上。她打算就这样睡去，永远不再醒来。门响了，木匠女人掀开门帘走进来，将一碗饭放在桌子上什么都没说出去了。她张张嘴巴，又咽下了那句话。她想问问汤伟。屋子湿气很重，散发着一股药味。她身上涂抹的膏药味道很浓地扩散开来，让她想呕吐。昏睡的这些日子是木匠女人用调羹喂她的。木匠女人喂的时候一句话都不说。她知道小女人会活过来。锁木匠的脸色更加阴沉，他在收拾林园的时候，不忘环视周围。他的视力依然很好。对于在雨幕中逃走的汤伟他再没有追赶，但他相信那个狗东西不敢再来。至于那人是死是活跟木匠没有丝毫的关系了。

死了多好！没有汤伟的日子，活着有何意义？那个光明的世界一去不返了，她的天空再次暗淡。醒过来后，她的脑海里不停浮现那只带弧线的耳朵。汤伟捂着流血的耳朵逃走的一瞬，她晕了过去。

永远不想醒来。对汤伟的愧疚让她失去了活的勇气。有些恨木匠女人，她不该救她；活着，她的思念不减，愧疚不减。第二天一早，木匠女人走进屋子，头天放着的那碗饭还在。她轻轻地走近小女人，俯下身子说："吃吧，吃了，我告诉你一件事。"她的眼睛睁开了，一道亮色掠过她的眸子，她望着木匠女人，"汤伟咋样？"木匠女人立起身体，说："你先吃饭。"小女人端起饭碗。木匠女人说："吃这碗，那碗凉了。"吃完饭，小女人说："告诉我……"木匠女人转身关上门。她听到木匠女人一步步走远，开始后悔，原来，她上当了。下次吃饭就没那么容易了。木匠女人把饭放到她面前时，小女人问，"汤伟咋样？"木匠女人说，"吃吧，吃完再告诉你。"小女人说："不吃。你告诉我吧。""你不吃我就不说。记住，我不是个撒谎的人。"

就这样，到了第四十天，小女人能下地走路了。今天是最后一天，小女人一定要木匠女人说出实情，如果不说，她再次拒绝吃饭。"告诉我，汤伟咋样？"她倔强地问道。木匠女人开口说话了，她说："亚亚高烧不退，在卫生所买的药吃上也不管用了。睡了近两周时间，大概在野外把魂丢了吧，连学都没法上了。"小女人一愣，想起什么问道："他不是在学校里吗？咋会在野外？""那天是个礼拜六，他去野外砍草，回来就发高烧、说胡话。恐怕碰到鬼魂了。我们得去野外给他唤唤魂。"

9

婆婆带小女人来到一道坡梁上，那里绿草茵茵，低飞的蝴蝶、蜜蜂、蜻蜓在草丛里轻歌曼舞。两人的心境很乱。木匠女人回头望了一眼小女人，说，孩子在山里丢了魂儿，并把一件衣衫递到小女人的手里。小女人无声地接过去。见小女人沉默，木匠女人又提醒道："你给孩子叫魂吧，这是亚亚的衣服。"女人立马反应过来，"我不会。我从来不知道……""你是当妈的，你叫是最应该的！别人叫无用。"女人难为情地看着木匠女人。木匠女人说："那我来教你，你这样喊：亚亚哎——我的宝娃，饭已做好，快回来吧！妈在等你——"婆婆双手搭在嘴边，向着远方呼唤。声音绕着山梁荡漾开。远处的山梁上，吃草的羊群猛地抬起头来，惊奇地回头张望着。声音四处碰壁，然后，汇集一起，缓缓地回荡过来；回音更洪大，更冗长。小女人听过给孩子叫魂的说法，她是第一次。起初，她怯怯地叫了一声，胸脯起伏。婆婆侧过脸来看着小女人，好像她从来没这么认真地看过小女人。婆婆用鼓励的口吻嘱咐道："再试一次，声音要大，不然魂儿听不到……"小女人战战兢兢将孩子的衣衫挥了挥，学着婆婆的样子，伸长了脖子，一只手搭在嘴巴上，叫了一声。这一声叫让人听起来像公鸡学打鸣，中途突然卡壳。此刻，木匠女人微眯着眼睛眺望远方，她神情凝重，迷茫的眼神里似乎浮游着一种绝望，几缕白发滑落下来，在风中战栗。木匠女人态度冷漠，小女人不好意思再说什么了，她润润嗓子，发出了第三声："亚亚哎——我的宝娃，饭已做好，快回来吧！妈在等你——"这次比上次圆润多了。这给了小女人自信，她放开了嗓子，

“亚亚哎——妈的宝娃，饭已经做好，快回来吧！妈在等你——”这次，更流畅，声音更洪亮。

“亚亚哎——妈的宝娃，饭已经做好，快回来吧！妈在等你——”

“亚亚哎——妈的宝娃，饭已经做好，快回来吧！妈在等你——”

……

整个世界都在聆听，山谷、旷野、沟壑、草木、花卉，它们都听到了。好像，这些声音从不同的嘴里发出来汇集一处。大地上，到处是嘴巴，它们大张着，呼唤着，这些嘴巴要把小女人吞下去。小女人的身子裹挟在声音里，在满耳的回音里，在西去的太阳的光辉里，这个时候，她的眼前出现了一个少年的身影，背着背篼，手持镰刀，那背篼的草，绿得要流汁液。少年一边跑一边喊，“妈——我回来了”……他黝黑的面庞满是汗水，少年快活轻松的样子一点感觉不到他身上还有一个背篼，在小女人的呼唤声里，他轻盈地飞起来。小女人紧张而兴奋地挥动手里的衣衫，继续呼喊，“亚亚哎——妈的宝娃，饭已做好，快回来吧！妈在等你……”

她突然停下来，因为，那个叫亚亚的少年陡然消失不见了，小女人失声地叫了一声：“亚亚——”她发疯般地追随而去。那个下午人们看到，小女人，哑巴的媳妇披头散发，呼唤着一个人的名字在山梁上奔跑。风吹乱了女人的发丝，她泪流满面。

叫亚亚的少年睡在炕上，一动不动。他正发着高烧，吃药后高烧尚未退去，潮红伏在脸上。见到小女人，亚亚呼吸急促，溃烂的嘴唇动了动，没有叫出声。奶奶走的时候在他的额头上敷了一块毛巾，迷糊中，湿毛巾已经滑在枕头一边。屋子里一个人都没有。圈里的羊一声连着一声在叫。

小女人看着亚亚。小女人感觉好久好久没有见到这个孩子了！她彻底忘了还有一个这么大的孩子！她什么时候把孩子从心里清除了？

亚亚眼睛红肿，他舔舔嘴唇没有发声，却向妈妈微笑着。他把手伸过去摸摸小女人的脸，然后，揽住小女人的脖子，把嘴巴搭近小女人的耳朵边，“妈妈，我想吃你做的饭……”小女人将那件沾满大地气息的衣服给亚亚轻轻盖在身上，把脸挨在孩子的脸上，她歉意地说道：“妈妈对不住……我这就做饭去。”

小女人抖掉围裙上面的尘土，系上它。锅碗碰撞的声音，流水的声响，感觉这些声音同样远离自己很久很久了。

这顿饭，是小女人做得最用心的一次。

糜子黄了，在糜子地里，哑巴和洼村的社员一起拔糜子。洼村的人，收获秋粮都喜欢赶早，趁着露水拔粮食籽粒不脱落，根系依然活着，籽粒依然有成熟的机会。从第一粒种子埋进黄土里，他们就把一年的收入与希望也埋进了黄土里。施得是农家肥，庄稼生长全靠老天赐雨。老天要是不高兴，一年里，滴水不漏，庄稼就寒薄，上交的公粮都不够。人们只能饿肚子，喝稀粥，吃窝窝头。一个冬天，大家都窝在家里，大雪封门，蛇蛙入蛰。寒气侵袭大地，西北的冬天格外的漫长。冬天要是下上几场大雪，即使夏天没有雨，但对庄稼也是个补救。耐旱的糜子，在所有庄稼里，过了白露就开始收割了。女人们扫炕的笤帚就是用糜穗子绑的。洼村人把绑叫做扎。扎笤帚。要找会扎的人，在洼村会扎的人不多。木匠女人会扎笤帚。小女人的事被传得沸沸扬扬，木匠女人心乱了。

哑巴远远地看见一个女人的影子，他以为自己看错了，从糜地里站起来，他有些惊慌地往田埂走。弯弯的田埂上，出现一个影子，他没有看错。大概来人也看到了哑巴。她停下来。洼村的人们看到了哑巴的激动，因为哑巴开始向女人打手语，表达他的喜悦。这些日子，他和锁木匠睡在西房里。他很想知道，睡在另一个屋子的女人是否吃饭？是否把那个男人忘掉？他的脑海里不时地浮现小女人保护男人的一幕。四十天来，他不理她，只有这样才解恨！越恨心里越放不下她，他很想亲自去问问母亲，锁木匠阴沉的面容不允许他那样做。人在田里，心在家里，他担心小女人这样睡下去会丢了性命，他又想不出一个十全的办法。

好久没有见哑巴了，哑巴竟然忘了剃头，留有头发的哑巴看上去更加的苍老，胡子拉碴，鬓角的白发密集地滋生。失眠使他红着一双眼睛，黝黑松弛的皮肤打着褶皱。她突然心生愧疚，心里翻腾了一下。而此时此刻，一个影子赫然出现，他白皙、儒雅、高大，戴着一副眼镜，微笑时左边第二颗牙齿闪着金色的光泽。她的心随即被撞击，一阵隐痛迫使她赶忙放下饭罐子。没有打开饭罐的盖。她急切地给哑巴比画着。小女人的手语最初是哑巴教给她的，而今天她的手语哑巴有些看不懂。一开始小女人在说亚亚的病情，说着说着，她的手语越来越快，让哑巴眼花缭乱，他真的看不明白她要表达什么。小女人没有停下来的意思，她伸出双手，舞动着。她抬起头仰望天空，泪眼滚滚却面带微笑，她将所有的心思都倾注在舞动里，铃铛声招来了更大的风，汤伟依然高高在上，似乎他是踩着一朵云赫然出现在她的眼前，他俯视着她，面带笑容，儒雅地向她挥手。风吹乱了他的头发，这增添了他的风度。她深情地对望，舞动手臂。渐渐地，越来越大的风尘模糊了汤伟的身影，悄然消失了……哑巴张大眼睛望着，他自以为这些年来把所有的手语都教给了她，然而，眼前的这一套舞蹈般的动作令他眼花缭乱。女人的身影在风中转动着，转动着，而她的头始终高扬着，泪水漫流，嘴角荡着笑。女人的笑，让哑巴想起，她刚来的那一天，他把一副带有五个铃铛的银手镯给她戴上，她伸出双手时，脸上露出的就是这样的笑。哑巴突然产生了上前扶她一把的念头。然而一切都来不及了。那一天，洼村的人们看到小女人头发纷乱，舞姿戛然而止，然后重重地倒了下去……

（原载于《芒种》2019年第5期）

燕麦哨

燕麦地里的露水正浓，四周浸在乳白色的潮气里，熟睡中的甲虫被露水打醒了，也被脚步声惊醒了，翻了个身向坡下逃去。还没有走到地的深处裤腿已湿透，一股冰凉的感觉袭上心头，他的脚步没有停下来。野外的鸟雀睡醒了，在清晨的时光里放开歌喉，不同的鸟儿叫声不一样，但心情是一样的，亢奋、激越、热情四溢，这边叫，那边合。有两只飞到了一起，用嘴巴梳理对方的羽毛，亲昵的样子像一对情侣。

洒满露珠的燕麦地，绿茵茵，雾蒙蒙，他无心观赏，更不想聆听，主麻子的心浸泡在冰凉的水里，在他的耳畔回旋的是另一种声音，固执、怀有几分恶意的挑衅。声音从村庄的方向传过来，伴有鞭炮的炸响，大人们的说笑，孩子们的欢叫，牛的叫声，狗的叫声，公鸡的叫声……所有的声音里透着一种欢愉，喜庆的气氛笼罩了整个村庄。人在村子里住着，走在哪条巷子都会感觉到那种浓浓的氛围；来到坡梁上，那些声音跟随而来，驱赶不走，紧紧缠绕着他。主麻子不会说话，他有一腔的苦痛无处表达；不会说，耳朵却好着，知道村子里的热闹来自谁家，为谁庆贺。十聋九哑，主麻子是半路上哑的，不是天生的。

两岁的时候，母亲抱着他浪娘家，说是山风吹了，到了外奶奶家开始发高烧，外奶奶家在一个偏远的村落，赶到医院天已晚，医生查出了急性脑膜炎，住了半个月的院，出院后的主麻子不会说话了。在他刚刚学说话的时候，说的第一句话是妈。现在妈也说不出来了。从此，主麻子变成了个哑巴，母亲几乎哭瞎了眼睛。好在他的耳朵灵，能听明白话，人跟他一比画，机灵的主麻子一看就懂。那场病后，他的个头长得很慢，十四五岁了，一米五都不到。家里人心疼他不让干重活，怕负担重影响身体发育。庄稼地里的活由父亲哥哥姐姐和嫂子干。闲在家的主麻子帮母亲干家务，拉风箱，扫地，喂鸡，有时候还叠被子。如果是个姑娘，母亲会让他学做针线活，绣绣花什么的，而事实上，主麻子干的就是姑娘干的活，和他同龄的都背着书包上学去了，看着背书包的学生，主麻子觉得他们是那么伟大，简直就是英雄。十八岁那一年，老父亲把一根赶牛的鞭子交到主麻子的手里。农村人讲究多，男娃娃长到十八岁力量才算长足，就像一粒种子水分达到饱和，无论种到哪里都会生根发芽，茁壮生长。主麻子赶着一对牛走进了庄稼的天地，感受着庄稼的气息，他才明白当一个庄稼汉是多么有意思的事情！新翻的泥土，阳光的温度，山山沟沟呈现的美时刻感染着他。耕地的牛跟他一样不会说话，换了新主人，它的心情也变了，和主麻子达成了一种心灵的默契。主麻子虽说长大了，长到了十八岁，但个头还是一米五的样子。由于个头的缘故，又不会说话，家里人就不让他外出，怕受欺负。主麻子的世界就村庄那么大，他也没有外出的想法，一心一意地经营自己小小的世界。村里人夸主麻子是个好娃，勤快能吃苦，本来可以叫他小伙子，可人们偏偏喊他娃，娃意味着小，没有长大。父亲和母亲听见村里人夸赞主麻子的话，喜忧参半。男大当婚，女大当嫁，农村的男女一般结婚都早，主麻子也到了成家的年龄，在饭桌上，当老人的看着埋头吃饭的主麻子，自然而然的把话题引到婚事上，主麻子倒是一副满不在乎的样子。其实，主麻子是个健康的主麻子，身体没有任何缺陷。父母有理由给他成家。托媒人四下里打听哪家有好姑娘。现在的农村经济条件好了，姑娘的心气也高了，和过去不一样，她们不但要求男方长相好，还要有经济实力，文化水平要高。主麻子算得上是庄稼行里的一条好汉，但不具备上述条件，更何况，是个不会说话不识字的哑巴，个子又那么矮小。好姑娘自然不会把心搁在他这儿。村子里多少个姑娘远嫁了，作为母亲心存着担忧和焦虑。邻村有几个要求见见主麻子，母亲就精心地打扮儿子。人靠衣装马靠鞍，模样有点丑陋的主麻子，母亲特意给他置办了一套衣服，专门相亲穿，穿上那身衣服人一下子就变样了，母亲真的就像打扮一个大姑娘那般用尽了心思。事实上，主麻子对相亲是没有思想准备的，纯属应付。每次母亲打扮他自已显得心不在焉，权当陪母亲浪门子散心。结果是：对方没有相中主麻子，主麻子更是没有往心上搁，好像他早知道有这样的结果。回来的路上母亲一言不发，心事重重。

现在的主麻子二十八岁了，没有成家，庄稼田里给他带来了少有的忙碌，不允许他停下来考虑自已，他觉得那也不是什么非要考虑的事情。白天苦累了，晚上倒头就睡，呼呼的。当老人的就不一样，眼看着儿子一天天地显出了老相，托付的媒人一天天少了，走在村道上碰见的人第一句问的就是：主麻子的媳妇找上了没？被问的人心里不是滋味。常常有叹息声从母亲的屋子里传出来。一群儿女相继成家，眼看着自己一天一天的老去，给儿女卸去一份担子，等于自己了却了一个心愿，将来去世了，剩下主麻子一个人，孤单地活在世上，那么睡在土里的他们怎能安心？再看主麻子全然不觉，不懂老人的心，傻乎乎的。

有一天，从田里回来的主麻子有了自己的秘密，他爱上了一个姑娘，那个姑娘不属于他，那个美丽的姑娘将要成为别人的新娘。

此刻站在坡梁上，远远看到通往村子的路上人来人往，那些穿着崭新的人是来送亲的，还有几辆小轿车开进了村子，是娶亲的车吧？那个叫赛麦儿的姑娘今天就要远嫁了，她的心情是高兴还是忧伤？主麻子说不上了。

和赛麦儿在燕麦地里相见，那天，她像是流过泪的样子，一个人坐在地头上，手里反复缠绕着燕麦的秸秆，一言不发，就那样痴痴地坐着。路过的主麻子远远看到了，他咳了几声，赛麦儿没有理睬，他想，在这个秋天的晌午应该为赛麦儿做点什么，他把牛拴在地头边走了过去，他没有问赛麦儿为啥哭，一个长大了的姑娘定有她哭鼻子的理由。他们在一个村子，赛麦儿比他小好几岁呢。平时在村子碰见也打招呼，赛麦儿坏坏地给他比画一连串的动作，让他眼花缭乱，一时迷茫，她却咯咯咯笑着走开了，长辫子在背后一荡一荡的。在他的印象里，赛麦儿就是个开心的公主。

主麻子走到燕麦地里，折下一根麦秸秆将它搭在嘴边，试着吹了一下，音调有些单调。又折下几根来，他变戏法似的在手里捣鼓了几下，几根麦秸秆拼在一块儿，这样吹出的声音不再单调，很响亮。主麻子拿着麦秸秆重新调整了一下姿势。赛麦儿惊异地望着主麻子，一种声音从主麻子的指间飘荡开来，越过山梁向四野散开，天空是湛蓝的，这个时候，一只蝴蝶飞进了赛麦儿的视野，蝴蝶的翅膀轻盈地飞近了，又飞远了。是只会舞蹈的蝴蝶，伴着主麻子吹响的音调快活地飞舞。赛麦儿心的某一角给激活了，唤醒了，她的目光出神地跟随蝴蝶，她从地上站了起来，她忘却了自己的忧伤扑向了它。蝴蝶稍稍受了点惊吓，划了一个优美的弧线向前飞去，赛麦儿被激怒了似的执着地追随其后。整个山梁上是她奔跑的身影，是她放开嗓子的欢叫。主麻子受到了感染，他动情地吹着，似水的声音，舒缓地流淌，中高低音，跳跃的音符，饱满的激情从麦秸秆里迸发出来。燕麦哨，这就是燕麦哨，主麻子吹响的燕麦哨，圆润，清脆，悦耳，在他的眼里没有别的，满眼的赛麦儿，满耳的赛麦儿，今天的赛麦儿如此动人，她的一举一动令主麻子心醉。头顶白云飘荡，远处田塬色彩斑斓，在哨声里显得博大、丰盈、深远。主麻子被自己出色的表现震惊了，他从来没有像今天这么表现过，自信过，绿绿的修长的麦秸秆在他的手里化作一股暖流，从心的最深处流淌出来，在天地间回荡……

赛麦儿停止了奔跑，她向着主麻子走了过来，她躺在主麻子的身边，一个村子长大，没有半点生疏的感觉，她就那样自然地躺下去，闭上眼睛。由于奔跑她气喘吁吁，由于奔跑她满脸绯红。主麻子惊呆了，他从来没有这么近距离地看过一个姑娘，今天是第一次，而且这是一张何等美丽的脸！心猛烈地狂跳着，麦秸秆从嘴边滑落下来，他小心地轻轻地躺下去，紧挨着赛麦儿，两个人都不说话，都闭着眼睛，一样的姿态，一样的心情，就那样静静地久久地躺着。主麻子心怦怦地跳着，这颗跳动的心脏好像不是自己的，要跳出他的胸膛，他有了一种小小的冲动，侧脸望了一眼，很想抓住对方的手，担心一碰即碎，万般的珍惜，一动不动。

后来，主麻子后悔地想，当时，赛麦儿就在身边，碰一下手总该是可以的吧？没有碰她，让她那样完美地远离了自己。

离开燕麦地，主麻子带回了一幅画，只因留下的小小遗憾，在想象的空间里一次次修复、添加、补充，使它变得逼真生动，完美无缺。夜晚，一个人的时候，睡不着的时候，主麻子就走进那幅画里，回味着，品尝着，陶醉着。白天里，主麻子的神情与以往有些区别，包括举止，他爱打扮自己了，细心的母亲还是看出了儿子的反常，静静地观察着，心里思谋着，这娃心里有事呢！母亲没有比画着问主麻子，为儿子守着那份秘密，但她怎么也不会把主麻子跟赛麦儿联系到一块去。赛麦儿是村子里出了名的俊丫头，她的母亲曾骄傲地说，赛麦儿要嫁到城里去，不可能嫁到农村窝一辈子，至少要嫁给镇子上的有钱人。人们都知道赛麦儿母亲说过那样的话，所以方圆左右没有媒人敢轻易走进赛麦儿的家门。只是主麻子不知道，没有人告诉他。话又说回来，有告诉他的必要吗？下四十天的连雨赛麦儿也不会下嫁他家。不知道事实真相的主麻子就活在自己的梦想里，他是那么的认真。

还是在去年的春上，村子里的秀月离婚了，原因很简单，秀月的男人在外面找了一个女人把秀月离了，秀月带着两个女儿回到了村庄，儿子留给了男方。秀月看着女儿吃饭，往往会想到儿子，眼泪就往碗里掉。在农村，一个离婚的女人有多少理由，做得有多么对、多么好都无济于事，在她的身上永远烙上了深深的疤印，很不光彩！无人理解她心里的苦楚，所有的对都是男方的，那秀月没有错的话，男方会离掉她吗？这个答案没有人回答，答案都在人们的心里。秀月羞怯着，做错了天大的事情一样，愧对每一个人，裹着一块方格围巾，遮着半边脸，走路低着头。母亲动了心思，秀月比主麻子小五岁，刚合适，再看主麻子老气横秋的，还讲个啥条件，找个能给他做饭洗衣服的女人就行了。母亲跟主麻子把她的想法说了，不料，主麻子坚定地摇着头，还嗷嗷嗷地叫，这是主麻子一贯生气不满的表现。看样子，主麻子是不会同意这门子亲事的。母亲不死心偷偷请了媒人去试探秀月的口气，媒人回话说，秀月没有啥意见。母亲想：给主麻子时间，她想慢慢说服儿子。这几天看出来主麻子的不对头，母亲猜测，是不是主麻子对秀月改变了态度？母亲想等待一个合适的机会再问问主麻子。干完活的主麻子爱串门了，把干活时的衣服换了，换上干净的，洗了头，就想到村子里走走，昂首挺胸的，他的表情是饱满的，对着每一个人笑，他的秘密藏在心里，也似乎写在脸上、眉宇间，嘴里嗯嗯地应着什么，似乎懂得每一个人的心——人们没有表达出来，但从他们看他的眼神里能感受出来。人们毕恭毕敬地向他点着头。这就够了！实际上他更希望在村子的某一个角落能碰到赛麦儿，跟她交流几句，哪怕看上一眼，可是一连几天，一次都没有碰见。自那次后赛麦儿再没有露面。一天中午，赛麦儿来找主麻子，给主麻子送了一双绣花的鞋垫子，说不知道主麻子哥脚的大小，不知道穿上合适不？主麻子激动地一个劲点头，不住地讷讷，脸都红了，那意思很合适，不用试。母亲这才有所醒悟，母亲心里掠过一丝不悦，甚至担心。主麻子心里装谁都行，唯独不能装赛麦儿。母亲又不忍心跟主麻子说破。

主麻子想把赛麦儿娶回家，这个想法那么的强烈。一个霞光满天的早晨，他走进了赛麦儿的家，赛麦儿的母亲那天在，看完主麻子的比画，她突然放声大笑，笑得流下了眼泪。她告诉主麻子赛麦儿马上要嫁人了，赛麦儿要嫁到城里去，男方虽说岁数大点，但是，是个干部。

主麻子回来问母亲。母亲的比画更详细。为了让主麻子深信无疑，有些动作母亲重复去做，在一次一次的比画中，主麻子从母亲的眼睛里看到了泪花。主麻子想亲自问问赛麦儿。赛麦儿不见了，一连四五天。后来才知道，赛麦儿的妈妈带着赛麦儿去县城买衣服去了。回来后的赛麦儿变了个人似的，穿着俨然一副城里人的模样，话少了，不咯咯咯了。不久，村子里传出赛麦儿结婚的消息。

主麻子的梦想破灭了，他心里的那幅画被撕得粉碎。

主麻子忽略了自己，他没有想到自己的痛苦那样深，深不见底，简直要把自己淹没了，他不想吃饭，更不愿意回答母亲的质疑，他神情疲惫地躺在炕上，哪里都不想去，魂丢了一样，主麻子丢掉的不仅是这些，还有自己的脸面，好像一村子的人都知道他失恋的秘密，这又加深了一层伤痛。那只枕头就放在身边，现在它又为谁而留？还是在哥哥家看到的一幕，那一天早晨，去哥哥家找东西，他没有敲门是他听见伙房里有响动，想必嫂子已经起床，他不假思索地推开门走了进去。嫂子在。嫂子披头散发地睡在哥哥的身边，偎依着，一副亲密的样子，一只手搭在哥哥光着的膀子上，有人进来，哥哥慌慌地推开了，问他有啥事，咋不敲门？主麻子一时紧张竟想不起自己要干啥，忙忙地退了出去，脸憋得通红。从那时起，他就知道，大概男人和女人，只要是两口子都会是那样子的吧，将来自己的身边也会睡着一个乖顺的女人，枕头挨着枕头，女人的手轻柔地搭在自己身上。自从那次在燕麦地里见到赛麦儿，哥哥嫂嫂的那一幕时常浮现脑海，主麻子从母亲的屋子里取来一个枕头，在屋子里忙活的母亲看见了还是没有看见，主麻子没有留意。主麻子大胆地十分庄重地把枕头摆放在自己的枕头旁边。那个新来的枕头，似乎吹上了气，鼓鼓地高出自己的枕头一截，四周的花边垂落下来，绣花的色彩鲜艳夺目，给主麻子单调的炕头增色不少。多了一个枕头，晚上睡觉就多了一层安全，一种温暖与念想。枕头紧挨着自己犹如一个鲜活的赛麦儿陪伴身边，她的呼，她的吸，主麻子能真切地感受到，热热地扑到自己的脸上。不像在燕麦地里那样，在家里，自己的炕上，主麻子不拘谨，格外地放得开，他很自然的把手搭在枕头上，或者将枕头搂进自己的怀里，无师自通地亲上几口，枕头上就出现一个湿湿的印记，酷似赛麦儿红润的嘴唇。哥哥和嫂子有三个孩子，那么自己跟赛麦儿也会有孩子，至于生几个那要看赛麦儿的意思，对主麻子来说，多生几个为好，让母亲带着在村子里转转，浪门子的孩子模样一个比一个俊，那简直是赛麦儿一个人的模子……

真的是一场梦。

那只枕头比主麻子还孤独，做错事一样，静静待在炕角里，他把它送回母亲的屋子。枕头从眼前消失了，心里的那个枕头满满存放着，主麻子是痛苦的，也是清醒的。以前的他并不自卑。村子里有缺陷的人不是说没有，瞎子，秃子，烂眼子，傻子，结巴……跟这些人一比，主麻子觉得自己完完全全是个健康有用之人。就烂眼子尔里来说吧，眼边经常烂着，像苍蝇蹬了几爪子，可他的女人分外好看，并不赖。傻二蛋虽说傻气，他有个弟弟在省城开公司，二蛋在那边混得不错，偶尔回来一趟，西装革履皮鞋锃亮，嘴角歪着一根烟，村子里有女儿的人家就爱往二蛋老妈跟前凑。结巴努努开着一个小煤矿，他从外地娶回来一个俊女人，经常开着小车到处兜风。主麻子很少拿这些人跟自己比，那个时候，他看不到他们的长处，从未考虑他们的优势。应该说是有优势的，否则的话，他们的日子不会过得那么有滋有味。不仅是自己的长相，家底，不会说话没有文化，好像还有别的东西，那些东西具体说不上，是无形的，却坚硬地存在着，直逼眼前。主麻子真正有种被比下去的感觉，事实上，自己是村子里最不起眼的一个！

何不出去走走？这个想法将他撞击了一下，他从炕上坐了起来。应该出去走走！走得越远越好，离开村庄。村子里那么多人走了出去，去见外面的大世界，外面的世界应该是多彩的美好的，不愁没有落脚的地方。有了这个想法，主麻子痛苦的心出现了一条缝隙，透进一道亮光。在以后的日子里，他似乎恢复了原样。

太阳升高了，坡梁上的露水淡了，化作轻柔的气团缓缓升腾半空，融入蔚蓝的天空。原先，眼前的一切是活泛的，当春天来临时，封冻的大地地脉活了，远远地望去能看到地头边似流水的气脉，温暖的光波，那光波充满了期盼的意象。期盼每一粒种子投入怀抱，孕育是多么美妙的过程！这个时候的人们是一年里最繁忙的，歇缓了一个冬天，养娇了的筋骨彻底放松，浑身储存的力量无法估算，起早贪黑，施肥，耕地，撒下庄稼的种子。不久的几个月里，大地出现一片繁荣景象，满眼的绿，心同样被绿色染透了，而且，这绿，浓浓的从春天一直淌到深秋。主麻子站在深秋的燕麦地，身子裹挟在绿中，此刻，他没有了往日被庄稼陶醉的心境。

在农村，燕麦有大燕麦和小燕麦之分，大燕麦叶儿宽，大，秸秆粗壮，花开同样是绿色的，小穗子有细长的芒，尖端泛着粉粉的白。大燕麦的生长期比小燕麦长，直到秋末所有的庄稼上场才能收割，是牲畜一个冬天最好的草料。小燕麦略微柔弱些，细细的秸秆，低矮的身子，尖细的叶子，刚刚到了成熟期籽粒自然脱落，籽粒的瘦小就像麦子生下的，人们把小燕麦的籽粒炒熟，同时把豆子、扁豆子、麦子、麻子炒了掺和磨成面，被称为“炒面”。醇香可口的炒面是出门最好的干粮。主麻子在大燕麦地里。燕麦比先前又长高了，齐腰深，主麻子个小，麦穗搭在他的肩上。今天是个晴好的天气。一个出嫁的姑娘能遇上这样的天气，预示着她的好性格好脚气，将给婆家带来意想不到的好运气。村子里弥漫的喜庆气氛影响到每一个家户，人人脸上有了一种喜色。

出嫁的姑娘，日子一旦定下来就不好好吃喝，这种情绪的反常跟男方的好与坏无关，背着父母默默地哭鼻子，她只哭自己，千丝万缕，万般的留恋，长了那么大，守了那么久的一个村庄，走了，再次归来后身份已经改变，村庄不再属于自己。为了安抚姑娘，每家做上上乘的饭菜请姑娘到家里，心存着疼爱与不舍。吃的意思并不大，重要的是让坐坐，有话要安顿，以后是客了。被请来的姑娘羞答答的，没有了往日的疯劲儿、野劲儿，好像一下子懂事起来，嘴角紧紧地抿着，眼里噙着泪，沏上的茶水，端上的饭菜，让了又让，仅仅尝了两小口就放下了筷子，左手搭在右手上搓着、揉着，一边听着安顿的话：到了婆婆家不像在自己的父母跟前有理，要听男人的话，不要跟男人顶嘴，要孝敬老人，不要串门子搬弄是非，像个新媳妇的样子……每一句话姑娘用心去听，认真地点头，全记在了心上；每一家安顿的几乎都是相同的话，那份感动最终使泪水滑落下来。就这样，姑娘带着一村子人的嘱托到一个陌生的人家去。

母亲一早在伙屋忙着，一股很香的气味漫过来。屋里的主麻子闻到了。不多时，听到说话的声音，那个久违的声音就在耳畔，隔着门，主麻子看见赛麦儿从大门走进来。赛麦儿低着头跟在母亲的身后走进上房。

以前，他渴望见到赛麦儿，为她夜不能寐，而今赛麦儿来到家里，就在眼前，主麻子没了面对的勇气。耳边尽是母亲说话的声音，母亲在给赛麦儿安顿话。赛麦儿眼圈红红的，安顿话的母亲倒是抹着泪。母亲似乎比赛麦儿还伤心。送赛麦儿出门，母亲转身喊了一声：主麻子，赛麦儿要走了，出来送送她……主麻子的屋子静着。赛麦儿回头向这边望了望转身离去。

主麻子听着渐渐远去的脚步声，心里涌起一股潮水，涌着他，他伸手捂住自己的脸，克制着，尽量让自己平静下来。平息后的主麻子想：还是把赛麦儿送了再出去闯荡吧，他不能带着愧疚离开，否则，到哪里心都不安。

露水完全散尽，在这个无人的地方，主麻子彻底放开了自己，他不会说话，想哭却哭不出声音来，声音似乎被堵在一个幽暗的最深处，密不透风，却有强烈的爆破力，这股力量将他的脸憋得通红，他压抑地张大嘴巴，像在喘息，不料，一种声音冲破喉头爆发出来，嗷呕——嗷呕——嗷呕——随即，泪水从他的眼睛喷涌而出，无法抑制的哭声悲凉粗犷势不可当……记忆里从来没有这样甘畅淋漓地哭过，这是一个男儿的泪水！

村子里每一个将要当新娘子的姑娘，日子一定，再不允许下地干活，容不得半点马虎，更不能见阳光。出嫁的那一天白白净净，细皮嫩肉，要不婆家人是要笑话的。那个陌生的村庄，嫁给一个同样陌生的男人，第一眼非常重要，男人看上了，将和她过一辈子，看不上，她的命运未卜。差了缘分的夫妻让当老人的很熬心，几乎用央求的口气劝说着儿子……总有起作用的时候，总有关系好的那一天。实在过不下去的，再努力都无济于事，于是离婚了。不知道秀月的婆婆做了何等的调理，秀月跟男人没有过长。那段时间村子里尽是议论。还是有风声从那边传过来，说秀月的男人搞大了那个女人的肚子，逼迫无奈离开了秀月。男人成全了一个女人，同时也撕碎了一个女人。秀月的父母更是感觉老脸给女儿重重地扇了一下，躲在屋里不愿出门。回到娘家的秀月默默地跟在哥嫂的身后下地干活，她得好好干活，两个娃还要端娘家人的饭碗呢！主麻子在村头碰过一两回，秀月没有跟他打招呼的意思，看他一眼慌慌地走开了。那是一双忧郁的眼睛，主麻子心里的某一个地方给划了一下。秀月其实很可怜。

每一年村子里都要嫁走几个姑娘，出嫁的头天晚上洗个离娘水，喜日子这天捋脸，施粉，盘头，扎上鲜艳的花朵，抹上口红，脱下娘家时的服装，穿上婆婆家送来的喜衣，喜衣是红色的炫目的绸缎……一切变了，一切跟从前不一样了，仙女一般让娶走了。村子空了好长时间，主麻子的心也空了好长时间。要是跟往常一样倒也罢了，打扮成那样一副模样离开了，一村子的人相送着，主麻子跟在婚车的后边，送上一程，久久地呆立在村道上。

村子里有很多男人外出打工，他们在一年里很少回家，他们中很少有人目睹出嫁姑娘的一幕，更体会不到那种别离的滋味。

不用想，今天的赛麦儿有多么的漂亮迷人！一个男人在今天这样美好的日子里迎娶她，过上一年或者两年，赛麦儿的怀里会抱着一个孩子，浪娘家来。

小的时候，临出嫁的姐姐带着他来到燕麦地里。是一片看不到头的燕麦地，姐姐折下一根麦秸秆，撕下顶端的细穗子，插入麦秸秆里，轻轻一拉，麦秸秆给划开一道裂缝，拿到嘴边抿了几下，被浸湿的秆儿让姐姐吹响了，那哨声，细柔空灵，似燕雀的羽翼在空中滑翔，好似天籁之音，伴着姐姐无尽的思绪。那一刻，整个世界只有姐姐的哨声，在那样的音调里，他傻愣愣地看着姐姐，姐姐满脸的泪水。他小，他不懂姐姐，更感觉不到姐姐的悲伤，他完全沉迷在美妙的哨声里，站在姐姐的身旁，折下一根学着做，学着吹，整整一个下午，一大片燕麦地，被他折损的足有一捆，那个时候，他没有因姐姐的离去心生留恋，恰恰相反，因学会了一门技艺而满心欢喜。姐姐吹够了，哭够了，第二天姐姐走了。第二年，姐姐的怀里抱着一个小孩子浪娘家。当了妈妈的姐姐，奶孩子的时候一脸的幸福。姐姐把哭鼻子的情景忘了吗？把燕麦哨忘了吗？

娶亲的车子缓缓驶出村子，一村子人尾随其后。这个时候，车上撒下一把硬币，赛麦儿在孩子们的哄抢欢呼声里上了车。

一种声音从山梁那边飘过来，车上的新娘子听见了，她揭开头上的红盖头，向着发出声音的方向望去，噙在眼里的泪水终于滚落下来。赛麦儿知道，那是主麻子借燕麦哨送她远行。

（原载于《回族文学》2013年第2期，《小说选刊》2013年第五期刊“佳作搜索”推介））

飞翔的鸟

好不容易套来的鸟不见了。该找的地方都找了，找遍了，一根鸟毛都没有找到。马民全老汉心上压了一块石头。

有好些日子没有瞅见马民全老汉在村子转悠的人们，那一天看见马老汉低着头，一个人走在村道上，他们想，马老汉又有心事了。

鸟是马老汉为女人的二十年祭日套来的。

距离女人的祭日还有一个多月的时候，马老汉就想着宰牲。活着的人没有啥，对亡人来说，期盼一年的祭日有多么的迫切，因为在那一天亡人才有机会回到家里来跟亲人会面。活人是看不到的，但心里明白。这一天是要宰牲的，炸油香……一屋子、一院子的香气。一村子的人都将品尝到油香。亡人会感受到一村子的人在迎接他（她）。

二十多天过去了，马老汉见两个儿子还没有动静，便按捺不住，在饭桌上对大媳妇说：你妈的祭日快到了。大媳妇说，大，家里的鸡在我爷的祭日上宰了，羊刚生下羊羔子，我妈的祭日上宰啥？他没有再说话，低头吃饭。端上来的是酸白菜、黄米饭，里面有零星的白米。农村人一般吃不出啥花样来，尤其是冬天，早上一顿黄米饭，晚上一顿面条子。这已成了规律，菜的变化也不大，酸白菜可以冷吃，也能热了吃，味道大致不会变。能炒的是洋芋和萝卜，每一家都有一个储备洋芋、萝卜的窖。这就是一个很富足的冬天了。肉菜很少。马老汉是有一把年纪的人了，吃上不讲究，胃好，就感觉饭菜很可口。女人在的时候，端上来的饭菜跟儿媳没有啥区别，但吃的滋味不一样，气氛不一样。女人端上饭菜并不离开，坐在他的身边，替他夹菜、倒水，不停地说话。桌子的一边坐着四个娃娃，女人也替他们夹菜。饭是堵不住女人的嘴的，她在饭桌上的话题并不新鲜，甚至重复几遍了。女人爱说，他也爱听。他和娃们几碗饭吃过了，女人的话还没有说完，她说到激动处就笑，娃娃也笑。一顿黄米饭酸白菜在说话声和笑声里吃出了肉的味道。

儿媳妇不一样，她端上饭，倒上水，远远地坐在锅灶前的矮凳上，静悄悄地吃，生怕弄出啥响声来。三个孙子都上学去了。饭桌前很安静，马老汉吃得很快。他放下碗筷，用手绢擦嘴，临出门说了一声，你烙上几个油香就行了，其他的我想办法！又问了一句，喜蛋来电话了没有？儿媳妇回答道，没有。听了儿媳妇的回答，他有点后悔了。喜蛋是他的大儿子，在建筑工地看场子，很远，在省城。包工头回家过冬一时半会儿是不会给儿子发工钱的。这个他知道，儿子给他说过。再说了，上学的孙子也花钱呢！儿子是有负担的。

大儿子大约也把母亲的日子忘了吧！二儿子前几年全家搬进了县城，为了娃娃能够上个好学校。二儿子没有打电话来。他有二儿子的号码，但没有打。去年，女人十九年祭日的时候，是二儿子给钱让他过的。宰的是羊。县城的开销比农村大，一家子人也不容易。女儿那边就想都别想，给人家的人了，即使女儿愿意可人家还有公公婆婆呢！在女人二十年的祭日上，马民全老汉想一个人过。究竟宰啥他还不知道。照往日，吃过饭，他会到自己的屋子里静静地躺会儿。那天他没有进屋子。

屋子是向北的土坯房子，儿媳妇是要天天扫的，一个清洁亮堂的屋子，女人在时就住在这里，也跟现在一样的清洁。屋子里的摆设跟过去一样，没有变。那些瓶瓶罐罐仍旧铿亮照人，枣红色的箱子似乎让岁月打磨得更加光亮。墙上的钉子是女人在时钉下的，挂剪子，挂衣服，挂鞋帮子，很牢固，长在了土里一样，挂多沉的衣服都无动于衷。一切都真实地存在着，唯有人是脆弱的，脆弱得不堪一击。马老汉已是两鬓斑白，脸上的皮肉松塌塌的，树皮一样的纹路。一个人被岁月带走的东西太多，无法估算。现在他感觉快走到了人生的终点。该完成的都完成了，也到了该走的时候，一个六十二岁的老汉还能给儿女们操多少心呢？在给女人过祭日的时候，往往想到自己，自己也会走那条路，又不知道哪一天走。女人是在三十五岁上走的，走得的确有点早。那个时候，她自然不会想到自己要走了。女人匆忙的身影、干活的动作，包括她戴着红盖头嫁过来时的样子，一样一样马老汉都记着。那是刻在心上的记忆。临咽气的那天，女人双手攥紧他，一句话也说不出口，眼睛睁得大大地看着他。那是一双多么刻骨铭心的眼睛啊！

二十年前的那个日子，腊月初八。头天晚上准备好干粮的女人钻进被窝，兴奋得一夜没有合眼。她真的要远行了，安顿了一夜，该拿的东西都拿上了，鼓鼓的一包，睡到半夜打开包袱取出了些东西又装进了些。女人就是这样一个女人，临出门连看看四个孩子的时间都没有给自己留，坐上村里的蹦蹦车出门拾发菜去了。她想在冬天的日子里把儿女们一年的好吃头好穿戴挣回来，她要他把家看好，她手勤，拾得快。那个比他小七岁的女人，浑身有着令人惊叹的能量，她每天天不亮就下地，忙完一天的活，到了晚上，在油灯下缝衣服，她一针一针地缝，她把一个女人全部的心思缝进了布里。

那年腊八，一个值得回味的日子！是一个短日子的结束，一个长日子的开始。女人们在这天晚上端一碗清水放在高高的墙头上，清水在一夜间冻成了冰坨，第二天一早取下来，将冰坨捧在手里，高高地举着，一家人围着看，迎着亮光，看到晶莹剔透的冰坨里五谷杂粮应有尽有：麦穗，谷粒，糜子，豌豆……一年中的丰收景象全在这冰坨里了。开春，该种啥心里都有了数。麦子是绝对要多种的，因为冰坨里的麦穗绣花针似的密集。这样的冰坨是很珍贵的。人们像吃冰糖一样将敲碎的冰块放在嘴里，清纯的香甜让他们早早品尝了来年的好收成！女人一个人独享了冰坨，她把敲碎的冰块分成六份，放在盘子里，自己吃了一小份坐上了车，那是她活着时吃下的最后一点东西，却带着对来年无限的憧憬上了路……车子行走不到二十里路，滚入深谷，女人像一只鸟雀轻盈地打开翅膀，向着深谷飞去，在即将落地的一瞬间她喊了一声喜蛋。她的声音依旧清脆，只是由于惊慌喊得急促了些。

女人早晨出门，下午回家了。她平展展地躺在地上，睡着了一样。马老汉跪在她身边，在他的记忆里，这个女人就没有好好睡过觉。在她的光阴里，似乎有一条鞭子追着赶着她，永不停歇。她从来没有向他要求过啥，压根儿就没有依靠过他这个男人一样，起早贪黑，忙忙碌碌；而在享受上，女人几乎忽略了自己的存在。三十五岁，她将自己的日子过到了极致，作为一个女人她把自己也推到了极致。

马老汉常想，他的女人咋就那样的好呢？让他没有挑剔的地方，哪怕跟他打过一次架、骂过一次仗也好啊！他现在才算想明白，那个女人造就是哄他的，真正过日子的女人不会像她那样的好，让他忘不掉，让他想念一辈子，也亏欠一辈子。这就是自己的命。四十二岁，他跌得很重，他爬不起来了。他的光彩夺目的日子暗淡了下去，整个世界冷了、静了、空了。四个没有娘的娃娃要张口吃饭，要穿衣。他在那个时候学会了做饭，他想尽办法让娃娃们吃好；他学会了做鞋子、缝衣服，甚至织袜子手套。女人去世了不到两年，有人给他介绍别的女人，他说娃娃大了再说吧。娃娃大了，他也老了。

马老汉已经习惯了一个人走动。在睡不着的时候，在有心事的时候，就想走走。村巷里，每一条路他都走过，走了无数遍。每走一回有一回的感受，在那样的走动里，会淡忘一些事情，也会产生新的想法。早饭过后太阳好像已经西斜了，冬天的日头行走的路程不长。没有一丝风，丝毫消减不了袭人的寒冷，牲口、鸡、狗一副舒展不开的样子。每一家养的牲畜他都熟悉，它们也熟悉他，打门口经过狗也不叫，瞅上一眼背过去，将嘴放在前爪中间紧紧抱着，羊羔也是紧紧地相互依靠在一起。吃过早饭的人们忙着各自的事情，他们每一天干着同样的活计，日复一日，年复一年，周而复始。

女人刚刚去世的时候，人们看到他在村子里走，停下手头的活迎上去问他好，劝上一阵子，让他想开些，还有四个娃娃呢！现在不了，远远地看见不搭理，让他一个人走，静静地走。

那一天马老汉回来得很晚，他没有吃饭，径直走进牛窑。牛窑的墙壁上钉着长短不一的木桩，上面挂着犁地的绳套、拥脖、鞭子，还有些粗细不等的麻绳。他走进一副绳套跟前。这是他很少触摸的绳套，上面落满尘土。绳子是粗麻绳，已经泛黄。这根麻绳跟其他绳子不同的是，上面还拴着细细密密的线绳，而且很有规律。三寸拴一根，足有四米长的绳子，浑身拴满细线，那不是普通的线，是马尾毛搓成的。很久没有用了。上次用，还是四个娃娃小时候，现在孙子都有了。想想多少年了，手里的这根绳子套过无数只鸽子、沙鸡子，也会套上兔子和别的动物来。沙鸡子的肉是最香的，娃们爱吃。沙鸡子是候鸟，每一年的冬季，飞往南方，它们路过此地是要停留的，但时间不长，就两三天。迁徙中的沙鸡子饿极了，它们会中马老汉下的暗套。满满的一篮子，炖一锅，娃们吃两三天都够了。娃们大了，结婚了，他的绳套也闲下了。现在绳套就在手里，他有了一种捕捉的冲动。他要为女人二十年的祭日套一只鸟。

要知道套一只鸟有多么的艰辛。

套鸟必须是有雪的日子。天气干冷干冷的，没有下雪的任何迹象。马老汉盼望下雪日子的到来，最好是距离女人祭日的二十一天之前。

马老汉没有想到的是他的绳套彻底朽了，那马尾毛再结实也经不起岁月的侵蚀和活人的摧残，轻轻地一拉，就断了。

他想重新置办一副绳套。印象中，村子里养马的人少，干活的牲口大都是牛、驴和骡子。马俊美，性子烈，又很娇气，不好喂养。他想起了一个人。

去年开春，赵文宝续弦了，他不但娶了一个俊女人，还买回来一匹骏马。他经常套着马车带着新娶的女人去集镇上买东西、下馆子。赵文宝讲了，他宁愿坐马车都不坐摩托车、手扶拖拉机和小车，更不会坐三个轮子的蹦蹦车，原因是二十年前的那次车祸一下死了六个人，虽然他家安然无恙，但望着齐刷刷躺在地上的死人，真是触目惊心啊！从此，他不坐任何突突冒烟的机动车辆。

赵文宝的女人前年去世了，他的女人得的是肺病，从年轻的时候起赵文宝的耳边昼夜伴着吭吭的咳嗽声。那个女人骨瘦如柴，面色蜡黄，由于经常吃异烟肼和利福平，她的头发过早掉光了，干不了重活，走路抖抖的，一声咳嗽似乎都会将她震散。女人的这种病把赵文宝也折腾得够呛，花钱不说，生活上也带来了很多不便。女人的碗筷是单独放着的，他每晚却要跟女人睡在一起。身边终年陪着一位枯萎的一碰即碎的女人，赵文宝的脸经常阴着，没有半点喜色。也不怪他，几十年了，给谁都受不了。女人去世后赵文宝牛一样地哭号，毕竟夫妻一场，毕竟陪伴了他一场。赵文宝的悲痛大家都看在眼里。为了让自己更快地从痛苦中走出来，赵文宝认为还是娶个女人好，他觉得不这样做的话，他会痛苦得崩溃掉。要想忘却一个女人，须拿另外一个女人来替代。赵文宝懂这个理。虽说娶妻的速度稍稍快了些，引起了儿女的不满，但谁都知道，赵文宝一旦决定了的事情谁也拦不住。四十天后，赵文宝套着马车从一个叫汪家滩的村子娶回来一个叫汪花花的女人，女人才三十岁，不生育，让男人休了。对儿女满堂的赵文宝来说，这无疑是一件好事，好像这个女人天生就是为他准备的。

在赵文宝五十五岁的时候，他的生命重又燃放了一回，华丽而灼人眼目。汪花花没有生养，虽说被人遗弃的伤痛给她心理上造成很深的阴影，她的神情很忧郁，但女人的风韵还在。年轻的眸子是清澈的透明的，赵文宝第一眼就看上了这个女人的眼睛。女人很快占据了赵文宝的心，一把将他从悲痛中拉了回来。赵文宝很受用，见到鸡狗都笑两声，他甚至怀疑自己几十年的婚姻生活不但加速了他的衰老，更加速了他的懵懂和麻木，二次婚姻才让他找回了自己。这天傍晚，赵文宝挑起水桶往井边走去。天黑得分外早，村巷里黑漆漆的，赵文宝挑回一担水。半夜，人开始发高烧说胡话，浑身酸痛，第二天睡在炕上起不来了。毕竟上了年纪，抵抗力差些。请来医生说是感冒了，医生就当感冒治，治了五天，不见好转。后来听了刘洪兵女人的话。化了一碗白糖水给灌上，耳朵上扎了一针，放了几点子黑血，人才慢慢好起来了。

马老汉走进赵文宝的屋子时，见赵文宝斜斜地靠在被子上，头上敷着毛巾，嘴上汪着一层水泡，大概还在发烧。女人纤细的手指搭在赵文宝的胳膊上，像是搭脉，又像是按摩。马老汉喊了一声，老赵。赵文宝微微动了一下，鼻子发出的声音像答应，又像是呻吟。马老汉接着说，我有点事情。女人放开了手。啥事情？赵文宝问得软弱无力。

马老汉说，你家有马尾毛，找给我点。

在这个节骨眼上，吝啬是无益于自己的。赵文宝下了炕，女人立马走过去扶住，他的行走需要女人的搀扶。

回到自己家里，马老汉边搓马尾毛边替赵文宝担心起来，咋搞得那样重，也不知道他啥时候好？

马尾毛呈淡黄色，这种颜色跟土地接近，不易被觉察。这样的马尾毛做成的绳套就是结实，耐用，五六个鸟是拉扯不断的。

下雪了。雪落无声，六瓣的，四角的，菱形的，纷纷扬扬，飘飘洒洒。下雪的日子是温暖的，两天两夜，大地肥了。第三天，天放晴了。一尺厚的雪具有了厚重的分量，踩上去咯吱咯吱响。一大清早，马老汉出发了，他带着绳套、石头、铲刀、扫帚、糜谷向山湾走去。下雪的日子牲口可以圈在家里喂养，可是鸟雀不同，它们得出来寻找食物。饿了两天两夜了，它们的食囊里没有一粒可供消化的食物，在飞旋了大半天仍旧没有吃食的情况下，它们只能将冰冷的雪花吞进去。

马老汉看到了鸟群，那是鸽群。他寻了一块平整的地方，扫出一片空地来，铲刀够锋利的了，僵硬的土地却让他感到挖掘的艰难。绳套埋进土里，拴在绳套一头的石头同样不能露在外面。埋好后，要摆布好马尾绳的活结，一个个打开，小小的圆圈得竖起来，不能趴在地上，那样的话鸟的爪子是永远不会套进去的。竖起的马尾圈得用土块压住，它们是隐蔽着的，肉眼一下子是发现不了的。最后一道程序是撒上糜谷。这个时候人走开，躲在山湾最隐秘处。暖暖的日光，白色的大地，等待更像是一个热乎乎的东西，紧紧地揣在怀里。

饥饿的鸽子看见一块空地，纷纷而至，令它们高兴的是，糜谷无需寻找，伸手可得，它们咕咕咕咕地吃着。躲在山湾里的马老汉，眼见着食物进了鸽子的肚子，按捺不住心头的喜悦，他站了起来，挥动膀子大声吼，嗷嗷嗷！没有任何阻拦的声音向四周震荡开去，鸽子惊慌而纷乱地飞向半空……

第一次布下的绳套虽然没有半点外露的痕迹，但一只鸽子也没有套上。

受了惊吓的鸽群会有很长时间压着山畔飞旋，不敢近前。绳套整个的布局给扰乱了，全毁了。马老汉耐心地重新埋了一次。再次的等候是漫长的。有两只乌鸦逼近绳套，它俩打算从绳子的东头吃到西头去。雪很白，乌鸦很黑，在黑白晃动的光晕里，马老汉的眼睛花了。他叫了一声，乌鸦仓皇而逃。太阳落山了，一只鸟都没有套上，他不想离去，凭借以往的经验，鸟在入窝前必须是饱着的，它们的食囊里没有食物睡不着觉。鸟雀的消化功能胜过任何一种动物，一夜间，它们能把石子儿化掉。马老汉静卧在山湾里，雾一样的寒气侵入皮肉，他裹紧皮袄紧贴地面。寒气是很固执的，马老汉手脚早已麻木。天全黑了，他两手空空回到家。

随着祭日越来越近，马老汉的套鸟计划一天天落空。距离女人的祭日还剩二十二天的时候，马老汉终于套了一只鸟。这只鸟的样子有些怪异，不像鸽子，比鸽子大，不像乌鸦，没有乌鸦粗笨，更不像沙鸡子。毛色麻乎乎的，奔跑的速度极快，叫声清脆生动。

是呱呱鸡。马老汉从未留意过这种鸟，也从未套到过，村里人在漆黑的夜里活捉过，肉很香，赛过沙鸡子。大半个时辰过去了，糜谷快吃完了，马老汉这时放开嗓子大吼一声，鸟儿一个个受到惊吓逃进附近的浅沟里去了，唯有那只呱呱鸡没有离开，一根绳子逮住了它。马老汉很兴奋，他上前把呱呱鸡从绳子上解下来，抱着往回走。

这种鸟脸型跟鸡差不多，不同的是，它的两腮有两撮绯红色的羽毛，像外国绅士鼻台子上的胡须，有弧度，异常傲慢地往后翘起，这就跟鸡不一样，有了一种非同一般的绅士风度；眼睛深红色，圆圆的，似两颗玛瑙，灵巧，可爱。

天还没有完全黑下来，借着黄昏的余光和雪光的反衬，怀中的鸟很绯艳，细润的羽毛似抹了蓖麻籽油。马老汉感觉到了鸟微热的体温，甚至怦怦的心跳。

它是一只鸟，却叫了呱呱鸡这么个名字，就当鸡喂养吧。在这二十一天的日子里，它是不能跟外界接触的，要脱胎换骨，带着一个干净圣洁的身子去见冥冥中的主人。马老汉为呱呱鸡选了一个干净的地方，是磨窑。磨窑是闲窑，有一盘厚重的石磨，是老人留下的，现在人都买面吃，在加工厂磨面，偶尔给牲口磨豆子、糜谷做饲料。老人打扫干净磨窑，在窑垴里钉一根木桩把鸟拴下了。窑洞深，最大的特点是冬暖夏凉，深冬窑里有一股扑脸的热气。窑的右边有一扇窗，早晨、中午这段时间会有不错的冬阳照进来。马老汉让儿媳妇端来两个碗，一碗盛水，一碗放食物。鸟惧生，对着食碗不敢靠近。马老汉想用唤鸡的方式教它吃食，咕咕了两声倒把鸟惊跑了。陌生产生距离，鸟也一样，还是离开得好，让它在没有任何打扰的情况下吃食。马老汉离开磨窑，但没有走掉，隔着窗户看。呱呱鸡尚未从惊吓中恢复过来，它伸长脖子东瞅瞅西瞧瞧，面对这样的新环境，它已经产生了失去自我的不安，也可能是绳子拴得过紧，浑身微微颤抖，每一根羽毛都竖着，像只刺猬。

喜蛋来电话了，喜蛋在电话的那头问起了母亲日子的事，就这几天想办法往家里打钱。马老汉对儿媳妇说，告诉喜蛋祭日的东西准备好了，别让他操心，自己把自己操心好，把工地给人家看好。

第四天，呱呱鸡身旁的水碗依旧满着，碗里的糜谷丝毫未动，它的食囊明显瘪了下去，毛色灰暗，原本浑圆的身子单薄了许多。如若没有惊扰，它会那样站上一天。马老汉想起女人喂鸡的情景，是母亲的祭日，女人早早地拴下一只公鸡。女人平坐在炕上，腿上铺着一块旧布子，鸡就在她的怀里，事先搓好的糜面疙瘩放在碗里，另一个碗里是水。牛奶状的面疙瘩沾上清凌凌的水从公鸡的嘴里喂进去，女人的手顺着公鸡的脖子捋，一节一节地捋。面疙瘩一下一下滑进鸡的食囊里。公鸡的头顶有单冠子，鲜红耀眼，下颌是双冠子，一样的殷红鲜活。双冠子似乎就是为公鸡的吃食而长的，女人一只手揪住冠子，鸡的嘴就打开了。在女人的喂养下，公鸡一天一个样子。

呱呱鸡没有冠子，头顶有凤冠一样的羽毛，下巴上光秃秃的，腮边的羽毛不利于喂食。马老汉还是让儿媳妇做好面疙瘩来喂。儿媳妇把呱呱鸡抱在怀里强行揪住它的腮毛掰开嘴，它拼命地挣扎，三四小块面疙瘩喂进去后，儿媳妇脸都涨红了。在以后的日子里，呱呱鸡再没有吃东西，大约在无人的时候，在漆黑的夜晚，在巨大的孤独和不安里，它的魂魄远离了自己，看上去可怜无助、无声无息。

马老汉解开了呱呱鸡。它依旧一动不动。也许，它已经意识到属于自己的自由只能容下窑洞这么大，毫无释放的可能。马老汉倒掉了原有的水和糜谷，换上新鲜的，方才离开。

呱呱鸡失踪了。

这天，马老汉推开窑门，发现绳子断了，呱呱鸡没有了。他找遍了每一个角落，让他吃惊的是，食物的碗浅下去一个深坑，水碗也浅下去了。它吃饱喝足后逃跑了。窑门是紧闭着的，晚上的大门也倒插着。窑门每晚他都留心挂上锁，不用说是一只鸟，老鼠也很难逃脱。

一场雪给人们带来更多的忙乱，清理积雪，往水窖里背雪，往田地里拉雪。冻不住的手脚和高涨的热情，到处是渴望丰厚日子的人影。马老汉走在村道上，望着出进忙碌的人们，他突然想，是不是谁溜进磨窑把呱呱鸡偷走了？很快又被自己否定。因为他套鸟的事没有人知道，知道了也不会偷。

那么，它躲在何处？

马老汉发现了一个土块，土块在窑垴的最深处，一个不起眼的地方。呱呱鸡失踪的第三天中午，马老汉的目光投向了土块，原因是土块似乎动了一下，就那么一下，从土块的缝隙里露出一根羽毛。土黄色的羽毛。他明白了。搬掉土块，呱呱鸡仰面朝天地躺着，土块沉沉地压在它的身上，它竟然用自己的翅膀将土块紧紧地抱着。它想拿土块作掩护，趁他不备逃走。多聪明的一只鸟啊！

马老汉第一次对它刮目相看了——一只鸟逃跑的方式竟是那样的不可思议。绳子是怎么断的？土块是从哪儿弄来的？怎么会到角落里，又是怎么压在它的身上，那么的严实？它就这样躺了三天，压了三天。他疏忽它了，一只小小的鸟儿有着如此的智慧。

马老汉用了一根更结实的绳子拴住呱呱鸡，而且看管的次数屡见频繁。

离宰鸟的日子还剩下五天的时候，马老汉找出刀子和磨石。望着骨瘦如柴的呱呱鸡，他怀疑自己是不是套了一只病鸟，怎么不好好吃食？可是，捕捉它的时候，它却是第一个闯入他的暗套，它招呼伙伴的欢叫，它啄食过程中的贪婪，还有它偷吃逃跑的动机……

一只不想吃食物的鸟儿，一定有它的心事。一个问题突然闪现脑海，让马老汉的心猛地一揪，这是一只有儿女的鸟吧？它想孩子了吗？一阵酸痛掠过他的心头。那么，那群小鸟现在在啥地方？冰天雪地里的它们会不会冻死饿死，或给吃了？马老汉不敢往下想了。

二十年的日日夜夜，抹不去的伤痕与苦难，至今清晰可见。女人刚去世的那几年，娃们还小，他背着山一样大的负担，娃们笑他笑，娃们哭他哭，虽然他想尽办法让娃们乐，吃好穿好。吃好的娃们并不乐，成天丢了魂似的，村子里的娃们跟他们玩耍，十回有九回，他的娃们受欺负，他们都喊“干头娃”：意思是没娘的娃娃。村里人看他过得苦，劝他娶个女人为自己做饭。他做不到，他忘不了女人临咽气时看他的眼神，女人在哀求他把他们的娃们拉扯大，她怕娃们受罪。有时候他想女人，想她活着多好，哪怕是个瘫子哑巴瘸子傻子，只要她活着，就是娃们的妈妈。喜蛋大点懂事了，外面受欺负回来不说，最小的女儿总是哭个不停。他抱着女儿满院子转着哄着。日头落了，月亮上来了，星星稀少了，女儿睡了。他把女儿轻轻地放在枕头上，盖好被子，睡梦中的女儿还在抽泣，小手伸出来喊妈妈……

马老汉重新审视眼前的呱呱鸡。这只吸风饮露、饱餐阳光的鸟儿，经过十多天的囚禁生活已面目全非。失去水分的爪子是龟裂的，浅浅地抓在地上，支撑不住瘦弱的身子。绝望使它对眼前的马老汉无动于衷，马老汉伸手抚摸它，它竟然连躲的意思都没有。然而，这一小小的动作却给予了它一丝希望，鸟鼓足勇气挺挺身子，睁大眼睛看着马老汉。它不会说话，但它的眼睛里透着一种细润的东西，一种深深的哀求，这种眼神他是见过的。令他没有想到的是，二十年后的今天却在一只鸟的身上重现！

马老汉离开了磨窑。

吃晚饭的时候，儿媳妇告诉老人，炸油香的面发上了，马老汉没有说话。

腊月初八一大早，马老汉自已洗了洗，端着一瓶水走进磨窑，满满的一瓶水够呱呱鸡洗的了。马老汉洗完呱呱鸡抱着走出院子。他来到一道山岭上，雪早已融化，大地似乎有了春的气息。这是个清澈透明的早晨。马老汉伸出双手，呱呱鸡被举过头顶。在马老汉将它向半空抛出的那一瞬，它明白了，领悟了，奋力向前一腾，嘎的一声飞了出去。它似乎又沾上了大地的灵气，迎着炫目的晨光，彻底将自己打开了，带着马老汉真挚的举意向山谷飞去。

马老汉满含热泪，目送着呱呱鸡渐飞渐远的身影，心潮澎湃，他有生以来第一次见证了一只鸟优美的飞翔。

（原载于《朔方》2012年第7期，《小说选刊》2012年第9期转载，
并荣获《小说选刊》双年奖，首届《朔方》文学奖）

秀　秀

1

夜幕降临了，天空依旧飘着雪花。六嫂早早上炕躺下。地上的秀秀衣服洗了一半，突然左边的邻居发生了争吵，声音很大，女人连哭带骂，还摔了一个水杯，“那个货有什么好，发短信啊？这日子不过了，离婚……”

跟大多数人一样，夫妻吵架六嫂一般不予理睬，她平静地睡她的。秀秀不同，她无法平息自己，听到哭闹声，首先担心的是那个小个子女人。她会不会遭到男人的拳头，小个子女人修长的披肩发让男人揪扯着，再给她几个耳光，怎么能受得了？秀秀将手从盆子里取出来端着，水顺着指缝滴答，心突突地跳。她想过去劝阻，鸡狗打架都有劝解的呢，何况人？有六嫂在，秀秀不能出去。是一对山东的小夫妻，小两口在小城做生意，租住在这里。秀秀住进来的时候他们已经在这里了。夫妻俩的生意不错，早出晚归的。一般回到家，小女人系上围裙做饭，男人收拾屋子剥葱皮，看起来和睦恩爱。可是，两人不知道为啥总发生战争。说起来女人也不凶，对人很有礼貌，一副小鸟依人的样子，瘦瘦的身子，线条不怎么分明，像个缺钙的小姑娘，一头披肩发却油黑发亮，衬着她白白的没有血色的脸。女人有时讲山东话，有时也说小城的话。他俩吵架用山东话吵，秀秀听不清楚谁对谁错。她很紧张，替小女人担忧着。第一次遇到这样的事情，是秀秀住进来不几日，小两口吵翻天了，动了手。小女人的眼窝青了好些天。那次，秀秀真想去拉架，被六嫂拦住了，六嫂说小夫妻吵架很正常，别看那一阵子一个恨不得把一个吃了，挖一个坑埋了，过后啥事儿没有，这叫狗皮袜子没里面，别人最好不要掺和，一掺和倒把事弄复杂了。秀秀记住了六嫂的话。作为旁观者，秀秀心里惶恐不安。

跟六嫂住在一起快两年了，这个五十几岁的女人带给秀秀的不仅是平静，还有她的简单。一天除了忙碌，挣得一份收入，下班回来到家有时候连一句话都顾不上说就睡了。每次，都是秀秀迟睡，六嫂早睡。吃过饭，收拾一天没有来得及打扫的屋子，清洗一天被汗水、尘土弄脏了的衣服。起初，六嫂不让秀秀干，干着那样一份工作，无法讲究，也讲究不起来。秀秀不听，她要洗。两人的工作是扫大街。在这之前，秀秀曾干过这种活。那是她刚来小城的第一年，秀秀文化不高，小学三年级都不到，当今社会大学生一浪一浪冲击市场，靠文化吃饭，靠能力吃饭。秀秀一米六的个头，身单力薄，这样一来，被无形的浪潮冲到社会的最底层。秀秀只能扫大街，替别人看孩子，就是保姆，在饭馆端盘子，裁缝铺子熨衣服……这些跟文化不搭界，但需要耐力和体力。扫大街那会儿秀秀的身体还能说得过去，一把扫帚比她高比她粗壮，早晨六点上班一直干到太阳落山，长长的一条街，每天扫很多遍，环保局的时时查看，时时打分。这样干着，一个月下来六百元工资。秀秀所打扫的街道是最繁华的一条街，人来人往，熙熙攘攘，时时扫，时时有，没有休息的时间。城管上老杨的那双小眼睛无处不在。两个月下来，秀秀的体重猛减。秀秀找到老杨，说老家的麦子黄了，她要回家收麦子。那次是秀秀撒了谎。秀秀领到了八百二十元的工资，这说明她在工作当中不怎么尽心尽责，被扣分了。秀秀重新找工作，四处碰壁。不久，在市场的裁缝铺里找到了一份干头。五百元交了押金，所剩无几。好在裁缝铺管吃管住，不在烈日下烤晒，扫大街是粗活，干裁缝是细活，细心还不够，要会使眼巧，是巧干。秀秀干了两个月都不到，把两件衣服烫出几个洞来。是高档布料，挨老板一顿批，赔了六百元的布料钱，愤怒的老板把秀秀给辞了，秀秀近两个月的工资一分没有拿到，押金也被扣了。

有时候扫完大街，望着街景，六嫂问秀秀为啥来小城？秀秀说了她该说的，不该说的永远压在心底。其实，秀秀的秘密大着呢！她来小城是为了“碰”一个人。那个偏远的家不容她。她只身来到小城总希望能碰上他，因为，他告诉过秀秀他要出去打工，要她等他。在秀秀的意象里，小城是他打工的最好去处。小城并不小，小城的街道四通八达，每一条街都有它的热闹，它的繁华。商场一个挨一个，各种广告牌琳琅满目，扩音器播放着流行歌。夏天的时候，广场旁的树荫下坐着乘凉的人们，再靠近点便是遮阳伞。秀秀坐在铁架子车上，穿着印有“环保工人”字样的马甲，望着匆忙的人们。要是过去，秀秀走在大街上，会留意周围的一切，仔细地辨认着，那种忧郁的神情透着无限的渴望。有六嫂在身旁，现在的秀秀看人的眼神是活泛的，坦荡的，无所顾忌的，纯属观赏。小城人的穿戴随意，简单且时尚。夏天时，可谓花红柳绿，女人比男人热得多，也容易发热，穿得露胳膊露腿的。和那些人相比，秀秀的穿戴就有些别样。只要在大街上，她必须是那样的穿戴，一身深蓝色的服装，上身套一件橘黄色的马甲，头上裹着一条方格围巾，戴一个大口罩。身旁永远伴着一辆黑色的锈迹斑斑的车子，车子里放着簸箕和大小不一的扫帚。尘土无处不钻，身上、睫毛上沾满土尘，就连吐出来的痰也是浑浊的。身为环卫工人，两人的衣服一样，肤色一样，坐在车子上或者打扫路面，神色坦然，无视小城人的存在，就像小城人无视她们的存在。早晨六点钟必须到岗，在上班族、学生没有上街之前，街道必须是干净的，一般早起的秀秀和六嫂是顾不上洗脸的，她们来不及吃东西匆忙赶到街道上。中午十一点半到下午三点这个时间是最忙的，下班的，放学的，要买要带要吃。虽说秀秀过去干过扫大街的活，和六嫂比，她干得盲目乱无章法。六嫂比秀秀有经验，干活不紧不慢，一把扫帚在六嫂的手里灵活轻巧，常常干完自己的，六嫂会赶过来帮秀秀。按理，秀秀不算新手，但总落在六嫂的后面。远远的，看着六嫂扛着扫帚走过来，秀秀就很不好意思，会埋怨自己的慢和笨。推辞不让干，六嫂总是一笑，情愿帮秀秀的忙。干完一天的活计，到了晚上，两人其实都很累了。秀秀年轻啊！秀秀年轻的身子随时能抵御疲倦的侵蚀。每次洗衣服时，忘不了要洗六嫂的袜子，鞋垫，口罩，围巾，一一洗干净。

即使下雪的日子，秀秀也不会放弃每晚的清洗。否则，她睡不踏实。秀秀干这一切都是心甘情愿的，怀着万分的感激。

2

被裁缝铺老板辞退后，秀秀身无分文的时候已经到了秋末。这一天，她路过一个小区门口，小区门口贴着一张告示，有几个字还算认识，是招聘保姆的。问了门卫，秀秀就去了一幢单元楼。单元楼有六层高，在秀秀看来远不止六层，她爬到五层楼的501门口等着。下午五点半的时候，501的主人出现了，是个胖胖的三十多岁的女人。秀秀上前打招呼，女人问她找谁，秀秀把来意说了。秀秀干的时间最长的也就是当保姆。后来，谁辞退了谁？好像是秀秀辞了胖女人。胖女人叫张颖，有着小城女人的特质，时尚、漂亮、妩媚，从她身上透出的远不止这些，还有女人的风韵，淡淡的柔情。女人大多时候说普通话，每晚脸上贴面膜，所以她的皮肤像在水里浸泡了似的，光滑细腻，透着粉粉的白。张颖的爱人在省城上班，不常回家，这样一来，她的空间很大，早出晚归的。张颖在电信局上班，好像还当着啥官，有个三岁不到的女儿，需要人照顾。一般下班回家后，张颖还要继续工作。除了看孩子，家里所有的活计都由秀秀做，包括洗张颖的内裤。所以，秀秀每干一件事都是小心翼翼的，提心吊胆的。前面的教训，她再不能粗心大意。女孩叫多多，没几天就跟秀秀混熟了，秀秀干活的时候，多多玩自己的，有时候多多会把手伸进盆子里去，张颖看到了会骂秀秀不讲卫生。秀秀赶忙替多多洗手。家里的座机响了，张颖让秀秀去接，不用问，就是省城来的电话。张颖的爱人很少打张颖手机，打座机。这个时候张颖就跟秀秀安顿怎么回话，说啥话。“就说我在家，多多很乖，家里没有买菜的钱了，孩子的牛奶也快没了，让他把钱打过来。”秀秀接起电话，按照吩咐一一回过去。那边的人一边答应着一边说再过一周他就回来了。放下电话，秀秀转达了那边的意思。张颖说爱回不回，稀罕！张颖有很多化妆品、衣服，只要多多爸爸把钱汇过来，她就不停地买。秀秀穿的是张颖不爱穿的衣服，用的也是张颖淘汰的化妆品。秀秀年轻，从未用过那么高档的东西，那些化妆品在她的脸上产生了奇特的功效，比张颖的皮肤还白。一天张颖看了看秀秀，说你的皮肤真好，要是再胖点就是个大美女了。那天张颖的心情出奇得好，把秀秀夸得很不好意思，脸红到了脖子根。家里的那台座机大多时候是哑着的。那天，秀秀干完家务，多多睡着了，她的目光突然落在了座机上，藏在心里的那个号码苏醒了，那么强烈地在心坎上撞击。秀秀是胆怯的，但她还是拿起了电话拨通了号码。扫大街的那会儿，她打过那个号码，是停机。张颖不在，秀秀尽管紧张的要死，但她毅然拿起话筒，提示音 :“您好，您拨打的电话已关机。”秀秀的心震荡了一下，说明对方的号码没有换，还保留着。下班回家的张颖放车钥匙的时候，无意间翻了一下座机，她似乎有所发现，但没有问。秀秀在下次打的时候就没有那么紧张了。这次话机提示 :“您所拨打的号码已使用了超级呼转，您的电话将以短信的形式告知对方……”站在话机前的秀秀心怦怦地跳，她既激动又紧张，说不一定，对方开机后会立即把电话回过来，那么她对他说什么呢？他们多长时间没有见面了，以前他对她是陌生的，现在更加陌生。秀秀的脑海一片空白。还好，一两个月过去了，电话仍旧沉默着，就像刻意保护着秀秀的秘密。一天深夜电话突然响了，把秀秀惊醒了，同时也把张颖惊醒了，张颖亲自接了电话，除了多多爸爸，一般不会有人在深更半夜打电话过来。电话显示的是外省号码。对方是个男声，就喂了一声挂断了。张颖转身看着立在卧室门口的秀秀，瞪了秀秀一眼回屋去了。秀秀以为就此结束了。第二天是个周末，张颖没有上班，一早她把秀秀喊醒，盯着她的眼睛问：“你是不是跟一个男人有联系，你不是说你没有男人吗？那么昨晚打电话的那位是谁？深更半夜的，你还联系得挺远啊，江苏连云港。你在偷偷地勾引野男人？在我的眼皮子底下？明天给我走人！”秀秀走的时候，多多放声大哭，抱着她的腿，让张颖的决心动摇了，张颖说：“要不过了这个冬天再走吧……”秀秀的行李都打好了，工钱也算清了，她一狠心走出了小区。很远了，还能听见多多的哭声。秀秀也是满眼泪花。

辞去保姆工作的秀秀手头上还算有点钱，给自己买了双袜子，一双鞋，背包里的衣服全是张颖给她的，八成新，穿着那样的衣服走在大街上，如果秀秀走得理直气壮一些，胸脯挺得高一些，脚步从容一些，很难看出她是乡下女人。秀秀永远是那样的一副样子，神情忧伤，目光幽怨，湿润的像深秋的蒲草；走路从不敢抬头，低低的走，胆怯的张望，生怕被谁发现，又渴望随时发现什么。她的这种卑贱几近猥琐的样子被商场（她曾在商场找过工作）老板做了精确的概论：骨子里透着一股子土气，一种贱相，就是放到酒精缸里浸泡上三天，也洋气不起来，不要说让她卖衣服，就那么一站也会把顾客吓走！那段日子秀秀无依无靠。日子里暗藏着许多的未知，这些未知是有形的，冷酷的，惨不忍睹，砭人肌骨。还是先找个地方住下来得好。天一天比一天冷了。秀秀在城郊租了一间房子，暂时有了安身的地方。她重新来到自己曾经扫过的那条大街，已经有人接替了她的工作。十里香牛肉拉面馆的招牌闯入她的视线。秀秀抱着试探的态度走进去。曲老板好像认出了她，热情地打招呼，“怎么不见你扫街道了，去哪儿了这一年？”秀秀问了一句：“大哥，你这儿缺人手吗？”能扫大街就能当服务员。曲老板欣然答应，不过，他说，在这儿干要听话守时，不能擅自离开，好好干的话一个月给你七百元的工资，过了三个月的试用期还可以加工资。这个数目在秀秀那里从未有过，秀秀决心在这里干下去。

3

秀秀再次失业已是深冬。她租住的房间没有生火，阴冷潮湿。寒冷封冻了一切。夜沉沉睡去的时候，秀秀却醒着，冰冷的寒气无处不在，她蜷缩在毛毯里。毛毯是条旧毛毯，上面的绒毛早已磨光，是曲老板用来捂面盆的，秀秀要来当被子盖，曲老板管吃不管住，她破例给了秀秀，同时给了她一条能照见亮光的褥子。秀秀怀揣着两样东西很是感动，一再地说谢。拉面馆的时间跟扫大街的时间差不多，早晨五点半起床收拾停当到饭馆时已是七点的光景，晚上下班时间在十一点以后，也就是深夜了。秀秀得自己走回住所。十里香牛肉拉面馆的生意很红，日子刚刚进入初冬，过喜事的人多了起来，大多数是来城里置办物品的乡下人，一碗拉面七元钱，外加荷包蛋、泡菜，一共也就不过十三元钱，很划算。秀秀忙里忙外，一天下来腿都跑肿了，可是，从七点半到晚上十一点秀秀身处温暖中，她的脸上汗津津的，抹桌子，倒茶水，洗碗，扫地，赔着笑脸给客人让座。曲老板人大方，一天三顿饭由你吃，牛肉拉面没牛肉，有肉的味道在，上面撒三四块萝卜片子，已经是一碗丰盛的面食了。一个月下来，曲老板给秀秀发了工资。秀秀交了房费，自己还存了点，秀秀很知足，舍不得花，装在身上。

每次回来都要拿出来数一数，不这样，她的心里不踏实。有了这笔钱，就有了一个好的开端，预示着事情已经在向好的方向发展，每一天的步行尽管辛苦，可是秀秀知足呀！要不是马戈，起码她还在曲老板的饭馆里干着，起码一个月有七八百元的进账（有可能远不止这些）。那么，她也不至于睡在这样冰冷的屋子连火都生不起。

醒到凌晨两三点的时候，刚刚有了睡意，屋子里便有了响动。起初是窗户那边，她不敢动，屏住呼吸静听，磁……磁……的声音像蛇在游动，沿着水管子，慢慢地爬行。后来门“啪！”的一声响，急促，短暂，来不及分辨便消失了。后来的响声来自地下，像沉闷的石磙子，轰隆，轰隆，轰隆隆……远去了，时隔不久又回来，重复着。那是夜的呼噜声，人在这样的夜晚无法入睡，夜能，它打鼾的声响沉重地从秀秀的身上压过去，处在失眠中的秀秀一动不动。天亮了，那些声音也消失了，地上有两个冻死的老鼠。下一个夜晚来临，那些声音如约而至。裹挟在冰冷中的秀秀，会想起母亲来，母亲香喷喷的饭菜，还有，马大北。马大北为她铺得热被窝，压着绵软的毛毯，暖融融的……这一幕一幕，生动，亲切万分，足以让秀秀泪流不止。她用衣服压着自己，尽量不哭出声来。在夜的气息里、响声中，秀秀单薄的身子备受思念的折磨，和马大北短暂的生活画面——清晰却透着忧伤的暖意：一个大炕，叠着三条崭新的被子和褥子，散发着清新陌生的气味，她和那个叫马大北的男人坐在屋子里，马大北一米八个头，比秀秀高大，壮实，山一样。让身体单瘦的秀秀无比紧张，大气不敢出。马大北鼻孔呼出的气息喷人。十五岁的秀秀快被那股气团捻碎了。那晚，是俩人的洞房花烛。秀秀是马大北的新娘。外面的夜出奇的静，出奇的黑，白天一院子的人散尽了。一院子的人不就是为了给秀秀营造这样的一个夜晚吗？男人不急于动她，一根接一根的抽烟，屋子里烟雾缭绕。头顶上是一个节能灯泡，屋子里摆放着几样简单的家具。这时，马大北扔了烟头出门去，一会儿又回来，他抬眼看看秀秀。突然，马大北抱住头哭了，哭声把秀秀吓傻了，她大睁着眼睛，看着眼前的马大北。马大北哭得肩头一抽一抽的。秀秀从未见过一个男人的哭相，眼前的这个男人，他的哭，他的眼泪，他的鼻涕，让她束手无策，她胆怯、恐惧、手心冒汗。她紧紧地咬住被子的一角。男人哭够了，转身对着秀秀说："你别害怕，我不会碰你的。我比你大整整二十五岁，我可以当你的爸爸。我没有钱，喜欢赌，还欠着一屁股债。村里人都认为我是狗屎。我以前有个老婆，她跟着我生活了八年，我们有个女儿比你年龄小不了几岁。我老婆每天都希望我能赚来钱，可我总是让她失望。我做生意只赔不赚。她就和我离婚了。听说她在省城开服装店，也结婚了。我希望她过得幸福！我们的女儿也上初中了。有时候我很想念我的女儿。"

四十岁的马大北点了一根烟猛吸几口，接着说道："我娶你，是为了堵住村里人的嘴。他们都说我这辈子没有哪个女人会跟的，就连寡妇也不会嫁我，因为我是狗屎。我抱着侥幸去你家提亲，当时我想，我马大北要是娶个黄花闺女回来，一定把村里人气死！我担心你母亲不会看上我，怎么会把一个年仅十五岁的少女嫁给我？可是，你的母亲，她答应了！这，我得感激她。我娶了你，挽回了我作为一个男人的尊严。村子里那么多人参加了我的婚礼。嘿嘿！他们都说，我娶了一个花朵般好看的女人。我感谢你的母亲！我要是对你不好，猪狗不如！我要把你当女儿看待，直到你长大成人，我会带你去城里，替你找个婆家将你嫁掉。我不配你，我是狗屎……你叫秀秀吧，你是个傻丫头，嫁一个四十岁的男人，你不觉得可惜吗？"马大北说完，又开始流泪，鼻子一吸一吸的。

秀秀的新婚之夜就是这么度过的。天快亮的时候，马大北倒在沙发上睡着了。他憔悴，苍老，皮肤黝黑，眼窝塌陷，颧骨凸起。在秀秀看来，马大北远不像是四十岁，倒像五十岁。伙屋里有了响动。嫂子起来了，在新房门上轻轻敲了两下，走了。秀秀下炕悄悄地走出屋子。嫂子看着秀秀。秀秀不明白嫂子为何用那样的眼神看着她。秀秀竟然不好意思起来。“昨晚你……你还好吧？水热好了，你们该换水了。”十五岁的秀秀懵懵懂懂地知道点什么，嫂子的话让她的脸红了。

秀秀没有婆婆公公。有一句话是这样说的：长兄为父，长嫂为母。秀秀叫嫂子的这个女人，她的妯娌，某种意义上完全可以给她当婆婆。到了一个新家，跟在娘家不一样，新的田园，新的村庄，新的面孔。走的头一天晚上，秀秀洗了个离娘水。伺候她洗澡的母亲看着女儿发育不全的身子突然哭了。母亲哭完叮嘱秀秀，到了婆家要听话，不要跟男人顶嘴，不要说任何人的坏话，还有，要勤快。

自打秀秀嫁过来，马大北不爱出门了，也不去赌场了。有事没事地跟秀秀说点什么，说什么呢？说什么秀秀都听。她低声细气，小心翼翼地听，生怕漏掉半句。每天晚上，吃过晚饭，马大北回到屋子里，打开电视，掏出香烟盒、打火机，边抽边看边等。秀秀这会儿在嫂子的屋子里收拾锅碗。马大北等秀秀不见，会替秀秀铺好被子，摆放好枕头，把一条毛毯压在被子上。秀秀回到屋子里，替秀秀把洗脚水热好放在地上，看秀秀洗脚。有时，他帮秀秀洗，一边洗一边说：“连个脚都洗不周到，还嫁人呢！将来嫁个男人怎么伺候他？爸真为你担心。”秀秀羞怯地低着头，一言不发。在睡觉之前，马大北不失时机地讲他的不如意，表他的决心。马大北是这样说的：“丫头，你听好了，你爸我不是没有本事，是运气太臭，别人能赚我就不能，我心情不好才去赌博的。你能理解我吗？从你进我家门的那一刻起，我就想，我再不能这样下去了，我不能对不住你！”秀秀盯着马大北看。其实，马大北是个很可怜的男人。自己有母亲，虽说不见亲生父亲，可亲生父亲活在世间。马大北没有父母亲，在哥哥跟前长大，在他的生命里经历了怎样的磨难和挫折她一概不知。她现在所要做的是做个忠实的听众，听马大北倾诉。马大北说完了，他靠在沙发上，右手的一根指头跟左手的一根指头相互碰撞在一起，竖在胸前。这个造型，从上面看是个人字，整体看是个心。这是个思考的状态。马大北究竟在思考什么，秀秀不懂。秀秀觉得马大北还真像一个父亲。一次感冒了，马大北替她喂药，半夜起来给她用热毛巾敷额头。问她想吃啥，他买。

农村有这么一句话：女娃娃脸朝外，造就是嫁人的，别以为嫁的那天哭得死去活来的，这也舍不下，那也舍不下。遇到一个男人，和他生活在一起成为一个家的时候，她就安分了，踏实了。秀秀也不例外，她与马大北组成了一个家，虽说身份尚不确定，她渐渐安静下来，甚至，随着马大北对自己的关怀，心情也好了起来。

有一点，马大北永远不会跟秀秀同“床”共枕，他就睡在沙发上。秀秀单瘦，个头不高，风都能将她刮倒。从“嫁”进这个家，她稍稍胖了点。这对秀秀来说真是不可思议！

只要马大北在，嫂子是不敢难为秀秀的，不嫌弃她不会干活，不会做饭。马大北不止一次地警告嫂子，秀秀还小好好带带她，多指导她，但决不允许嫂子欺负她。

有几天，马大北突然就保持了他的沉默。他忙他的，秀秀忙秀秀的，互不干扰。忙些什么呢？秀秀从嫂子那里要了些碎布片子，大小不一样的针，各色的丝线，学绣鞋垫。她学着画鸟，画花朵，画草叶、蝴蝶、蜜蜂……她学得认真且刻苦，都熬夜了。有一天，嫂子问秀秀，马大北人高马大的，秀秀咋能驮得住？压不压？秀秀抿嘴不回答。她和马大北，他们的秘密是不能让别人知道的。对外，他们是夫妻；对内，他们是父女。他们是一对并蒂相连的苦瓜。

马大北的衣服从来不让秀秀洗，他不说秀秀洗不干净，说洗衣服太累人。他洗自己的也洗秀秀的，包括秀秀换下来的内裤、袜子。马大北每次洗衣服都要淘上四五遍，才晾晒在浪绳上，再用手一一捋一遍。衣服晾干后，他亲自收拾进来，再捋一遍，归类，叠放整齐。他干这些的时候一句话都不说，嘴角叼着一根烟并不点着。洗完衣服，马大北开始擦洗屋子的柜子、沙发、椅子、电视、窗台、玻璃……直到窗明几净。

秀秀的亲生父亲跟母亲离婚后，很少来看秀秀，听母亲说，父亲有了自己的家庭和孩子，是不会再见秀秀的。母亲说，父亲什么都不讲究。马大北也是农民，年龄应该跟父亲相差不多，甚至，比父亲大，但从马大北的身上看不出农民的样子来。他的那身藏蓝色的西服永远的干净笔直，有时还要打领带。还有，马大北每天晚上都刷牙。他干净，阴郁，伤痛，深不可测。马大北有个手机，有男人打过来，也有女人打过来，马大北并不急着去接，有时候干脆不接。有短信来的时候，马大北慢腾腾地拿起手机，对着屏幕笑一两声，然后才回复。秀秀从不过问手机，那跟她有何干系？她傻傻的、自足的在马大北为她提供的住所里过着每一天，无所需求。

一天深夜，秀秀被哭声惊醒，她战战兢兢地从炕上爬起来，拉开灯，发现马大北坐在沙发上双手插进头发里，在抽泣。秀秀跳下炕走近马大北，不知道说什么好。马大北像个孩子似的将头埋进秀秀的怀里，哭得越伤心了。那一刻，秀秀不是他的新娘、女儿，是老母。在眼泪面前，秀秀被软化了，对马大北一贯的提防消融了，她伸出去一只手放在马大北的肩上，像在哄孩子。马大北哭够了，也像是哭累了，他倒在沙发上不动了。

回到被窝里，秀秀睡意全无，她小，她不懂马大北。她要做的是把自己蒙在被子里，竟莫名地伤心起来。

三个月后的某一天，马大北看着秀秀跟嫂子一家相处融洽了，便放心地出门了。

马大北一走，秀秀竟然有些不习惯了，晚上睡不着觉，感觉哪儿都有眼睛，在黑暗里窥视自己。还有响动，这儿那儿的响，让她恐惧万分。马大北睡觉的那个沙发，异常的突兀。在收拾马大北的被子时，秀秀突然想流泪。

马大北走的时候留给她一个手机号码，说："想爸的时候打电话。"

现在回想起来，秀秀觉得马大北在欺骗她。在张颖家里，也许那是个打错了的电话，也许真的是马大北的电话。连云港是一个什么样的地方？有多远？有可能他真的不回来了，他早已把她忘了。有时候秀秀想马大北会不会出了意外，那么，她在小城能待多久？秀秀也想过回婆婆家去。马大北不在了，但是，自己是马大北明媒正娶来的，那么她就是马家的人。秀秀回不去了，马大北不在，那个家不属于她。马大北走后秀秀一个人去了趟娘家，母亲问起了女婿马大北，秀秀说他病了来不了，母亲也就没有再问。从母亲家回来，秀秀新房的门上挂了一把新锁子。马大北从小没了父母，是他的哥嫂帮他成的家，结婚欠下的账数额不小。马大北出门挣钱去了，看样子，账还不清，秀秀永远进不了家门。她又回到了母亲那里，住了不到半个月，继父跟母亲又打了一架。在秀秀的心里，母亲永远活在继父的棍棒下，而大多数是自己引起的。秀秀这么小出嫁，原因就在此。秀秀回娘家的心思彻底断了，自己是已经嫁出去的人了，再不能给母亲增添半点麻烦，走得越远越好。只有这样，母亲才活得幸福。她跟随一伙进城打工的人来到了小城。

水表爆了，“啪！”的一声，像鞭炮的炸响，拉开灯，一股清亮亮的水柱直往出喷，秀秀第一个反应是用毛毯压住，褥子缠住，用衣服绑住。水是绑不住的，流了一地，好在水龙头那里很快给冻住了，不流了。天亮后秀秀找来了房东，房东夫妇一再地埋怨秀秀睡得太死，没有操心水表。房东老婆要秀秀赔偿水表钱，还有流了一地水的水费。房东男人有点过意不去，劝说老婆水费就免了。那天早晨秀秀完全是可以不被赶走的，在男房东的劝说下要留秀秀度过这个冬天。女房东在清理物品的时候，意外地发现了床头下面的一双男式运动鞋。就是秀秀后来穿在脚上的那双乔丹牌运动鞋。秀秀的手机，不，是马戈的手机，那部陈旧的停费的手机给房东当房费和水费扣去了。秀秀给净身出户。

4

碰上马戈时，是秀秀领到工资不久，那段时间，十里香牛肉拉面馆生意处在淡季。相应的当服务员的秀秀比较闲，她坐在前厅的椅子上向街面观望。曲老板在没有生意的时候，爱按他的计算机，算算一天的收入好让自己心里有个数。这个时候，从门口进来一个十六七岁的小伙子，很瘦，眼窝塌陷，一看就是一副饿痨相。小伙子坐下后要了一大碗拉面，一个小菜，六个茶叶蛋。曲老板亲自上前为小伙子倒上茶水。不一会儿，吃完了，小伙子却面有难色地说他没有钱，过几天给可以吗？曲老板的态度一下子变了，抬手指了指墙。墙壁上有告示：本店概不赊账，请顾客免开尊口。小伙子走不开，他看了一眼秀秀说，“她是我姐，先记在她的账上吧！”曲老板五十开外，黄皮肤，满脸的褶子，一双眼睛像蛤蟆，鼓鼓的，自带凶相，哪里允许打白条的，他转向了秀秀，用目光质问秀秀。小伙子却乘机离开了。这一笔账不由分说，记在了秀秀的头上。晚上十一点曲老板关上了店门。秀秀离开店走在回家的路上，她还在为白天的事情懊恼着。在她的身后却悄悄跟着一个人，秀秀没有留意。天空有一弯月牙，月光清淡。很远了，那个人紧走了几步跟上去说：“姐，对不起！这是我的手机，先留给你，等到我凑够饭钱你再把手机还给我吧。”秀秀一看手机，再没有说啥，忙接住了。“不过手机停机了，我告诉你号码，你自己去交费。”没有睡眠的夜晚秀秀就拨那个号码，又提示为停机。有时候，秀秀很想给母亲打个电话，告诉她，自己在小城有了一份工作，基本稳定，生活得很好，让母亲放心。可不知道为啥她没有打。秀秀的夜晚不再是寂寞的，她喜欢听手机的提示音，是个女人的声音，声音圆润，温柔，手机里面的那个女人一定很好看吧，有张颖好看吗？秀秀说不上。一天，秀秀在饭馆里洗碗，手机突然响了，声音很大。秀秀接了，是马戈打来的，那边拉着哭腔，“姐快来救我，我快死了……”秀秀抱住手机问了一句，“你在哪里？”接完马戈的电话，秀秀摘了围裙往外跑。曲老板冲着大街喊，“你干啥去？还没有下班呀……”

马戈出事了，此时，他被一群哥们围在一个角落里，双手抱着头，蹲在地上，在他的身后是一堵高大的水泥墙，墙上用彩色粉笔写着："不许在此处大小便""谁在此地大小便猪狗不如"，还有一行英文字母"我的世界我做主"。马戈原本不叫马戈，叫马宝玉，上初中的时候接触了古典名著《红楼梦》，里面的贾宝玉跟着道人成仙了，命运不太好！后来班上一个叫李宝玉的给车撞坏了，马宝玉当时就想，凡是叫宝玉的下场都不咋地，自己不能眼睁着吃亏，就把名字改了叫马戈。班里有一群小哥们，整天围在马戈屁股后面转悠，搞得班级风气很糟，老师见了都头痛，马戈一天上不上课，老师也不过问，马戈上了多少天的网回到宿舍蒙头大睡，同宿舍的大气不敢出。离开学校，在网吧里很快认识了一群哥们，喜欢上了抽烟。抽烟要用钱抽，马戈抽大家的；上网需要钱，马戈就借哥们的，时间一长哥们要，马戈说没有，等几天再说吧！社会上的哥们和学校的哥们不一样，他们不买马戈的账，他们把马戈带到这里，要马戈立马还钱，不还的话割了舌头去喂狗。马戈的身上、头上已经挨了好几棍棒，皮肉火辣辣的烧痛，他当时就想起了秀秀，借别人的手机给秀秀打了一个电话。

秀秀是打的过来的，当时已是红霞满天的黄昏，马戈身后的墙面一片红，像血泼了一样。马戈的欠款让秀秀倒吸了一口凉气：六百元，够秀秀辛苦多长时间哪！望着可怜的马戈，秀秀别无选择。马戈被秀秀带到了出租屋。包扎好伤口，马戈说他饿了。秀秀出去买了两包方便面，两瓶矿泉水。吃饱喝足的马戈来气了，他的嘴巴硬的惊人，唾液四溅，他扬言要是再碰上那帮子家伙，扒了皮，废了他们！老子不是吃素的，想当年……话还没有说完马戈就睡去了，他的义愤填膺、满腔怒火、英雄气概就同时睡去了。

这就是马戈的可爱，他的鼻台子上蓄着黄黄密密的胡子，嘴角挂着一根方便面，蛆虫一样，在梦里还咂吧着嘴巴。马戈睡去了，他的气息却苏醒了，烟草味伴着口臭味一阵一阵散发出来，加上马戈的脚臭味，秀秀的屋子本来就不大，这样一来，她快给熏晕了。秀秀捏着鼻子把马戈的鞋脱掉，接着是袜子，一起扔到了门口。替马戈把脚丫子清洗干净，怕门口的鞋子被谁偷走拿回来顺手扔进床底下。马戈沉沉地睡了两天两夜，秀秀也就陪了他两天两夜，第三天中午，马戈给饿醒了，他醒来第一件事，一把抱住秀秀喊了一声姐，哭了，哭得酣畅淋漓的，完了他说，“姐你嫁给我吧，我养活你。反正学校我不想回去了，家也回不去了，咱俩就在这儿结婚吧！”秀秀吃惊地张大了嘴，叫了一声，“胡说啥呀，我是你姐！”马戈说：“我不管，现在姐弟恋太多了，你不知道。”秀秀生气了，吼道：“你个不要脸的给我滚！”马戈二话没说就滚了。

5

春天来到了。春天的风跟着来到了。小城的风跟乡下的风不一样，乡下的风一旦吹起野寡寡地，带着刺耳的吼声，漫卷的黄沙里暗藏着瓦砾，刀子，硬邦邦的，会撞人一个趔趄；小城的风缠人，走不远，软绵绵的，沿着墙根走，探头探脑的样子，猛地翻一个跟头会扑人一身粉尘，然后打着旋儿向街巷深处吹去，那里有小城人家堆放的蜂窝煤，砌门洞的砖瓦。小城的人享受生活，吃过晚饭，或者是周末的时候，一家人相继来到广场上，带着羽毛球、毽子等，休闲自在地锻炼，笑闹，喝饮料。广场上有个大大的彩色显示屏，滚动播放小城的新闻趣事。周围摆着各种水果饮料摊点，叫卖声不断，熙熙攘攘的人群使小城的春天充满活力。

秀秀在广场的一角出现了。她活到了春天，沐浴在春天的阳光下。一个冬天的寒冷冻裂了她的皮肤，脸上手上，满是小口子，脚后跟上也是。她的乔丹牌运动鞋破了好几个洞，鞋没有鞋带，她走路很慢，由于没有润肤的东西，任凭口子生长，开裂，单薄的衣服掉了两颗扣子，勉强用两根线绳系着。被房东赶出来后，谁也不知道她的去向。小城的人不认识她，所以没有人搭理她，身上唯一崭新的是脖子上一条围巾。还在一个月前，行讨到一家门上，一个将要坐月子的女人给她的。从外表看，秀秀身上的衣服更不像是她的。在冬天里，在饥饿中，秀秀个头看起来小了，体重仅有七十斤。这是在小城，要是乡下，早给风刮走了。

秀秀往广场附近走去，她不敢往人群里走，远远地看。有两个女学生穿着艳丽的裙子，女孩对春天特别敏感，她们过早地穿上裙子。只有在春天里穿裙子的女孩最可爱。女孩十七八岁的样子，她们手里拿着书本，悠闲地翻看着，不时地用眼睛好奇地打量着周围，咯咯地笑。她俩应该是高中生吧，与其说她们在看书，倒不如说书是一种道具、陪衬，是身份的证明。

广场那边，女学生身后不远处出现了一个推着车子扛着扫帚的中年女人，穿着跟广场上的人有些不一样，一条深蓝色的裤子，紫色上衣套一件橘黄色的马甲，马甲的前胸后背处有两条淡绿色的带子，印有“环卫工人”字样。这样的打扮秀秀熟悉。今天，在这样的季节里，出现这么一个着装的女人，秀秀倍感亲切。秀秀用羡慕的目光打量着不远处的女人。环卫工人。三年前，秀秀不也是环卫工人吗？她的身份不掺半点虚假，一个月有六百元的保障，都是自己不好，吃不下那份苦，才落到今天这般。

女人向秀秀这边扫过来，不说一句话，低着头，一心一意扫她的。近前，在一阵尘土飞扬中秀秀看清了女人的面庞，圆脸，肤色蜡黄，不像个打扫街道的，倒像从医院里出来不久的病人。女人总算停了下来，总算看了秀秀一眼，这一眼让秀秀从中捕捉到了一点什么，这给了秀秀一丝勇气，秀秀冲她笑了一下，就一下。女人没有笑，她的嘴唇动了动，似乎要说点什么，又没好意思开口。这种无言的交流对秀秀来说就够了，她感觉到了。秀秀在距离女人三步不到的地方坐了下来。人在饥饿中最好是走动着的，在走动中让饥饿的折磨慢慢消减、淡忘；一旦坐下来想再站起来很困难。秀秀心情不错，分明她处在饥饿中，她是困乏的，无力的四肢，干裂的嘴唇。为了更清晰地看看周围，她拉过围巾抹抹脸。这时，意外发生了，扫大街的女人忽然栽倒在地，她跌得很重，不停地呻吟着。受了惊吓的秀秀顾不了许多，她扑了过去。

广场那边有几个也听到了，回过头来往这边看了看。秀秀喊着，摇着。女人总算醒了过来，她望了秀秀一眼，眼角滑下一颗泪。秀秀把女人从地上扶了起来，搀扶着离开了广场。

下午四点钟的样子，按照女人的指点，在一条幽深的街巷里，秀秀推开了一扇门。女人躺在炕上盖好被子，秀秀倒了一杯水递过去，女人接住了，眼泪又一次流了下来。秀秀说：“要不要去医院看看？”女人抓住秀秀的手说：“我缓几天就好了，你赶快到刚才的那条街上替嫂子把活干完，要不他们会把我辞掉的，我不想失去这份工作……”

这样，秀秀跟叫六嫂的女人住在了一起。

那天，替女人干完活，回到女人的住处已经是晚上六点了，女人努力从炕上支起来做好饭菜等秀秀回家。吃完饭，秀秀正式打量这间屋子，陈旧的几件家具，一个土炕上铺着同样陈旧的毯子，两把椅子，一张吃饭的圆桌。墙上贴着几幅画，一面照人的镜子。地上的炉子还生着火，屋子里有股扑脸的温暖，给人一种家的气息。女人叫白桂花，在妯娌中排行老六，村里人都叫她六嫂。小城人认识六嫂的不多，城管上的叫她白桂花。秀秀叫六嫂，她觉得叫大名太生分，喊六嫂亲切。六嫂告诉秀秀她住的也是出租屋，在小城已经六年了，也就是说，她扫了六年的大街。令秀秀疑惑不解的是，自己扫大街那会儿怎么会没有碰见过六嫂。

六嫂扫大街为了一个男人。

在这间屋子里，曾经住过一个重病的男人，六嫂的丈夫。六嫂每次说起丈夫，泪水由不住地流淌，她说自己的男人太可怜了，那么强壮魁梧的一个男人被病魔折磨成了一把柴，临去世的时候像个小孩一般大小。男人得了糖尿病，最初的日子里，还能走路，眼睛也好着，可是后来不进食了，眼睛也看不见了。哪个医院都看过，家里该卖的全卖了，一个农民家庭有些啥经得住卖啊！儿子也算孝顺，卖了牲畜，筹备盖房子的椽子也卖了，病还是不回头。家里没有可卖的东西了，六嫂带着男人来到小城租下了这间房子，她扫大街给男人治病。每月透析一次，一次花近六百元的药费，为了多挣点钱，六嫂包了两条街道，挣双份的工资，起早贪黑。可是，就在两个月前，男人还是撇下她走了。他活着的时候，我就有奔头，活着也充实，一天不知道累是个啥。他一走，把啥都带走了，我的心好空哪！一天吃没吃想不起来……儿子让我回家去，我不想回去，小城比乡下活泛，我还不老，只要人勤快会挣到零花的钱。秀秀帮六嫂扫了五天的街道。六嫂身体恢复后不让秀秀走了，她留秀秀住了下来。她带秀秀来到大街上，对秀秀说：“你帮嫂子打扫街道吧，反正你也闲着，我也没有那么多的精力，算帮个忙。”秀秀激动地一个劲儿点头。六嫂找到城管上的把自己的想法说清楚了。城管局的老杨在一年前退休了，现在的是个年轻人，他答应了六嫂的请求，并发给秀秀一套劳动工具，包括服装。

六嫂很少问秀秀的过去，即便是问也是不经意的，每晚躺下身子她的瞌睡就来了。一天晚上，看着在地上忙活的秀秀，六嫂来了兴致，问了一句：“你也不小了，该找个对象了，我有个侄子大学没有考上，现在替人跑车，人很勤快的，比你大几岁，哪天让我儿子带来，你们见个面。”对六嫂，秀秀说得最多的是自己的母亲。秀秀的母亲跟六嫂一般的年龄，比六嫂瘦，秀秀最不愿意提及的是自己和马大北。那个晚上，秀秀说起了马大北，凭借对马大北粗浅的了解，远远近近地说了些，话说完首先感觉心里酸酸的是她自己，秀秀赶忙垂下眼睛。六嫂叹息一声，说：“那个倒是个不错的男人啊……”

和六嫂同住一个院子的还有五户人家，紧挨门口的张大爷耳朵有点背，他是帮儿子看家的，他的儿子在小城搞装潢。其他的跟山东小夫妻一样做着别的生意，具体干什么不大清楚，看样子都忙，秀秀很少跟他们碰面。

邻居的战争平息了下来，悄没声息了。秀秀把洗干净的衣服晾在屋子里的浪绳上，不放心地走出屋子。小两口还没有睡，灯光照亮了院子一角，透过窗户秀秀向里望一眼，可能是吵架吵累了，小女人一边嗑着瓜子，一条腿搭在男人的身上，撒娇般地往对方嘴里喂东西。对两个小时前的争吵已抛在了九霄云外。为小夫妻的神速和好，秀秀百思不得其解，她羞怯地移开目光，回屋子上炕睡了。她不急着睡去，紧挨着六嫂躺下，感觉着六嫂的气息，很温馨，她很珍惜这份温馨，想伸手去触摸，又怕弄醒六嫂，于是，自己闭上眼睛，双手抱着放在心口上慢慢的体味着，像一片叶儿依附枝蔓，一叶舟依恋水波。这个时候的秀秀想起母亲来，不知道为什么？也就没有以前那么悲伤了，相反，她有点理解母亲。母亲为了一个男人忍辱负重，挨上一顿打，哭上一鼻子，不对任何人讲，过上几天，脸上的青印子消淡了，依旧下地干活，做饭洗衣服，喂牲口，伺候继父吃喝，母亲是死心塌地跟继父过日子的，要过一辈子的。六嫂活着为了一个男人，操心他的起居，男人病了，端屎端尿，把他送进土里，而今，依然为了亡故的男人辛苦着。那么，自己呢？马大北没有跟她过多长时间，仅仅三个月。就三个月，让她对马大北那么的放不下！秀秀有亲人，亲生的父亲再没有管过她，七岁上她跟着母亲和一个叫苏明的男人生活在了一起，苏明是她的继父，继父并不喜欢她，老打她。秀秀的亲人就是她的母亲，她却靠近不了她的亲人，马大北就是她的唯一，将来的自己做他的媳妇，还是做他的女儿，心里还真没有底。山东小两口让秀秀不由得想到她和马大北。马大北早已申明是要做自己的爸爸的。这些年，马大北有可能已经结婚，那样也好，省得她牵挂！万一马大北没有结婚，将来的马大北老了，病了，谁来照顾他？

秀秀快二十岁了，她长大了，在这个举目无亲的小城里，遇上了六嫂，她把所有的心思和杂念放下，死心塌地地和六嫂过。她想好了，只要六嫂不赶她，她就不走。

六嫂的儿子来看六嫂，买了一大包水果，临走给六嫂一部旧手机，说有啥事情打电话。平时六嫂带在身上，也不打，除非儿子打过来。秀秀学乖了，不像以前那么冲动了，每每听六嫂对着手机说话，她就忙自己的，看都不看，坚定得很。

6

下雪的日子跟下雨的日子不一样。一场雨会把小城淋得清爽，明亮，处处透着雨后的芳香，这个时候大街没有尘土不需要清扫。雪是有型的，堆积起来厚厚的一层，小城的华丽容颜淡化了，肃穆宁静。车辆的鸣笛声被积雪吸收了，溶解了，听起来沉闷像喘息。也就这个时候环卫工人最忙，清理积雪。给人和车辆碾碎了的积雪，紧紧地粘在地上，铲起来是费事的，一条街道铲完，人已经十分累了。清理积雪不是一两天的事，中午时分，顾不上吃饭，每次，六嫂让秀秀回家做饭，她在街道扫雪。她们很少下馆子，馆子的饭不好吃也太浪费了。秀秀把饭菜做好端到街上，六嫂吃得津津有味，她说在大街上吃饭跟家里的味道不一样，好比把饭端在田间地头吃，有着别样的味道。

也有单位派出来清理积雪的，这叫义务劳动。毕竟不专业，扫得不够彻底，雪不但没有被扫干净，看起来比原来更脏更乱。他们前边扫，六嫂在后面清扫第二遍。秀秀往回赶。以前，走在大街上，她会留意街上的行人，尤其从电话厅旁边走过，会慢下脚步看一会儿。自打住进六嫂家，秀秀对周围不好奇了，匆匆走过去。这说明秀秀不再留恋过去，那个号码被埋在心里的最深处，不想再翻动它，惊扰它。秀秀就要现在。现在的家，现在的六嫂，现在的工作。所以，秀秀走在大街上，有些趾高气扬。拐过另一条街道，秀秀意外地看到了马戈，马戈背着书包，看样子他又上学了，骑着一辆赛车，一条腿支在地上，跟一个女孩说着话，他们的话题大概很有意思，马戈嘿嘿地笑，肩头一耸一耸的。秀秀绕开了马戈。也许马戈早就见过她了，不仅今天，而是每一天。那次，马戈走后，秀秀找过曲老板。曲老板狠狠地把秀秀批评了一顿，像这样无视纪律无视店家章法的服务员，曲老板绝不手软。

秀秀在菜市场买上菜，打了一斤肉。一斤肉三十元，对秀秀来说太昂贵，但她想给六嫂改善一下，最近扫雪，六嫂很辛苦。两人说好的，房费由六嫂出，水电费包括买菜由秀秀出。起先，六嫂不肯，是秀秀坚持要这样的。六嫂不听话，她就不跟六嫂一起住，六嫂才依了她。如果在碗里吃出肉，六嫂就抱怨秀秀不会过日子，让秀秀好好积攒点钱，以后有用。秀秀也会应付，说吃归吃，攒归攒。

距离不远的地方，停着一辆小车，车的主人戴着一副黑墨镜，跟一个人在说话，那背影，秀秀好像在哪儿见过。猛地，一个影子映在她的脑海，那么的突然，让她不知所措。那不是马大北吗？秀秀来不及细想往家奔跑，她跑得不管不顾，疯了一样，到了家里她把自已关在里面倒插了门。她没有看错，是马大北回来了。

马大北在挨家挨户的打听秀秀。

秀秀站在门背后，喘着气，心狂烈地跳着，浑身颤抖得厉害。这些年所受的委屈，此刻一一浮现在眼前，她的泪水喷涌而出，为了不让自已哭出声，她双手捂住脸，那泪水不听话地挤出指缝滚滚流淌。漂泊生活让她面目全非，马不停蹄地奔忙，挨饿；扫大街让她忘却了劳累，她的脸是黑的，手是黑的，很粗糙，穿着那样的一身衣服，不分冬夏春秋。

院子里有了响动，有了说话的声音，那是在她无望的时候期盼听到的声音，而今，那个声音出现了，她没有了勇气面对。马大北在院子里向邻居问话，住在门口的张大爷给说着什么，秀秀一句都听不进去。秀秀想出去迎接，可是一个声音一再地告诫自己，“不能出去，你不能见他，你不配！”

是的，马大北的小车是崭新的，马大北是崭新的，他胖了，也年轻了，她是那么的不配，她听不见别的声音了，秀秀给泪水淹没了……

外面静下来。这时候，另一个声音在秀秀的耳边回旋，“他要走了，快去见见他吧，他是你的爸爸啊……”

秀秀不顾一切地冲了出去，挥动着手喊了一声：“我是你的……”举起的手却停在了半空。小车鸣着笛声拐过街角不见了。

（原载于《朔方》2015年第1期）

青蛙王子

东方的天边出现一线亮缝，这个时候，一种声音飘向了她，麦子感觉到声音很遥远，又似雨后的风儿那般缥缈，这让她一时觉得声音虚幻和不真实，她支棱起耳朵仔细辨别着，她确定是以前听到过的声音，便小心翼翼地吐了口气。七天前她第一次听到了那声音，而现在听到的比第一次更真切些。

她从炕上爬起来，叫声第二次传过来。黎明之前的静谧扩大了声音的清晰度，令人兴奋，一切因夜晚带来的遐想、疲倦都被稀释殆尽。她睡意全无，她想立刻把这个消息告诉赫塞。不行的，已经在家里待了六天的麦子依然是出不了门的，她不能迈出大门半步，能怪谁呢？伸手摸摸身子下面还湿湿的，完全没有干的迹象，麦子知道，没有过七天的日子她是出不了门的。在自己的窑洞里自己跟自己生了一阵子气，从身子底下摸出土块使劲儿地捻碎，好像把自己身体某个部位捻碎一样才令她解恨。

整个晚上她完全没有睡意，自打有了那个故事以后，麦子没有好好睡过觉，一个完整的夜被她遐想的许多小动物撕扯得支离破碎。

窑洞里住着她一个人，还有许多的小生命相伴，比如，跳蚤，蚊子，甲虫，臭虫，身材瘦小的蚂蚁，老鼠……这些动物在白天和麦子一样出去寻找食物，无论它们走多远都忘不了回家的路。有时候比麦子回来得早。天空没有了日头，出现了月亮和星星，四周银光一片，动物们已经进入深邃的洞穴，洞穴随处可见。麦子回来了，她摸索着放好木棍，爬上炕便打算睡去。偶尔的翻身会惊醒深睡的跳蚤、蚊子、臭虫，它们爬到麦子的衣服上、身上；人睡了，它们醒了，无所顾忌地爬向麦子，对驻足这样的身体，很是兴奋，麦子年轻的富有朝气的身子，鲜嫩，光洁，没有一处不透出少女的芳香。已经很累的麦子被咬醒了，她四处乱拍，那么多的虫子一时是拍不完的，虽说有哔哔剥剥的响声，昆虫繁衍后代的速度快得惊人，一夜赶亮能见孙子辈。老鼠也醒了，它们怕夜晚的潮气，结伙出洞来到主人的身旁，互相追逐，撕咬，发出尖利的叫声。它们的牙齿锋利，但它们喜欢麦子的热被窝，一个个钻进去并不咬她，或者到木箱里翻找东西，咔咔咔咔地响。臭虫不安分了，一个个爬出来，有温暖气息的地方是它们最好的去处。应该说，麦子并不孤寂。她是困倦的，白天走了很多的路，每一晚皮肉不同程度地受到叮咬，痛痒难耐。白天里，她的脸上、耳朵后面、手上、脚背都是伤，红红的鼓起小小的包。每逢遭到叮咬她都是无奈而束手无策的。在她很小的时候，就看不清世间的一切，她是个盲姑娘，今年二十岁。母亲生下她以后就去世了，父亲在她两岁的时候病故。有个哥哥，麦子在哥哥跟前长大。哥哥什么时候成的家她不记得了。现在的哥哥四十过了，嫂子也不年轻。有三个侄子，两个侄女，日子过得是好是坏她不清楚，但很少听到哥哥嫂嫂吵过架。哥哥是生意人，时常出门的，临出门的哥哥总是对嫂子安顿一些话，关于他不在时要照顾好麦子的话。麦子不仅眼睛看不见，个头也不高，这么一个年龄了，个头一米三都不到，说她像侏儒吧，比真正的侏儒高点，也没有侏儒的屁股大，屁股也不撅，其实，麦子的身材还是挺好的，细胳膊细腿的，那短小的四肢十分灵活，一点儿不影响麦子干活。家里的嫂子和侄子们谈不上对麦子不好，这样的一个麦子在家里，生活了这么些年，长了这么大，健康的没有任何的毛病，还要让家人把她怎么样呢？家人都叫她麦子。侄子侄女也那么叫。麦子个头小，有一点，她的辫子出奇的长，走在路上，她的辫子就长长地垂在胸前，辫梢拖在地上。麻花状的辫子水灵灵的，是麦子自己梳理、精心编织的。这是麦子身上最美的一笔！麦子和哥哥嫂嫂同住一个院落。在院子靠东的山脚下挖出一个窑洞来。一个浅浅的土窑洞。窑垴盘一个土炕，铺上席子褥子和被子，两个紫色的木箱子，没有上锁，是母亲活着时用过的。窑洞的好处是冬暖夏凉。冬天的时候麦子的被子不会叠起来，铺在炕上，夜色笼罩大地她从外面进来被子内暖融融的。麦子背来牛粪煨热炕，放上柴草点燃，少不了吹上几口，火苗扑出来烧到发辫上，一个冬天都是那样的焦黄。所以冬天的麦子不是太受冻的，她的屋子里总有丝丝青烟从炕洞里荡出来。白天的麦子几乎很少待在屋子里，除非经期的时候。打算出门的麦子一清早来到嫂子的屋门口，在那里有一个汤瓶，里面总是有半汤瓶凉水，麦子洗完右手洗左手，然后洗脸，用梳子梳理自己的发辫，自然成长的辫子上，有时粘有草叶或者别的什么，经过梳理会掉一些，头发上的油汗是梳理不掉的。麦子一天的行程有多远，连她自己都说不准。收拾好自己，麦子离开家，村子里每一条巷子她都熟悉，不用担心她会迷路。手里的木棍比她还熟悉眼前的路。有时候，整整一天，麦子吃不上饭，她会到邻村去。这种情况很少出现，一般是夏季，人们抢收夏粮的时候，麦子到一家门上，门口挂着锁子，麦子会嗅到没人的气息来，她就到下一个门口试探。总有一家门是开着的，里面有人在，老人或者小孩子留家看门。村里人都知道麦子的身份，一是给她饭吃，一是派她活干。麦子年轻也勤快，因而人们并不嫌弃她，只要有吃的东西就给她。也有舍散钱物的。麦子得到舍散最多的是村子里过红白喜事。这两件事虽说都是大事，意义却不一样。喜事总是充满喜庆气氛，出嫁一个姑娘或迎娶一个姑娘，满村子张贴鲜红的喜字，鞭炮炸响，笑声不断；白事倒是哭声连连，而且这种声音要持续很多天，亡一个人，大家伙放下手头的活前去送亡人，人都说亡人要撵着送。人们把送老年人说是赶喜事。活了一辈子，活到了七八十岁，从年少到年老，从中的滋味可谓荡气回肠，曾是那样朝气蓬勃的一个身子终将被岁月磨损成一副老朽的模样，昏花的双目，分不清方位，大小便失禁，病魔的疼痛让他们骨瘦如柴，这样一个老人躺在病榻上是折磨人的。那一口气终于在某一天里断了，伺候过他（她）的亲人，哭诉着，疼不够，舍不下，拿出钱物舍散。舍散的钱物麦子全都拿回家来。衣服是一定要穿的，这是亡人的亲人亲口安顿下的、要求过的，不管年龄有多大，麦子必须穿在身上。嫂子将衣物改小了，让麦子穿上。嫂子不是裁缝，能改成啥样子麦子看不到。在人们的眼中麦子是世界上最可怜的人，第一个得到舍散的应该是她。麦子从来都不挑剔，来不及穿的衣物放在箱子里。得回来的钱交给嫂子，让嫂子替她保管。嫂子偶尔改善一下生活，麦子的碗里有鸡肉或者鸡蛋，这些都是麦子最喜欢吃的。哥哥回来的那几天还能吃上炖肉、粉汤菜。舍散的衣服嫂子是不要的，嫂子四十岁不到的女人，她是不会穿那样的衣服的。年轻亡人的衣服更是不穿，嫂子有嫂子的讲究。相比，过喜事麦子得到的东西少些，大不了是些喜糖喜果，吃上一碗粉汤菜，回来的时候手里捏上十元不到的零碎钱。麦子的穿戴在村里很是特别，她刚刚过了十九岁，步入二十岁的年龄，各个骨头缝里透着一股无法抵御的青春气息，女儿家的妩媚，女儿家的红润都显现在那里，那些不合身的衣服能裹住她的身子却裹不住她的年轻和朝气；麦子个头不高，但有青春的身子作底料，穿上那样的衣服别样了，有种沧桑的气质，这种味道在村子里其他女孩子身上是找不到的，她们喜欢穿红挂绿，穿着算作时尚的鞋子，与麦子一比，落俗了。倘若麦子的脸蛋上润上霜呀膏呀的，麦子绝对是漂亮的，而且，麦子的那张脸上永远印着开心的笑，这给麦子很加分。在人们的印象中，麦子是没有苦恼而言的。麦子不愁吃不愁穿。

每次从家门口出来，由于想看得真切，麦子的目光是刻意的，大睁着眼睛，高仰起头，可她分明什么都看不见，眼前一片模糊的光亮；腿短，步子迈得就小，想走得快些，就气喘。通往村子的家户，每一条路麦子都分辨得清，路面坑洼不平，凭借手里的棍子一路探去。麦子的家在村子靠北边的山脚下，去居住密集的家户要经过一口井，麦子从未走错过，麦子听觉灵敏，感觉出奇的好，所以不用担心她掉进井里去。跟村子的姑娘一样，麦子也会做针线活，她看不清针眼，会穿线，一根细线，一根细针，把线和针放在指头上夹住，慢慢地捻，过上一会儿，线就会自动钻进针眼里去，衣服哪点儿破了，麦子就坐下来缝合。尽管缝得粗枝大叶，针脚不匀，有几个针脚还重复着，却结实耐用，有好心的人家看见麦子身上脏了或者头发脏了，烧一锅水替麦子清洗，麦子就分外地清爽干净了，这样是要保持一段时间的。哥哥不在，家里的嫂子分外地忙，嫂子是顾不上清洗麦子的。麦子从不多心，也不跟嫂子计较。夏天来临了。因为天热容易出汗，麦子身子很容易散发汗腥味。人们愿意积德，愿意行好。吃了别人家的饭，麦子一时不离开，她站在地上等，看人家有没有活可干。麦子能干什么事情呢？有些人家吃烦了电磨磨出的面粉，就想吃石磨磨出的面粉，将麦子拌上水，捂上，等麦子来。不几天麦子果真就来了。那天麦子帮花大妈磨面。麦子吃过饭让花大妈安排在磨坊里。磨面一般套驴子，驴子偷吃面粉，需要给它戴上笼嘴，蒙上眼睛，这很麻烦，驴子又不太听话，需要人赶，需要监督。总之，需要人时时看守。麦子不一样，将她安排在磨坊里，花大妈就忙她的去了。麦子吃力的双手举着一个粗木棍，一圈一圈地转，时不时地拿手去拨面，以防撒在地上。筛面的时候，花大妈给她讲了一个故事，拌着磨厚重的声音，筛面的敲击声，故事的每一个细节都刻在了麦子心上。她脸红扑扑的，哪有困乏的意思。于是，那一天里，麦子围着磨盘转了多少圈，麦子不计又有谁说得清。黄昏来临了，麦子一身粉尘地走出磨坊，吃了晚饭，身上的面粉被拍打干净，这个时候的麦子心满意足地回家去。

对家里居住的那些小动物们麦子打心眼里欢迎，从内心讲，那些虫子和老鼠需要温暖的窝巢，更有繁衍后代的义务，多多益善，来者不拒。自从花大妈讲了故事，她期盼家里有新成员的加入，比如，一只青蛙。哪怕是只豌豆大小的青蛙。最好是残缺的，断了双腿的，她甘愿以百倍的爱心呵护它，伺候上好几年，直到它彻底长大、伤口痊愈……到了那个时候将会是一副怎样的情景呢？麦子不敢想象！她怀着无限的希冀，莫大的热情等待那一天的到来。白天等到夜晚，夜晚等到白天，过了那么长时间，她竟然连青蛙的半声叫都听不到。尤其到了夜晚，睡不着觉时，她大睁着眼睛，屏息敛声。远处，偶尔传来狗叫声，猫叫声，她渴望的声音躲在什么地方而不露痕迹。她并不失望，怀着一颗虔诚的心等候着，说不一定，某一天，某一时刻，突然就碰上了。有几个晚上，大概是后半夜，麦子悄悄走出窑洞，夜晚的风吹拂着她，她的矮小的身子似乎被风带走了，带到了一个未知的地方——呱呱，呱呱，呱呱呱呱……一只青蛙就这样叫着，她轻轻地走过去，结果是：一个平坦的地方，处处是水洼，绿草茵茵，就在秧田边，一位怀抱青蛙的少年出现，少年坐在那里，满面的笑，他在迎候她……

这种情形瞬间消失，比梦境来得快比梦境消失得更快。

这让麦子很苦恼。她由不住地问过村子里的人，还好，被问的人听完后先是一笑，接着连连点头，说见过，见过，有，有，有，然后从她身旁匆忙走过。这时的麦子有些激动，也有些迷茫，人们并没有给她指定一个方向，或者地点，让她一下子就能见到那个身带宝珠怀抱青蛙的少年。当一天的寻找下来一无所获时，疲惫的麦子伤心得流泪。她的身上，长辫子上落满尘土。夜幕降临，麦子回到自己的窑洞里，同住的小伙伴趁机向她爬过来，她一动不动，双手放在胸前，闭上两眼。她想起下雨的日子，一年里不仅是下雨，还要下雪，雪花的形状，雪花的白，纷纷扬扬，带着上苍的祝福飘落下来，染上色的大地在这喧嚣的散落中肥了，厚了。麦子走在雪地里，她喜欢听脚下的声音，咯吱、咯吱响。头顶的天空真是聚宝盆，要雨有雨，要雪有雪，而且下雨的声音和下雪的声音有那么大的区别！这些声音给她带来不一样的感动，常常，在雨中，在雪中，她是舍不得离开的，更不会有意躲避，让淋着，让下着，一身的白，一身的雨水。她记得，下雨的季节里，会出现青蛙的叫声，随着雨水的加剧，四处响起了蛙鸣声。尤其是到了黄昏，村子里聒噪一片。那个时候为何不留意青蛙呢？哪怕是一只！今年雨水很少，听了花大妈的故事，好像就没有下过雨。花大妈的故事讲过有一段日子了，大概有两个月了吧。

有一天清晨，她突然听到了青蛙的叫声，她一骨碌从炕上爬起来，以不可思议的速度逐声寻去。这是麦子无数次寻找中最为准确的一次，她确信无疑。而且，就在她前面的不远处。那一天天气好极了，感谢风儿成了她的助力器。

村庄究竟有多大，她不清楚，但能感觉到它的辽阔。这个自小长大的村庄，其实是蛮大的，大得让她二十岁的足迹无法遍及，很多的地方需要她更多的时光和精力走走，“看看”。这个大得没有边际的村庄究竟隐藏着多少的秘密啊！

手中的枣红色木棍牵引着她，像个忠实的伴侣，指引她方向。

一个月里有那么七八天，是麦子最为烦恼的时候。我们知道，麦子是个健康的麦子，像所有姑娘一样，每个月里都来月经，而且十分正常，一天都不差。二十岁的麦子，在她十七岁的时候就来月经了。那次让麦子很是羞愧的，心跳脸红，她从来没有经历过那种尴尬的事，从外面回到家被嫂子看到了，大呼一声，麦子你来月经了？看你的裤子！这句话提醒了麦子，其实在头天的晚上，她的裤子就是湿的，她是尿过的，可是有东西在流，她搞不清楚是什么在流，也没有往心上去，一早就出门了，也没有人提醒，她在村子里悠闲地转了一天。嫂子生气地骂了几句，不许她再出门丢人现眼！麦子在家里必须待上七天，直到经期结束。她不疼不痒，却流血不止。那鲜红的带有温热的液体源头在哪里？不分昼夜地流淌。嫂子不让她出门，嫂子说女人身上流出来的血是不能见到阳光的，更不能踩踏青草，踩踏青草，青草要告饶，不能去井边，要冲伤身子的，更不能赶红白喜事……青草告饶是一副什么样的情景呢？一定是很可怕的吧？麦子就悄悄地待在自己的窑洞里不敢迈出大门半步。那些日子，麦子吃家里的饭，由小侄女叫她去吃饭，或者给她端过来。

麦子已经洗了三年月经。没有以前紧张了，接受了，烦恼却在，她莫名的烦恼，甚至是恨自己。嫂子提醒过她，姑娘家一般经期在三天或者七天，因人而异，麦子经期长，必须过七天才算干净。她在烦恼中多了一层焦虑。而且她想好了，青蛙的叫声再次出现时一定要叫上赫塞。她记得在几年前，听人说过有个在外打工的小伙子摔坏了双腿，瘫在了炕上，他的老妈，一边种庄稼一边伺候着他……后来，人们说着说着就没有音讯了，平息了，消失了，就像小伙子从这个世界消失了一样。原来，他还活着。他就叫赫塞。从此，麦子便有了自己的心事。怕被别人或是家人发现，她尽量在他们面前做到若无其事。可是，越是这样，她越紧张，越恐慌，还痛苦。

每一年村子里嫁出去几个姑娘，娶进几个小媳妇，大多都比麦子小，像麦子这样的姑娘属于大龄了。没有人愿意为麦子介绍对象，不是说人们不关心她，而是舍不得将她嫁出去。话又说回来，像麦子这样的谁愿意娶呢？所以，麦子从来没有待嫁姑娘的烦恼。无所事事的麦子，她的快活像空气一样时时相伴，能怪谁呢？怪就怪花大妈，那么多人给麦子讲过故事，不是毛野人的故事就是狐狸精缠人的故事，从来没有听过青蛙的故事。花大妈的故事在麦子的心里生根发芽长出了枝蔓，在以后的日子里，迅速成长，枝繁叶茂。这样一个过程其实是蛮熬人的，麦子人瘦了，也没有心思梳理发辫上面的柴草和尘土。

麦子固执地认为，她会碰到少年，庄户很大，他隐藏在一个神秘的地方，有一天会突然出现在她跟前，而且，她确信，少年不仅有宝珠，他的怀里一定是抱着一只青蛙。喂了那么久，相处了那么久，麦子不会相信那只青蛙离开少年而不想他。当那天，第一次听到青蛙的叫声，麦子毅然决然地认定，那就是花大妈故事里的青蛙！

那一天，第一次听见青蛙的叫声，她的脚步一刻也不能怠慢，太阳当头照。她跟着她的木棍，到了邻村的地界，走进一座院子，青蛙的叫声陡然消失。向里紧走几步，一股阴冷的气息立马裹挟了她。院落空寂无声，连一声虫子的叫声都没有，像座古墓。麦子很少走进这么孤寂的院落。她确定这是座无人居住的废弃的院落。“进来吧。”她吓了一跳。声音很近，就在身边，却沾满潮湿的味道，麦子的心里扑腾了一下。“进来吧……”是个男人的声音，似乎在哪里听到过，麦子向声音发出的方向走去。坐在炕上的人终于看到了她，他笑了一下，“是你啊！四年前我见过你，你的辫子还是那么长，那么好看！”“你是——亚胡吗？”麦子曾经得到过叫亚胡的人的施舍。亚胡是个生意人，声音有点像亚胡。“我不叫亚胡，我叫赫塞。你进来吧……”一听人名字不投，麦子迟疑起来，但她进去了。屋子里潮湿、沉闷，有股浓浓的霉味儿，还有一股酸臭。叫赫塞的男人向前挪动身子，他把身边的碗向麦子这边推了一下，“没有吃吧？”麦子警觉地回答道：“我不饿”，接着试探地问道：“你刚才听到啥叫声了吗？”“啥叫声？我刚刚听到了喜鹊的叫声，结果你来了。”有开玩笑的意思。“不是，不是，是青蛙的叫声”，麦子更正道。她又问了一句：“你知道有个带宝珠的少年吗？”“哦，是他呀！知道，他叫青蛙王子。”“对对对，就是他，他在哪里？”“你先把饭吃了我给你说。”麦子索性走到炕沿边，摸索着端起饭碗。这会儿她真感觉饿了，几下子扒完饭摸索着将碗放在炕沿上，迫不及待地问："他在啥地方？我去找他！""你找不到他。""那你带我去吧！"麦子紧接着说。男人笑了："我走不了路，我在炕上睡了四年。""你病了吗？"麦子急切地问道。"没有病，四年前我在建筑工地摔坏了腿，再没有离开过这个大炕，我的女人带着我的儿子走了，说是回娘家，她再没有回来。她嫁人了，带着我的儿子嫁人了。我不知道她嫁到哪里去了，我想我的儿子。"男人讲得很平静，没有半点的忧伤。麦子一时无话可说了，过了一会儿，她想起什么似的问了一句："你咋不去医院？""去了，钱也花光了，医生说我的腿没有救。""你的饭谁做？""我老妈，她伺候了我四年。""我扶你去，青蛙王子肯定就在附近，我今天听到青蛙的叫声了！""我一步都走不了啊……""你知道青蛙王子住哪儿吗？"他有时候住在山顶上，他每一天能看见太阳的升起和降落，能感受到风吹和日晒。有时候他行走在庄稼的田野里，吆着他的耕牛。当春天来临，他把属于他的田地全部播上庄稼的种子……你知道收获是多么幸福的一件事吗？你不知道，你看不见。青蛙王子有十多个孩子，老大叫主麻，老二叫阿丹，老三叫优博……他们一个比一个可爱！……""我们去找他吧！"叫赫塞的男人笑了，"谢谢你能来到这里看我，除了我老妈，很少有人走进这座院落。我见不到青蛙王子，但我知道他很多的故事，算你没有白来！""那你给我讲讲吧。""改天吧，我今天累了……""我明天来，明天你给我讲青蛙王子的故事好吗？"麦子的眼睛睁得大大的，语气央求了。屋子里静下来。男人向后一仰，身子靠在枕头上，闭上眼睛："你可以走了。""我明天会来找你！"那天麦子真的有点动气了，转身离去。

回来的当天晚上，麦子的月经来了。和以往一样，她哪里都不能去，静悄悄地待在屋子里。挨到第四天便是高潮期的到来，她就不想吃饭，身子更是不敢动。黄土是好东西，它能生出虫子来，也能以宽厚的胸怀替她掩护。麦子的手上沾有血迹，她摸摸土块彻底湿透了，开始抠土，重新铺好，再坐上去。白天，嫂子的屋子里是有响动的，有说话的声音，嫂子知道麦子来月经了，需要衬垫东西。嫂子会让侄女送给她几块旧布子和卫生纸，对麦子来说，那些远远不够。嫂子不知道麦子有那么多的潮红吗？

嫂子怎么会不知道呢？嫂子也是女人，有过跟麦子一样的姑娘时代。嫂子每次都知道，嫂子就是不说，嫂子很少跟麦子说话，大概她也知道，像麦子这样的姑子一辈子是嫁不出去的，麦子的一生跟嫂子有着刀子都割不断的关系。

夜色沉沉，孤独袭向麦子，她想起村子里的花大妈。想起花大妈讲过的故事，那个故事多么的感人啊——从前有个少年自小没有了母亲，在后妈身边长大，受尽折磨，他一个人住在一个破旧的窑洞里，每天吃的是剩菜剩饭。一天少年在路上碰见一个受伤的青蛙，青蛙奄奄一息，口吐白沫。少年把青蛙抱回家，精心地喂养，帮它清洗伤口，晚上睡觉时把它搂在怀里。青蛙的伤势一天天好起来，一年后，那只青蛙彻底好了。有一天青蛙开口说话了，青蛙说它的嘴里有一颗宝珠让少年拿去，见了死去的动物用宝珠一照就能复生，遇到疾病缠身医治不好的病人用宝珠一照，人能痊愈；想要啥好吃头好穿戴，对着宝珠一说，那些东西会出现眼前……青蛙说完就不见了。少年伤心地大哭一场，拿着宝珠，心想，有青蛙说得那么灵验吗？就对着宝珠说，我想要一碗白面条，话音刚落一碗白面条就出现了。少年很高兴，他走出家门，开始救死扶伤。一路上，见到死去的蜜蜂、蚂蚁、喜鹊和牲畜，拿出宝珠一照，果然，那些动物全活了。两年后，那个少年也长大了。一个冬天的日子，少年遇见一个要饭的盲姑娘，见她很可怜，他拿出了宝珠。那个姑娘复明了。那是个美丽的姑娘，有着一双迷人的大眼睛，她为了答谢少年，嫁给了他，他们过上了幸福美满的生活……当时麦子被故事深深地吸引，她激动地眼睛里溢出了泪水，那个姑娘多幸福啊！自己怎么就碰不到那个少年呢？麦子平静的生活被那个故事打乱了。她很想遇到一只青蛙，或者那个手拿宝珠的少年，不求嫁给他，能让自己的眼睛复明。她想看看自小长大的村庄，还有那些好心肠的人们。到了那个时候，一切都变了，可谓翻天覆地。首先是，她会跟嫂子一起走进田园，在每一天的劳作中，满眼的庄稼，一天天的拔节、抽穗、结籽，还有羊群、鸟雀，它们的叫声好听，样子一定很好看吧！可以不吃饭，可以不睡觉，麦子觉得能看到那么多的景色，吃饭睡觉太没有意思了！一想到这些，在不久的日子里，自己将要迎来一个光明的世界，麦子激动的眼里噙满泪花，连呼吸都急促了。

这几天，她一直想那个叫赫塞的男人，还有亚胡、哥哥。一年前的某一天，很清楚地记得亚胡把钱塞进她手里，她的手一下子满了，感觉钱的棱角硌手，发出干脆的声音。“这是二百块钱，拿去买件衣服穿。”亚胡说。她从来没有得到过这么多的钱，激动地点着头，把钱紧紧地攥在手心里。回到家，钱还是让嫂子收管下。她没有穿上新衣服，叫亚胡的人她记住了。听说亚胡开着小车，走南闯北，他的生意比哥哥做得好，在省城有自己的公司。哥哥虽然有自己的生意但没有自己的公司。哥哥在外面闯荡，有他的天地和世界。赫塞一个大男人，也出去闯荡过，却搭进去一双腿，再不能走路。那双腿估计伤得很重，致使他妻离子散，在阴暗的屋子里度日如年，默默地思念，默默地等死。无数个黑夜与白天承载着他多少的忧伤和绝望？甚至，活着的赫塞不如自己，自己的眼睛看不见，可分明有一双好腿啊，健康的没有任何毛病，每一天都行走在阳光下，和村子里的那些人相见。赫塞什么都没有了。

麦子后悔地想到，自己竟然还吃了赫塞的饭，那是多么可怜的一个赫塞呀！他肯定没有吃，饿着肚子，绝望让他忘记了什么是饥饿。在当时，自己吃饭的时候，连让都没来得及让他一句就把一碗饭吃光了。这让麦子无比的恼火。得想办法补救这个莫大的过失！要想办法让赫塞和青蛙王子见面，让青蛙王子治好他的双腿，赫塞就可以见到自己的儿子了。说不定还能找见远离他的女人。那个时候，赫塞肯定开心死了！这个突然产生的想法让麦子感觉异常的幸福，脸红扑扑的。说过要去赫塞那儿的，自己不争气呀，出不了门。那赫塞在等她吗？他愿不愿意去？“背也要把赫塞背去！”

她在心里期盼着七天的日子像一枚叶片那样一下子翻过去。在后来的两天时间里夜晚远比白天漫长，虽说夏天的夜晚是短暂的。白天里，窗外有各种声音传来，这些声音会让她分心，分散她的注意力。麦子爬起身子到窗台边，女人们的说话声，娃娃们的吵闹声，羊儿咩咩……这些声音阳光一样地将她覆盖了。

天亮就第七天了，那久违的声音第二次出现时，麦子一刻也不能等下去了。她开始换衣服，换上新的，把在这几天里穿脏了的衣服打了个包。

嫂子的屋子静着，时间尚早。村子沉浸在黎明前的灰暗里。麦子的心怦怦跳，她怕这个时候嫂子会走出院子。凝神听了几秒后，向院门口悄悄走去，然后飞奔。

一个月的七八天时间，麦子在村子里消失了，一下子不见了。人们想不起她，好像麦子理应有这样的七八天，有一天消失了的麦子突然出现在村子里，人们也不以为奇。

今天麦子来不及跟他们打招呼了。

时间究竟过去了多久？整个上午就那样从脚下溜走了。就像，只做了一个深呼吸就到了目的地。

赫塞依旧躺在那里。赫塞先是一惊，接着想起什么似的问：“你怎么才来，你不是说第二天就来吗？这个世道连瞎子也欺骗我！”赫塞显然生气了，他嚷道。“我……”麦子一时感觉难以开口。“你是不是也看不起我？”赫塞继续问道，他由生气变成愤怒。“听我说，我……我……我今天又听到青蛙的叫声了，我想……”“我不想再听什么青蛙了，你给我出去……”赫塞挣扎着从炕上爬起来，打算把麦子赶出去，可是，他够不着她。这又一次激怒了他，他向前一伸胳膊，整个身子重重地掉在了地上。麦子吓得向后退了几步，她不知道哪点伤着了他。赫塞还在继续，那郁积多年的怒火火山一样喷发了，他大概忘了对方是个瞎子，或者他认定她是瞎子才向她发火，“你给我出去……”他扶着墙从地上站了起来，喘息着，借着墙壁彻底站直了。这一举动将他自己也惊吓得大张着嘴巴，他一动不动了。

屋子里突然安静了下来。

赫塞从刚才的悲愤中清醒过来，他站在地上，腿和地面的接触让他产生了幻觉，眼前的一切好像都在水中，都在晃动。为了证实自己，他向前挪了一小步，又是一小步，四小步后，他停了下来。他呼吸急促，似乎从一生下来脚就没有落过地、没有走过路！只有麦子跟他能分享这一刻的惊喜。

“赫塞……”麦子叫了一声，她看不见他，伸出手去在空中乱摸。一只手抓住了她的手，将她的手放到了一个地方，她摸到了一张粗糙的脸，那张脸湿漉漉的。

（原载于《飞天》2015年第3期）

牡丹园

罗燕的右眼皮上压着一根柴棍子。柴棍子很细，很轻，长短不足一厘米，压在眼皮上，似乎有了千斤的重量。当时，罗燕和村子一帮人在油用牡丹种植基地干活，右眼皮猛地跳了几下，她的心也跟着抽搐了一下，浑身骤然冰凉。当即，她俯下身子在松软的土地里寻找什么能把眼皮压住的，找了半天，果然找到了一根，折断，冲着手指头吐了一口吐沫，抹在眼皮上，怀着一颗虔诚的心将柴棍子粘上去，压住了，不跳了。

俗话说，左眼跳财，右眼跳灾，右眼跳不是好兆头。眼皮是压住了，心里的惶恐却还在，整整一天，罗燕心神不安。距离散工的时间尚早，她不由得抬头看看四野。远处的村庄掩映在黄尘里，在排排杨柳的点缀下，黄尘中透出几分绿意来。四月了，杨柳返青，泛绿，枝条的各个茎部蓄满叶片，经由风儿的吹刮，不几天叶片打开来，储备了一个冬天的能量，真的是展示的好时节！从村子的方向偶尔传来学校下课的铃声、学生的吵闹声。再向远处看，一切都模糊了，满耳的风声，太阳都被吹得摇晃起来。旱塬无边，风声中黄尘里透出一种空旷的荒凉之美。在这样的景致里，人们怀着另一种心境忙碌着，他们一刻都不愿停下来，精心地经营着手头的活儿。此刻，家里的婆婆在干什么？会不会生病了，早晨走的时候好好的呀，那就是孩子了？孩子早晨比她起得还早，两个背着书包跟往常一样开开心心上学去了。那就是男人刘阳。刘阳在外地打工，昨天还通过电话，说他在省城挺好的，不必挂念！想想一切照旧，她的担心是不是多余了？好在眼皮没有再跳。

男人刘阳上过初中，没有毕业就跟着小舅舅学木匠，起初在附近的村子里干活，谁家有需要就请他打家具。他的手艺越来越得到大家的赞赏，罗燕的父母就把女儿嫁给了他。罗燕本人感觉刘阳跟她挺般配的，他人勤快，能吃苦，农村人图的就是这个。罗燕本人呢，比起村子里其他女孩子也算优秀，小学毕业，算是识字人，还有一份工作，在村子里代课，是位代课老师，从学前班教到二年级，再回过头从学前班教，是小循环。一个月三百多元的工资。钱不重要，重要的是当老师的感觉好，站在讲台上，面对一张张可爱的小脸蛋，罗燕就感觉那些孩子像是自己生下的一样，一个比一个听话。晚上回来备课，脑海里还浮现出不同的面庞来。刘阳在时遇到不懂的问题问问他，刘阳说道，还真把自己当回事儿呀，你别误人子弟！她知道男人在开她玩笑，刘阳低下头认真地看题，微蹙眉头，做思考状，她就拿过书本回答道，一个木匠，懂个啥？真是高抬你了！刘阳不在家时，她便有点寂寞，没有人跟她说话了，她就看书，解闷。久而久之，她养成看书的习惯。教书生涯并不长远，自从有了孩子，三岁一个，等三个孩子生完，会走路，事情越来越多，刘阳有时候不在家，家里外头需要人手，她就辞去了老师的工作。后来听说国家出台了新政策，但凡代课八年以上的老师可以直接转正。她代课六年，没有了那个福分，心里遗憾了很久，怪自己命运不好，怪自己嫁了刘阳，一个木匠把自己拖下了水。有时候，是要埋怨男人的，刘阳说，有他呢，养活三个孩子绰绰有余。

五年前村子搬迁到这里，新村庄，新学校，政府配备了新的老师，都是正规学校毕业的大学生。现在三个孩子都上学，老大已经在镇子上上初中了，只有周末才回来。女儿上四年级，最小的儿子上三年级。学校还给学生管饭，孩子的学习积极性很高。慢慢地，对男人的那份怨气也消淡了，觉得在外打工的刘阳也辛苦，也不易，她必须把家照顾好，把孩子照顾好，就是对男人最大的支持！自从老公公去世了，老婆婆一直跟随他们生活，刘阳前头有三个哥哥，都在县城住，老人愿意跟小儿子刘阳一起生活。家里有个老人是好事情，她从来没有把婆婆当做外人，就像生下自己的老母亲一样，自小失去母亲的罗燕，就觉得身形弱小的老人是自己的一个伴儿，一个依靠。孩子们不在家，她一早出去干活，家里的凌乱都是婆婆替自己收拾，每每散工回来，看到家里收拾得干干净净，婆婆把茶水都烧好了，就凉在餐桌上，菜也切好了，就等着她回来和面呢，一切是那么平淡和谐。房前屋后的园子里，闲不住的老人，在春天还没有到来的时候，安顿大孙子在镇子上买了各种蔬菜、花卉的种子。待到土地消冻了，地脉活了的时候，老人就开始翻地下籽种。

现在，罗燕的园子里各种蔬菜都长出来了，绿绿的嫩苗，在晨曦里挂着露珠，老人拿着铲刀清除杂草。自从嫁过来，老人一直保持着这个习惯，爱侍弄园子。刚刚搬来那会儿，跟所有的人一样，老人也是不习惯，每次干完活，她并不进屋，站在村巷里举目四望。太阳升到了半空，村巷里一个人都没有，而不远处的墙根下枯坐着几个老人。少有的空寂，这空寂会从人心里掠去一些东西，一点一点，抽丝一般，内心比外界更孤寂，一种庞大的恐惧占据心头。老人收回目光慌慌地回屋了。刘阳不在，总觉得少了点啥，有时候不由地想他，罗燕不直接说出来，就问孩子，想你爸爸吧？想，孩子毫不含糊地回答。她就想给刘阳打电话，说孩子想他了。打电话的时候，免不了要说几句夫妻话，平常打电话都是背着婆婆打的。电话打过去，那边的刘阳要是忙的话，就嘿嘿两声挂了，有空的话，问家里的情况，问老妈好不？问孩子乖不？问村里人都在忙啥？……一路问下来，就感觉心里暖暖的，脸烫烫的，一抹，感觉都有点烫手。事实上，罗燕明白远方那个男人就是自己的天空。每月的工资来，刘阳按时给她打在卡上，那一张卡就是他们联络的心脉，一头将钱输进卡里，这头感觉卡里传递过来的不仅是钱，还有些说不清道不明的东西。罗燕站在农村信用社门口对着那张蓝色的卡看，感觉沉沉的。紧接着刘阳打电话过来问收到了吗？手机短信已经显示了，钱的数目都清楚地在手机上。她并不急于要回答的，让刘阳猜。刘阳说，两千八，对吗？她说，怎么不对呀，是两千五。刘阳说，可能是存款机把三百元吃掉了吧。这边的她就掩着嘴巴笑。这是罗燕撒娇的方式。她从来没有感觉出刘阳的异常来。

家里的住房并不宽敞，政府盖了两间，一里一外，套着，里屋是厨房，婆婆住外屋，刘阳在外屋盘了一个通炕。刘阳是准备盖新瓦房的，这三年多的积攒还不够盖五间房子。虽说刘阳让该花的花，但是，她舍不得，每次把钱打在卡上，她舍不得取，家里所花的，都是罗燕在种植基地干活挣的，还有政府的各种补贴、婆婆的低保。一个农村家庭，花销并不是太大。孩子的穿着不是村子里最好的，但也不差。

这一停顿，身边干活的人就把她落在后面，怕被监工的看到，罗燕收回心思勾下身子忙忙地揭起地膜往前赶。要知道能在油用牡丹种植园干活真不容易，有多少人争着抢着，半夜把铺盖卷带上睡在地头占位置。生怕来迟了没有活干。所以，所有的人都起得特别早。带上干粮和茶水，中午是不回去的，休息一个小时。监工的就在附近转悠，他不干活，时刻监督着大家。中午了，听到一声令下，在地埂上躺下去，这才感觉身子是如此的困乏。包里的干粮带着太阳的温度、气息，伴着泥土的味道，风已吹干了馍馍的水分，咬上一口，干巴巴的。茶水也似乎掺和上了跟干粮一样的味道，来不及漱口，时间比金子更珍贵。阳光直直地照下来，照射在每一张落满尘土的脸上，也似乎在躺倒身子的那一刻睡意立马袭来，一双眼睛很快闭上了，嘴巴没有停止的意思，咬着，嚼着，没有一个人说话。无论是老庄子还是新庄子，劳动对他们是亘古不变的。所不同的是，原有的耕种方式变了，过去那种传统的农耕渐渐退出了人们的生活，接踵而来的是新奇的现代化的种植模式。一些新鲜的种植技术也在考验着他们的智商，人们惶恐不安，束手无策。什么万亩油用牡丹种植基地，万亩枸杞种植基地，万亩板蓝根种植基地，万亩柴胡种植基地，万亩圆枣种植基地……这些新奇的名词像磁片那样熨帖，人们慌乱而忙碌。好在有技术员事先对他们进行了培训。农民没有文化，有的是下苦精神，时间是检验真理的唯一标准，一两个月下来，大家都会了。大队共有三千多户人家，按照每个村子的人口多少，分派在各个项目种植园。罗燕所在的村子分到油用牡丹种植基地，大伙儿起了一个好听的名字：牡丹园。有种富贵气象。

太阳落山，收工回家，走进村头，黄昏的余晖给村子涂上金黄，村庄上空飘散着蓝色的炊烟，杨柳的花絮。风已经停了，晚霞稀释了白天的黄尘，空气似乎一下子湿润了，这个时候牲畜归圈，羊儿叫，小牛犊呼唤妈妈，鸡儿打鸣，孩子们的欢叫声，偶尔的狗叫声……所有的声音汇集一起，村子里热闹了。

罗燕家在村巷的最深处，人群、羊群、牲口逐渐少去，到后来剩下她一个人，村巷两边的太阳能路灯亮了，还给她一个孤独的影子。走在这样的村巷里，心绪自然地空旷起来，怎么说呢？在老庄子，无论回多晚，心里总是满腾腾的，那些沟沟峁峁，庄稼的气息、村落的余晖、泥土的芳香总是装在心里，而村子里大多数人家晚上是不上大门的，有条土狗就行了。现在走在离家不远的村巷，就有一种不安，生怕有个小偷或者野狗突然出现，加上今天总担心出啥事情，心里的恐惧更甚。

常听村子里有人抽空去老庄子，他们一是去给亡人上坟，二是想去看看、走走。老庄子山大沟深，交通不便，吃的水是井水，人和牲口同饮，水苦中带涩浑浊不堪。现在的老庄子变得一片荒芜。原有的屋顶都扒了，在通知接到的前两天就开始动工，该拆的都拆了，村子里乌烟瘴气，像遭了雷击一样。一辆辆车有序地开出村子，很远了，还听见那些土狗一声声的哀号。它们永远舍不得离开村庄，守护着家园，直到思念主人而死。最初的那些日子里，忙着收拾新家，心思腾不出来，住安稳了，有人就去老庄子。他们去看那些无法搬走的亲人。在那座大大的坟茔里，睡土的亡人，是他们永久的牵挂。有了那些坟墓就有走不完的路。每一年的那几天，人们放下手头的活，前去上坟，探望亡者。

老公公也在那里睡土，每次刘阳回来都抽空上一回坟。婆婆今年七十多岁了，身体虽说没有啥大的毛病，但婆婆常说，生死的路上无老少，说不定哪天她就去世了。罗燕觉得老人说得对，生与死都是有前定的。仅有小学文化程度的她，对人生也是有点体悟的，她认为女人一生有两次“归”：一次是女儿之身嫁到婆家去，跟一个陌生的男人生活一辈子，这叫归宿；另一种归是放下世间所有的牵念，入土为安。

嫁到婆婆家，生儿育女，眼角爬满皱纹，皮肤没有了以前的饱满、光滑，体型更是大变样，刘阳说她比以前好看，她不认为。这些年失去的和得到的成正比吗？大概人生就是在得与失中完成着生命的历程吧！尤其跟婆婆一起生活的日子，她体会得更深刻些，她和婆婆不像其他婆媳之间的那种明争暗斗，她眼看着婆婆一天天的老去，枯萎下去，萎缩成一个瘦小的女人，记忆力减退，视力模糊，村子大多老太婆都是这个样子，身形一天天矮下去，变了形，像失去水分的倭瓜……那些老者就是罗燕将来的影子。所以，罗燕从来不跟老婆婆闹矛盾。她知道，老人像熟透的枣儿一样，终究有一天会回到老庄子去，和那些扁瘪的黄土堆融为一体……

虽说搬迁过来土地没有以前那么多，人们的生活在默默变化着，观念也在转变。现在家家都有上学的学生。刚搬来时的那点土地令人担忧，人们烦躁不安，惶惶不可终日。慢慢地，日子还是起了变化：谁家盖了瓦房，谁家增加了三头牛，谁家砌起了羊圈，养了一大群羊，谁家买了小车，谁家开了餐馆……政府给家家盖了温棚，房前屋后的空地足有一亩多，都充分利用起来，冬夏都能吃上新鲜的蔬菜。能看出来，但凡家庭变化的都是比较勤快之人。相反，村子里有些懒汉，他们一天无所事事，在村部附近转悠，屁股下压着摩托车，一双眼睛四处窥探，这些人中大都是二十多岁的年轻人。三十几岁的很少，比如马四就三十多岁了，他干瘦的身子夹在年轻人中间，为了使自己看上去顺眼些，马四留了个锅盖头，这种发型看上去真的年轻很多。

自打那次事件之后，在村部附近转悠的人明显少了，包括马四也不见了。

回到家，罗燕一步迈进大门，院子的路灯亮着，看到婆婆坐在矮凳上洗手，她喊了一声，妈——婆婆一副开心的样子，答应了一声。进屋看见两个孩子趴在桌子前写作业，见到她，孩子开心地扑过来，抱住她喊，妈妈回来了！这一叫打消了她的担忧，紧张的心绪放松了，系上围裙开始做饭。吃过饭，孩子的作业也写完了，看了一会儿动画片休息了。

十点钟的时候罗燕才收拾停当，洗了个脸上炕睡下。

半夜里，眼皮又跳了几下，她的睡意全无。夜很静，窗外有一轮月亮，高悬在天幕上，月色静谧如水，她侧过身去看那月亮。过去她睡觉是要拉上窗帘的，现在，她喜欢夜色，喜欢看星空、看月亮。白天和夜晚的区别在于，夜晚可以给她充分的时间想自己的心事，没有任何干扰。白天那么昏黄的一个世界现在让月光还原得清澈、干净，犹如清水洗过一样。她盯着月亮看。这是她搬迁过来后养成的习惯。刚搬迁过来好像把瞌睡丢了，就是睡不着，一边的刘阳呼呼的。慢慢习惯了，刘阳又出远门了，她的睡眠又好像回到了从前一样。尤其遇到什么不顺心的事情，又不好跟老人说。好在春天了，白天的劳动量大，晚上躺倒身子容不得她多想，疲惫已经将她拉进更深的黑暗里。

今晚，她怎么都睡不着了。在镇子上学的大儿子，没有啥事情一般是不会打电话的，孩子大了，有些事情自己能处理，处理不了的直接跟刘阳联系、商量。但是，她给大儿子发了个短消息，儿子立马回过来，儿子说，妈，我上晚自习，有事明天说，晚安！这么晚了儿子还在学习。那就是刘阳那边有事情，刘阳瞒着不告诉她。她翻开刘阳发给自己的短信，每一条她都保留着。一般晚上刘阳不会轻易打电话，他发个短信过来，老婆睡了吗？想你。她不急于回复，按着自己，慢慢地享受着那份温情，然后再编辑发送。老公，你睡了吗？想你。然后放下手机，想象着刘阳看短信时的神情。今晚，刘阳没有给她短信。她一边宽慰自己，刘阳苦大，人累，睡得早，一边猜想刘阳会不会出去跟别人吃饭或者进歌厅了。村子里跟刘阳出去打工的人不下十几个，他们大多是顾家的，过段时间回来。有的慢慢回家的次数少了，听说进歌厅跟有些女人有了关系，把挣的钱都花到了野女人身上。家里的女人等呀等，等来的是离婚的下场。村子里木木就把媳妇离了。尽管罗燕对刘阳是信任的，但是，一个男人长时间在外能保证他不会出事情？一次她问过刘阳，有女人勾引过你吗？刘阳回答得很干脆，放心，不会的！她很想马上给刘阳发条短信过去，想了想，她没有发，而是把手机关了。上次刘阳回家的时间是半个月前。那几天她没有去干活，是因为来例假了，在家待着。刘阳说他请假回来的。刘阳回来的时候已经是下午的时辰，太阳偏西，远远的，能听出刘阳与别人不一样的脚步声，一步一步，每一步都像踩在她心坎上，她慌慌地躲进里屋。照照镜子，尽管每晚都要洗脸，润晚霜，春天风大，还是吹黑了。最近几年罗燕才注重脸的保养。在老庄子，哪里想到呢？搬到这里女人们好像都有所觉悟了，都开始保养了。这个时候，大门咯吱一声开了。刘阳站在院子里，他没有急着进屋，罗燕更没有急着出去。农村人讲究多，但凡男人从远处归来，热热地，是不能进屋的，必须让自己“凉”下来，然后夫妻才能相见。怕的是见得早了互相“冲”了，从此就见不得对方了。女人见不得男人好说，男人见不得女人就麻烦大了。不是说女人见不得男人隔一层纸，男人见不得女人隔一座山嘛。说明男人要是见不得女人其后果是很悲惨的。

大约二十分钟过去了，刘阳一掀门帘进来了。他对着炕上的母亲深深地勾下身子，问了好，刘阳才坐到炕沿上。晚饭很快做好了，罗燕端着盘子走出来，刘阳飞快地向她扫了一眼。这一眼倒是刘阳的脸红了，罗燕反而镇定了。婆婆是过来人，吃过晚饭说去亲戚家里住。婆婆说的亲戚家里就是远方的一个侄子家。侄子跟刘阳岁数差不多，但是，他在外打拼多年，生意做得好，在村子里盖起五间瓦房，那是搬迁之后村子里盖时新瓦房的第一个家户。每次母亲说去侄子家里，刘阳心里就不舒服，盖五间瓦房的决心更大了。罗燕嘴上不说，心里也暗暗给男人鼓劲儿。刘阳每次挣的钱她就是舍不得花，尽量让自己辛苦些，多挣点，那也是个垫补。

四月的时节，牡丹园需要劳动力，要挖杂草，要修剪枝条、施肥、放水。搬迁到这里，政府给每人分一亩三分地，家里只有六口人，这样算下来也就近八亩。土地都流转出去了，成了开发商的种植基地；开发商每一年给农户每亩土地三百四十多元钱的补助，有时候半年一发，有时候八九个月一发。同样的黄土地，不一样的土质，种的庄稼就不一样了。有首歌里唱：

啊牡丹

百花丛中最鲜艳

啊牡丹

众香国里最壮观

冰封大地的时候

你是蕴育着生机一片
春风吹来的时候
你把美丽带给人间
……

原本以为牡丹只是歌里唱的，电视上才能看到，谁想到亲手种植呢，而且叫油用牡丹，那花儿，朵儿，分明跟电视上一模一样。两万亩油用牡丹，那花香醉死人呢！头年的八九月份把牡丹的苗从陕西采购过来，种在地里压上地膜。一个冬天过去了，翻过年的三月里地脉活了的时候，村里人都做好了准备。刚刚铺上地膜的牡丹园像银色的大海，微风吹过，地膜刷刷地颤抖，闪烁着光亮。放眼望去，似乎是海的波浪在涌动，让人的心也跟着涌起层层涟漪。揭地膜的时候，从地头揭起，向着地的另一头走去，扯起一条银白的带子，一步步走向远处，在风中，刷刷地响。清晨或者黄昏，霞光一片，像渔家人在撒网，场面十分壮观。俯下身子再看牡丹的枝条，经过一个冬天的养精蓄锐，它们汲取大地的养分，在揭开地膜的一瞬间，枝条彻底打开了，仿佛母体中的胎儿，冲破层层藩篱来到世间，过上几天，各个茎部爆出嫩黄的叶片，那小小的花蕾就藏在叶片之下，粉的，白的，黄的，红的……这些油用牡丹不到三个月的时间果实就成熟了，运往大城市，出口澳大利亚，制作高档化妆品，香料，商家说，是“流淌的黄金”。牡丹园里，每一株牡丹枝的根部都压着黑色的胶皮管子，进行滴灌。在牡丹园干活每人每天干十个小时，九十元的工资。收入还是可观的。

罗燕喜欢在牡丹园里劳动，枸杞园里的人比牡丹园还多，这要看村主任怎么安排了。村子里本来男人不多，铲除杂草消耗的体力大，不像过去，现在村子里剩下的男人不是身体不好就是懒得出去。在三年前，刘阳在周边的几个村子干木工活，活儿少，大多时候在家里待着。要不是那次事故，有可能刘阳不会去省城。那次事故，还是有所征兆的，罗燕清晰地记得早两天她的眼皮就不停地跳，当时她没有在意。那天上午，她和刘阳在院子里铺砖，刘阳的手机响了。刘阳接完电话就出去了，不久她就听见人的吵嚷声，她放下活赶到出事地点。地点就在村部大院里。自打搬迁过来，上面的领导不定时地要来移民村视察工作，了解民情。这一早一辆小车向村子驶来，在村部附近转悠的年轻人看到了，他们拿起手机。不多时所有村子里的男人都到村部大院了。这个时候，小车行驶到村部，从上面下来一个戴眼镜的领导，他本来是和村主任谈事情的，不料让人给围住了。罗燕走进人群时，看到马四揪着干部的衣领，脸色变成黑紫色。马四的嘴里不住地骂着，在他的鼓动下，有人挥着拳头。被揪的干部表情有些扭曲，脸色苍白，他的嘴巴动了动，想说话，衣领给揪得过紧，他的努力失败了，他干咳了一声，脖子拧了一下，这个时候，他的表情稍微舒展了些，他说，我们理解你们的困难，困难是暂时的，政府会想办法解决，希望大家耐心等待，我们愿意和你们一起共渡难关……

有人喊，等到啥时候，我们搬迁到这里，我们失去了土地，我们连……有人喊道：我们想回老家去……干部很有耐心，他解释道：搬出大山，交通方便，孩子受益，将来你们这个村子会出多少个大学生啊！马四火了，我们连肚子都吃不饱，我们想不了那么远，呸！一团黏稠的液体吐在干部的脸上，接着另一个上来又是一口。所有的人都把积压心头的怨气、委屈撒在干部的身上。

村主任赶来了，他上前阻拦，话没有出口，腮帮子上挨了一拳头，他愣在了那里。村主任在老庄子上就是村主任，他是大家伙举手选举的，平时大家很是听话，今天的场面无法控制，人们不尿他了，村里人疯了。

干部放弃了解释的念头，他脸上挂满液体，液体缓缓地往下流着，他取下眼镜。这时人们发现干部眼睛里的泪水，他在克制着，最终泪水流了下来。大家开始有点吃惊地望着。干部擦了擦眼镜，他对大家笑了一下，他说，请大家消消气，以后要是过不上好日子，我就辞职……他转身离去。

罗燕呆呆地站着，麻木了一样，她从来没有想到平日里那样淳朴的村里人是怎么了？她更没有想到的是，刘阳也在其中，把一口吐沫喷向干部的脸！人群散尽了，人们满足地回家去了。刘阳这个时候好像才发现了罗燕。他走向罗燕想说什么，罗燕冲着刘阳一个耳光扇过去……后来，连她自己都没有想到，自己哪来那么大的勇气、胆子。她被气昏了。就那一耳光让刘阳离开了村子，去了省城。那是他们闹得最大的一次矛盾，也是唯一的一次。刘阳走的时候没有跟她说，也没有跟老母亲说。刘阳没有跟老母亲说是在跟母亲生气，因为老人是站在罗燕这边的，母亲骂刘阳丢人，是她没有养好儿子，我和你爹那个时候过得那叫啥日子呀？我们也没有想起抱怨政府的，个人有本事了吃肉，没有本事了喝粥。你看我娘家侄子人家那本事！最后一句话直戳刘阳的心肺。

两个月以后刘阳才来电话，说是罗燕把他打醒了，是自己的不对。听刘阳那样一说，罗燕更加的愧疚了。这几年刘阳再没有提及那件事，他不说，并不等于忘记，他是一定存放在心里的。村子里是起了一阵风波的，都说罗燕胆子太大，敢扇男人的耳光。这在村子里是首例。这几年，有多少人替罗燕担心啊！怕挣上钱的刘阳把罗燕蹬了。三年多了，刘阳对罗燕一直好着，电话、短信不断。

当然了，心里的担忧在，她不说而已。这几天的眼皮跳就是个不好的征兆。

一个月前，村子里开始建档立卡。给每一户人家建立档案。以前只有上班有工作的人有档案，现在农民也有档案。村主任说了，政府提倡精准扶贫，健康扶贫。把真正需要扶贫的人纳入国家的扶贫项目中，还有因病致贫的，国家要重点扶持。就健康扶贫这一项，马四是最适合的人选。马四人清瘦，大家有目共睹。马四逢人说，他没有肝脏，他的肝脏被医生拿掉了。至于马四肝脏因何受损，在村子里有几个版本，据马四本人讲，他的肝脏在搬迁途中摔坏了。对缺乏医学常识的村民来说，马四的话可信可不信。搬迁那天，天下着毛毛细雨，大队车辆驶出村子，雨雾蒙蒙，好似人们潮湿的心情。依稀记得车行驶到半途，路面湿滑，有人就从车上掉了下来。当时，谁也没有看清楚马四有没有掉下去。一种版本是说，马四有个毛病，就是爱听墙根子。冬季是闲暇时节，人们便开始筹备儿女的婚事，这个时候，无所事事的马四就四处打听谁家要过喜事。到了结婚的那一天，闹完洞房的人们散尽了，太阳也滑下西山去，夜色沉沉，天幕上星星点点，马四吃饱喝足踱出门来。结婚的这家是王拉西。王拉西的父母这些日子为儿子的婚事操烂了心，等新人娶进门，紧绷的心弦彻底松懈了，天刚刚黑就睡下了。四周静悄悄的，马四溜进墙根，抱了几块砖，垫在脚下，身子一跃爬上墙头。他本来想进院子内，这样听得更真切。他耐着性子等时机。屋子里有说话的声音，声音不大，好像是新娘子的声音。马四决定下去。他有点操之过急，一只手拄空了，一个倒栽葱掉了下去，头正好磕在尿盆子上。屋子里的王拉西听到响动冲出门来。那晚没有月亮，在黑漆漆的夜色中，新郎官王拉西跟马四进行了怎样的撕扯，人们不知道，马四以失败告终，他受伤了。不几天马四去了一趟县医院，一住就是二十多天。回来后的马四脸色黑中泛黄，人又瘦了许多。人们更不知道，马四的肝是摔坏的还是王拉西踩坏的，总之他是因肝脏问题住的院。有人问过王拉西，那晚他把马四怎么了，让他住进了医院？王拉西歪着脖子，笑而不答。

另一种版本说马四深夜潜入一座孤坟旁砍露水苜蓿，让鬼摸了，回来后人就不行了，嘴里胡呐二喊，神志不清，还发高烧，不得不去医院。

有人问马四的女人，想探探虚实。马四的女人，人老实木讷，平时的话都让马四说了，她总是以沉默的姿态出现在人们的视线中。被问得紧了，女人胆怯地抬起头来，看着天空，好像在寻找什么东西，问话的人也就无趣地走开了。

马四矢口否认听墙根、被鬼摸了的说法，他一口咬定是搬迁途中摔伤了身体。那次，在揪干部之前，他先把自己的衣服揭起来，人们清楚地看到马四的腹部有一道刀疤，足有五寸长，跟蜈蚣似的爬在那里，闪着幽光。从此，只要上面有领导下来视察，马四就很自豪地把自己的衣襟揭起来，那一道疤痕，似乎成了他一张光荣的名片。人们再也不跟马四计较了。无论是精准扶贫还是健康扶贫，马四都符合条件。

罗燕知道这次扶贫跟自己关系不大，村子里谁都知道刘阳是手艺人，不会把精准扶贫和健康扶贫的名额分给他们，上次刘阳回来她没把这件事情跟他说。前几天在村巷里碰见马四，他老了许多，原有的锅盖头已无踪迹，见长的头发灰扑扑的，上面还粘着枯草叶、尘土，他的自行车后座上捎着一捆冰草。马四冲着罗燕咧嘴笑笑，走过去。罗燕望着马四渐远的背影，心里说不清是厌烦还是可怜。

第二天一整天，眼皮依然在跳，罗燕用同样的方法把眼皮压住。眼皮越跳，她越担心刘阳那边有啥事情瞒着她。牡丹园揭地膜再有十天就能揭完，然后是剪枝、滴灌、施肥。监工的告诉大家活干细心些，还要加工钱呢。

木木媳妇也在揭地膜，距离罗燕不远，近两天，眼皮跳，心慌，罗燕禁不住地把目光投向了木木媳妇。木木媳妇双手扯着地膜，脚步缓慢，风尘中她的脸包裹在围巾里，看不清她的表情，忧伤却从她的背影里透出来。女人很少说话，从木木离开她的那天起，她的话越来越少。听说至今，她还给木木打电话，给木木哭鼻子，央求木木回来看看孩子和她。罗燕想，那是怎样的一个女人啊，让木木舍家弃子？

木木媳妇的忧伤刺痛了她，同时也激怒了她，罗燕想：果真有那么一天刘阳转身离去的话，她绝对不会哭鼻子挽留！不是还有孩子和老人吗？

想到这儿，罗燕突然释然了，她什么都不想了，她把脸上的围巾取下来，让风吹吹自己，让脑子清醒清醒。

晚上散工，罗燕骑上自行车往回赶，她想把涨工钱的事情告诉婆婆。村巷的路灯总是在人们散工之前亮起来。走到离家不远处，罗燕看到小儿子向自己跑过来，孩子的手里拿着一个什么东西在挥动。儿子突然的出现把她吓了一跳，心提到嗓子眼，她忙乱地跳下车子。

妈——

儿子大声地喊了一声，我考了第一名，学校给我发奖状了——

待儿子近了，她这才看到一张红灿灿的奖状。她长长地舒了一口气。原来，这几天眼皮跳缘自一枚奖状啊！她放开车把，扑上去把儿子抱在怀里，眼泪夺眶而出。

回到家里，她没有给刘阳打电话把喜讯告诉他。吃过晚饭，她精心地洗了一把脸，躺下了。今晚，她要好好地睡一觉。

第二天，罗燕跟往常一样起了个大早，急急忙忙往牡丹园赶。牡丹园干活的人几乎都到齐了，经过一夜的歇缓之后，人们信心百倍地忙活起来。地膜也好像粘上了大地的灵气，光洁鲜亮地晃人眼。从地的这一头到地的那一头，从地的那一头到地的这一头，无需监工的督促，在这个清澈的早上，在洒满霞光的大地上，风儿还在沉睡。罗燕站好了地头，揭起地膜往前赶，中途，几粒汗珠子滑下来流进眼睛里，她停下来，用手擦擦，然后她想：该把儿子的事情告诉他了吧？她拿起了电话。那边的刘阳听完嘿嘿了两声就挂了。他在忙。这就够了，她还要跟他说什么呢？

太阳升起来了，万道光芒照射大地。她俯下身子把一株株被地膜压歪的牡丹枝扶正，用手抚摸着嫩黄的叶片。眼前的这些叶片像是从她心里长出来的一样，她知道，它们在默默地孕育着，在某一天某一时刻突然绽放，一片花的海洋。

（原载于《飞天》2016年11期）

一枚米果

1

米果就放在窗台的一角，有窗帘遮挡着，好在也是深秋，阳光不怎么强烈。夜晚到来时，他怕秋蚊子叮咬，或是其他飞虫驻足，用一张纸盖着。也不全是那样的，夜晚的气温下降，处于一种怜悯抑或是不让自己的目光在无意间扫到它，是一种遮掩也不为过。越是这样，心里越是放不下它，好似那里有一双眼睛总在捕捉他的影子，无论走到哪儿，都在身后跟随。

瞌睡本来就少，躺在床上就跟躺在干硬的铁板上，极不舒服，翻来覆去睡不着。以前没有这毛病，自从发生那件事之后，几年过去了，睡觉始终是他犯愁的一件事。好似从那件事之后自己的内心变得异常脆弱，稍微有点不顺心的事就无法合眼，一丁点的响动就会引起诸多的思绪，无法排除也无法释怀。最初到这里上班，人生地不熟业务不熟练，给自己带来很多的不便。

现在，这份工作已经轻车熟路，也养成了他高度警惕的习惯。周围稍微有响动就得爬起来，拿上手电筒从一楼巡查到六楼。一个台阶，一个台阶，对他都不容易，到三楼就已经开始气喘了。这不是年龄的缘故，是身体，体虚呗。有时候还真的对自己很气愤，觉得自己总是在犯贱，对自己不够客气和友好。从这幢楼里，每一天走出去地走进来的人都跟他客气着，微笑地点头，微笑地招手。就是自己对自己不够好！有些人喜欢在机关里加班，也有进来办公室拿东西的，说一会儿就走，实则不然，半个小时或一个多小时过去了仍不见人下来，得有十足的耐心等。饿着肚子等待其实很麻烦，体内有一双拳头在捣鼓，发出沉闷的声响，似老人不满意的呻吟。忍耐就是这样练出来的。某天，他躺在靠窗户的椅子上，两只脚抬起来，架在桌子上，摇晃着，有听歌的想法，就把手机打开，是早先下载的音乐，心情跟着歌声飞翔。这种飞翔的感觉久久地在心头萦绕，不那么容易消散。那些日子，总有充足的阳光从窗户爬进来，整个房间都被打亮了。也就在那样的心绪里，他和红红在 QQ 上认识，谁先加的谁俩人都说不清。

严格地说，门卫相当于部队里哨岗的位置，有专门的工作服、帽子和“枪”。区别在于他肩膀上不扛枪而是握在手中。那是一把超大号的手电筒。他自认为那是一把光荣的“枪”，握着它安全，感觉就不一样，很威武，也助长了胆量。机关有一条潜规则，无论看到什么都不能说，烂在肚子里。习惯有时候真的是很残酷的，他现在看到什么都不说。这也是这么些年来，他能在机关单位当门卫不被辞退的原因。

原本他对这份工作是蛮自信的，在红红问起的时候，他却有些难以启齿，没有勇气把自己的身份说出来，更没有把所在单位告诉她，他担心红红嫌弃。嫂子就很鄙视他的工作，谋到这份工作时他该有多高兴啊！一连几天走路都轻飘飘的。母亲也是一脸的自豪，谁想正在给一岁孩子喂奶的嫂子用鼻子一笑，那有啥呀，不就是个看门的吗？在咱村子看门不用人……后面的话嫂子没有说出来，他知道后面是一句啥话，小东很受打击，也很受伤。从此，小东就没有勇气告诉别人他的工作。离开的晌午，小东和母亲走出村巷，在村头遇到了几个大人，他们好奇地打量着小东，觉得今天的小东跟往日很不一样，忍不住要问问，母亲说，我家小东去城里上班呢！啊，小东在城里有工作了？小东则不好意思地低下头，想尽快离开村庄。班车在村头的大路旁停了下来，小东和母亲上车后，车缓缓离开了村子。随着村子的缓缓后移，车窗外的村庄渐渐远去了，小东的鼻子一酸，一股酸水同时在心里翻腾着，他抑制不住自己，将脸别过去。那一刻，他的脸紧紧贴着窗户向外望着——村子里的房屋、村子里的树、村子里的玩伴，还有村子里每晚汪汪叫的土狗。原来，他是留恋这里的，很留恋。不过——再见了……

当时，好在红红没有深入问下去，他能在城里上班，多么令人羡慕，尤其小东是这样的一个小东，更是不简单！两人第二次见面是在葡萄种植园。是红红的提议，要换个地方，距离镇子不是很远，红红说她喜欢葡萄园。葡萄成长的过程特别有意思：发芽、长叶子、开花，是米粒大淡黄色小花；随着季节的变化，结果，一串串的，青绿色的小穗穗，然后慢慢长大，由青变紫变黑，到成熟时颗粒变软，散发着香气，到那时就可品用，尽情朵颐了。她要把葡萄成长的每一个环节都记在心里头，绣在布子上。红红在镇子上学刺绣是政府免费培训的。她在镇子上卖刺绣，所以，就在镇子上租了一间房子，不打算回去了。红红不想回去，还有另一个原因，她没有告诉小东。红红问小东，会种葡萄吗？小东有些茫然地摇摇头，他说他们那个村子种枸杞、麦子、玉米，但不种葡萄。红红有些遗憾地瞅瞅小东，想说啥又止住了。小东觉得红红文化水平很高，于是就让红红讲讲，红红白皙的面庞浮现出一种自信，她清清嗓子说，农历三月下旬，也就是春天的时节，葡萄园的负责人——村里人都叫他园长——便召集村里人开始放条、绑条、施肥、灌溉、上架、打药、抹芽、采摘、施肥、修剪、灌溉、埋条……这些程序按照季节分步进行，从放条的那一天起，就不要想着睡觉了，每人每一天的收入根据技术和干活多少计分，一天至少能挣八十元。小东急忙问红红怎么不在葡萄园打工，非要跑到镇子上来？这话把红红给问住了。此时正值初夏，没熟的葡萄挂在稠密的叶片下，看着一串串小小的颗粒状的葡萄，红红突然想起了一个句子来，她自己脸先红了。

一旦到了夜晚，从一楼到六楼，空无一人。不知道为什么，他现在越来越害怕寂静。在寻查一番没有发现问题时，小东回到房间关闭手电筒，人和物体都淹没在灰暗里，寂静如潮水一样覆盖了整栋楼。窗户外不时飘来城市的混响，夜已深，人们在忙啥？

没有人替他回答。一个多小时过去了，耳边的声音消淡了，寂静的夜晚，空气有些黏稠，呼吸不畅。好久好久了，小东都是这样的感觉，五年前的那个晚上，露宿野外的小东，感受到的就是这样的空气。夜被忧伤包裹着，深邃的苍穹下，星星的眼睛湿漉漉的，他不知道此刻的红红睡了没，是不是想着他？没有人回答他。他在心里坚定地回答着自己，一定想。距离红红带他去的葡萄园足有几百公里远，此刻，他觉得就在他俩一起待过的那座园子里，头顶的叶片、园子里弥漫的气息是那样的熟悉，葡萄肥大油绿的叶子被夜露浸透，低垂着，一动不动，似有万般的伤心。

靠东的方向传来一声长鸣，紧跟着是轰隆隆的声响，不一会儿便是咔咔咔的摩擦声。这些声音仿佛从小东身体的某处发出来，带着剧烈的震战，使得他四肢冰凉、心脏碎裂。

夜将火车的鸣叫无限放大，他不敢往远处的地方看，钻到葡萄架下，期盼天明。

2

深秋的夜比白天的日子长，下班在六点钟。偶尔，有人吃过晚饭来单位加班，一般走的话都在十点钟以后。这样的话小东就不能出去了，即便是出去也不能走得太远，要等。他小小的身影被玻璃窗隔在后面，脑袋从窗口探出来，向着楼层的方向望去，看不见身影也听不见脚步声，重新缩回脑袋感觉也没什么不好，脸上印着感恩的笑。桌子上有过期的变硬了的饼子、榨菜，还有一包绿大豆，皮儿已经脱落。

有些刚刚考进机关单位的公务员小年轻，他们都不在楼上住，街上租房子、住公寓楼。大院里的路灯亮着，昏黄的光亮犹如沉沉入睡的老者，前厅的灯光也亮着，静静的亮光，内外迎合，营造出些许的暖意来。小东的身影出现在前厅，手里提着水桶、拖把、抹布。前厅是一幢楼的门面，每一天从这里走出去的走进来的首先感受的是扑面而来的清新和干净；在一天形形色色的走动里，前厅印着各种脚印，也带来不同的气息和灰尘，飞扬的灰尘落满了各个角落，四处就不亮堂了。等下班的人走后，他得打扫。十点钟，楼上加班的这个时候下来了，整幢楼回响着。楼房的特点是能聚音也能扩音。那位加班者友好地点头，玻璃门“咔”一声关上了。这时，饥饿再一次苏醒。大街上的饭馆大都打烊了，他是不能走远的，在附近的饭馆里吃上一碗拉面，急匆匆往回赶。楼下还真的站着一个，开玩笑说，小东约会去了？让我好等啊……一串清脆的高跟鞋声消失在楼上。

事实上，对小东来说，楼里有个人陪伴远比吃饭重要，他希望有个人能够加班很晚，那样的话，也许，他不会因孤寂而失眠。躺在床上的他会感受到楼上人呼出的气息、拿水杯子的响声，甚至敲击键盘的声音，这些声音如溪流的细碎，从不同的楼层向他漫过来。前厅的门是反锁着的。一阵敲击声响起，玻璃窗外站着一个调皮的面庞，“嗨，请开门啦！”小年轻的马尾一甩远去了，他的睡意也远去了。

一个细微的声音从体内发出，这令他不安，他知道那是什么声音，是生命深层的退化声。最显著的是头发的变白。原来，发丝的变白也是有声的。

按理年龄并不算大，也不该是这么频繁滋生白发的时候，满打满算今年才四十岁。在身边的母亲已经睡着了，借着窗外的微光，能看清六十六岁的母亲已是满头白发。这样下去，他担心自己不到五十岁就会跟母亲一样。母亲很少问小东的白发，就像他不敢轻易地问母亲的白发。

从何时开始，他才留意母亲的头发的？记忆里母亲总是有着一头黑亮的头发，白天下田，她将头发用毛巾包裹起来，到了晚上，散开发丝放在清水里。清洗完，坐在镜子前的母亲，一下一下，精心地梳理。那个时候父亲已经去世，母亲哪来的心劲？母亲说是你们。这个你们指的是哥哥姐姐。要强的母亲把哥哥姐姐一手带大，并各自成家，挨到小东，就不怎么顺利了。手机被哥哥砸碎的那个晚上，小东伤心欲绝，爬上场院的杏树，整整一天没吃没喝。阳光吸干了他的水分，风同样吸干了他的水分，小东嘴皮干裂，嗓子沙哑。半夜，天空出现了一个月牙，清凉的风里，村子里的土狗叫个不停。

小东，下来，快下来吧……

后半夜，隐隐约约听到一个声音，小东看到了树下的影子，确切地说他看到了一个灰白的脑袋，在月光下，那灰白有点诡异。母亲又叫了一声，她就靠在树根下。小东知道，假如他从树上不下来，母亲会那样坐上一夜。

原先，伸手摸摸自己的小胳膊小腿还是蛮欣慰的，他对自己还是满怀期待。有时候，从田间回来，回味着那些鄙视的目光，母亲叫他吃饭他是多么的厌烦。哥哥和姐姐都吃同样的五谷，他们在他眼前一天一个模样，所有的衣服、鞋子都比自己的大好多。还有村子里那些跟自己同岁的玩伴。三十岁的小东，他的个头还是一米二的时候，他问母亲，什么叫侏儒？母亲微笑着回答，儿子你不是侏儒，真正的侏儒一米都不到，你都一米二了呀！

这幢楼有几个单位，工会、科协、司法局、妇联和信访局，都是政府机构里不可或缺的部门。还是八年前，母亲的一个远房外甥在这幢楼里上班。那个远房外甥跟母亲说，让小东好好干，他自己能养活自己，说不上也能自己给自己成个家。那个远房外甥也就是小东的姑舅哥早已升到省里去了，他依旧在这里当门卫。每一届领导来这里上班，首先看见一个小小的身影总在楼上楼下忙碌，觉得小东是个勤快人，也是需要关照的人。

门房的玻璃窗口有一张桌子，高低和窗台一样，每一天邮递员从大门口进来，将各单位的报纸、杂志、信件、快递之类的都放在桌子上，每一天从门口进来出去的都不忘到桌子前看看有没有自己的邮件。这个时候，他们会抬头看看玻璃窗内的小东，有些重要的信件、快递、汇款单都放在小东房间里。

一个月里，母亲在他这里是要住上一两周的。在小东很小的时候，父亲就去世了，在几个儿女当中，母亲为他倾注得最多，九岁时母亲就发现了小东的不一样，和其他四个孩子相比，小东的个头几乎是不动的，穿什么衣服头年和第二年没有多大变化。确切地说，变化还是有的，就是那种变化过于缓慢，和村子里一群同龄孩子相比，小东就矮出一截，那些玩伴都喊他是侏儒。

三十二岁那一年，说不清楚母亲用怎么样的哀求打动了当局长的远房外甥，为小东开启了进城的道路。那个初夏的晌午，小东带着他的行囊离开了村庄，这些年，所有的鄙视被滚动的车轮碾碎。

其实，在老家的小东，算得上是勤快的，哥哥姐姐还有嫂子始终认为他干不了重活，小东的任务是给田里送茶水，送干粮，送牲口的套绳、笼头。身上背着农具，原野的风吹拂着他，小东的脸上洋溢着开心的笑。听小鸟的叽叽喳喳、远处牲口的叫声，他能从它们的叫声里听出友好与善意。

3

第一个月工资还没有发，小东就给自己制订了计划。小东想，还是那个眼光称得上独到的表哥比较了解他，他非得用自己的双手开拓出一条光明大道，绝不会向哥哥姐姐张口要一分钱。母亲很少花小东的钱，母亲的钱是哥哥姐姐给的。母亲将积攒下来的钱背地里给小东，并安顿道，把钱仔细着花，都老大不小了，得找个对象来着。母亲从来不敢跟小东比这样的例子：看看你哥哥，还有你姐姐，像你这个年纪孩子都多大了。母亲还是懂小东的。有一点，母亲想错了。城市里的姑娘满大街，有哪一个会看上小东？即使小东为人忠厚，心地善良，又有何用？工作的第三年，小东买了一部新手机，是工作需要，单位联系小东方便。起初的新鲜感是上QQ。加了好多的QQ好友。一个下午，一个叫“花好月圆”的网友闯入了小东的生活。

网上聊了两个月时间，小东才知道“花好月圆”名叫红红。红红提出见面的要求，小东难为地说，单位不给请假。可是红红很执着，小东才把红红约见的事告诉母亲。母亲好高兴啊，说她就知道小东能找到一个好姑娘。小东说，担心人家姑娘看不上。母亲说，小东一点都不矮。那几天，母亲替小东值班，小东去了红红所在的镇子。事先说好的，红红穿粉红衣服，留着两个长辫子，辫子上扎个蝴蝶结。地点是镇子西街阳阳超市门口。

按照红红的描述，她的个头不是很高。在西街，小东没有看到矮个头的姑娘，倒是有一个穿着粉红色衣服的姑娘，两个长辫子，在她的面前摆着鞋垫和各种刺绣品，她的个头足有一米六八。小东的目光从摊位移开了，他继续寻找着。这时，一个声音飘荡在小东的耳畔——卖鞋垫了，一双五元，真正的手工刺绣，除汗、防臭，快来买啊……小东的目光再次投向高个子姑娘。这次，小东吃惊地张大嘴巴，半天才喊了一声，红红。姑娘听到了，她抬头望着小东，吃惊地张大嘴巴。良久，她试探性地喊了一声小东。小东迟疑地应一声，并不想走过去。那是他长这么大经历的最大尴尬，脖子都红了。红红好像缓过气来了，她向小东扬扬手。

爱情就这样神秘，在这个世界上谁能解释清爱一个人的理由？红红的长相的确把小东吓着了，她高挑，皮肤白皙，两个长辫子宛如神来之笔，一双眼睛清澈得如一汪水，嘴巴不小，却红润如朱。尤其是她的牙齿，洁白似玉。小东喘着气走近了红红。红红的摊位更是色彩斑斓：云朵、小狗、小猫、河流、竹子、叶片、大小不一的葡萄……它们互相照应又互相衬托，如游荡在云朵和河流之间，生动鲜活，透着炫目的光泽。那不是手工刺绣，仿佛那些动物、植物挣脱大自然的束缚纷纷飞落在红红的摊位上。那一刻，小东的心怦怦直跳，在母亲那里获取的自信哗啦一声摔成一摊鸡粪。他却从红红的眼神里看到了一样东西：柔情。

第三次见面是在什么时候已经不重要了。小东知道红红家住在距离镇子几百公里的乡村，是生态移民搬迁村——杨柳村。政府出台了各种扶贫政策，鼓励农民走出去学习各种技术。红红喜欢刺绣。

探问女方有何要求，红红说，有房子，有一份干头，不求长相和个头。那晚，他跟红红交代自己有一套廉租楼，是六十平方米，一年的租金才几百块钱，等于白住公家的房子。就是现在没有装修，呵呵……

镇子在小东的眼里非常大了，街道四通八达。长长的街道，两个人手牵着手。路人投来新奇的目光，大概，在这个世间，很少见到有这样的一对恋人吧！他们走啊走，小东气喘吁吁，却心花怒放，总嫌街道不够长，时间似流水，没有走够，没有牵够，天空已没了太阳的影子。夜幕降临，华灯初上，灯光营造出如水的乳黄。那个夜晚，小东送红红回到出租屋，在那张不大的床上，红红说，她到这儿才一年，从未走过这么长的路。

也就从那个晚上开始，红红对小东特别依赖。夜的帷幕徐徐拉开，在餐桌前，红红主动问小东想吃啥她买单。在城市工作的小东哪能让。他接过服务员递来的菜单，一一点着，一边的服务员按着自己的嘴巴尽量不笑出声。红红盯着小东，半晌说道：小东，我愿意和你一起生活。小东好像早就料到红红会说出这样的话来，他异常地平静，用一种大哥哥的口吻说，还是好好考虑考虑吧，一辈子的事情呢，急不得。红红紧张了，怎么，你不愿意？小东毕竟是三十好几的男人了，他哪里有红红那么沉不住气，半天不说话，用一根吸管替红红搅拌柠檬，踩着凳子递过去，说，不知道你父母是怎么考虑的？

现在小东想，当时听到红红那句话，他的心都快蹦出来了，他为何不告诉红红他已经爱上她了，一万个爱！当时提她的父母干啥？自己还故作镇定地伺候红红吃喝，红红说完那句话，他说，我也跟母亲商量商量吧……就是那句话好像提醒了红红，她明白事理似的点点头。在小东看来，只要红红情愿，她的父母亲不会不同意。

在车站，红红哭了，说她回去给父母打个招呼，让小东等她消息。

小东信心百倍地等着红红的消息。红红那边却消息全无，手机总是关机。后来才知道，红红回去就病了。红红在三个月以后才告诉他得病的事情。红红说并不是病，她怀孕了。这边的小东以为听错了，红红重新说了一遍，小东愣了十秒钟，然后说，我马上过去。

4

原来的米果有五个，那次，小东接过郭小倩递过来的塑料袋，激动得忘乎所以，一口吃掉了四个，突然想起什么似的留下了一个。去掉塑料袋米果呈现出橙红的颜色，他将它拿到鼻子底下闻闻。

郭小倩刚来时，他还是把她归类于公务员群体。刚开始是很难界定的，从她的衣着打扮看，有些特别。那是夏天的一个中午，一阵滑轮的滚动声里，前厅门被推开了，一个个头高挑的女人走了进来，她的穿着确切地说太随意了，宽松的淡绿色的裙子长长地拖到小腿以下，裙摆处露出底衬的白边，快扫到脚面了。脚上穿的是绣花布鞋，像乡村女人手工做的绣花布鞋，而脖子上围着一条深绿色的丝巾。三十岁左右，发丝长而飘逸，那种淡淡的染色浮动在发丝间泛出动感的光泽，一副墨镜遮挡着她的眼睛，衬托的她皮肤很白。女人高扬着头，目不斜视，向着楼上走去。

从此，小东有了一个新邻居。

女人住在六楼的一间办公室里，她不出去住公寓，也不怎么喜欢吃饭，很宅的一个人。刚开始的时候，小东还特意留心她会和其他的人一起走出去，时间长了，才发现女人很少出门，除了前厅里的亮光，到处一片漆黑。这个时候，小东走出前厅，来到院子，仰起头他看到了从六楼的某个窗户里透出的灯光。灯光的橙黄从上面泄下来，劈开黑暗的一角。有好几次小东走近那亮光里，久久地站着。他多么希望那个有点特别的女人走到窗前，向他站着的方向看上一眼，说不一定，他会问她，怎么不吃饭呀？

六楼静悄悄的，假如没有那束亮光，会感到楼里不会有任何人的存在。在餐厅里吃饭的小东，眼前会闪现一个人的身影，他向服务员要了一盒饭带着往回走，走进大院里，就有一道亮亮的光束，它充满暖意地从六楼的窗户里照射下来。不能轻易地上前去敲门，站在六楼的楼梯口让呼吸顺畅了，然后，放慢脚步走过去。门是虚掩着的，透出一点灯光，他从灯光里捕捉到一个晃动的影子，紧张，一时觉得不知道说什么好。第三周以后的一个晚上，他的怀里依旧抱着一个饭盒，饭盒散发着米饭和牛肉的香味。他站在门口，依然是那样的紧张。这个时候门开了，女人要出去的样子，她一惊，你怎么在这里？小东心跳加快，一时无法回答，他踌躇着。女人明白了。谢谢啊，你自己吃吧，我出去一下。到一楼，女人回头跟他说，不要锁门哈，我一会儿就回来。更多的时候，楼上的人都下班了，女人走下楼来，她来到楼前的园子里散步。看不见她吃东西，时而仰起头，久久地看着那高耸的树冠，她的神情迷离，谁也不懂此刻的她在想什么。不大工夫，女人有点疲倦的样子，她坐在园子里的椅子上，款款地抬起胳膊，缕缕发丝飘散开来，无声的晚风里，似乎有样东西需要女人去承接。

她失恋了吗？

在前厅干活的小东望着她，她的侧影让小东想起了一个人。他觉得红红要是在的话，也会像女人那样款款地坐在那里，干活的小东舍不得去打扰她。可惜红红不在了，在他的生命里红红是第一个女人，是他的唯一。在短暂的相识中，红红留给他很多的回味，他们的那个夜晚，五月的葡萄园……每一个去处。那次接完电话，他风尘仆仆地赶到红红那里，遇到的是红红的父亲。拄着双拐的刘金万用愤怒的眼神盯着小东，红红的母亲，面容臃肿，眯缝着眼睛，一串涎水挂在下巴上，一副似笑非笑的样子。他们没让红红见小东，回绝道，我们已给她定下了一门亲事，人家王元有车有房，还出三十万的彩礼。福分来了拿脚踢，我这瓜娃娃还偷偷地跑掉了，正发愁去哪里找她，她倒回来了！小东是勇敢的小东，他说，他爱红红，他会让红红幸福。红红的父亲用一根拐子指着小东说，那就拿来五十万吧，你可以把红红娶走。小东答应了，但是，红红他没有见到。他走出房门，在野外的葡萄架下待了一夜。第二天一早，他鼓足勇气再一次敲开了红红家的门，见红红面色苍白地坐在凳子上。小东喊了一声，红红——

红红哀怨地望着他。小东说，给我时间我回去找钱，保护好身体。没等红红说话，刘金万说话了，废话少说，快去拿钱！

小东没有找上钱，他的哥哥、姐姐、嫂子为小东的举动吃惊万分，他们说，小东你傻呀，五十万啊，一家人不吃不喝得挣一辈子……那个姑娘怀孕你也信？小东说，红红是个好姑娘，她是不会骗我的！哥哥一看小东无可救药，把小东的手机砸了，给了他一个大嘴巴，让小东清醒清醒。

钱没有找上，红红那边他又放心不下，红红那张苍白的脸老在眼前晃动。一天他跟母亲说要去找红红，不管怎么说要把孩子留下来，钱他会想办法。母亲哪能阻挡住小东。一路上小东想着各种对付红红父母的话。不放心的话，可以打个欠条。小东甚至想到给红红的父母下跪。他哪里想到，等待他的是更大的打击。他坐了一天的车，赶到红红家已经黄昏，那座他熟悉的院落出现了，他不知道等待自己的是什么，鼓足勇气，他想，红红只要见到他，他会把事情当着她的面处理好，绝对不让红红受委屈。他没有见到红红，见到的是红红的父母，他问红红在哪里，他有话要跟红红说。谁料，红红父亲说，红红死了。小东追问道，她是怎么死的？车撞死的，跳楼摔死的，你给我滚，是你害了我女儿……红红的父亲抡起拐子向小东砸过去……小东像一条癞皮狗一样被赶了出来。很远了，还能听见红红父亲粗暴的咒骂声，狗东西，再来打折腿！以至过去了那么长时间，那歇斯底里的咒骂，那根飞旋的拐子带着飕飕的风声深深刻在了小东的脑海里。他在镇子上找过红红，阳阳超市门前没有她的身影，出租屋已经住了别人。

打那个号码，已经停机，后来变成了空号。

红红就这样从小东的世界里消失了。

5

后来小东又去了两趟杨柳村。

杨柳村的人们清楚地记得，那个无月的夜晚，他们听见刘金万的半脑子女人母狼一样的哀嚎。从此，叫红红的姑娘再在村子里没有出现过。想必那个姑娘真的出事了。

小东的失眠也是从那个时候开始的。夜晚，睡不着的时候，他推测着红红的种种死法，一列火车呼啸着从一座山洞里钻出来，浓黑的烟雾中，红红站在车头的不远处，她表情冷漠地等待一场惊魂的死亡，周围没有一个人，所以注定她就在那一瞬间结束了自己。也许那一会儿她后悔了，会大声呼救，小东，小东，你在哪里，快来救我。她的呼救被冲面而来的火车淹没了，随后，是血肉模糊……选择跳楼也不是没有可能。父母亲训斥着让红红去堕胎，可是红红死活不肯，还和父母亲顶嘴，一气之下，父亲或者母亲就将她赶出家门。走投无路的红红来到了一幢废弃的建筑顶上，巨大的绝望助长了她的勇气，她像一只鸟雀那样将自己打开，趁着夜色，向着一个方向飞去……

都怪自己无能。

在不多的汇款单里，小东知道了一个叫郭小倩的女人。那是中午一点钟的样子，女人走进大厅直接到窗口，敲敲，有我的汇款单没？小东刚刚迷糊，懵懂中，他问女人叫啥名字？郭小倩。汇款单上标注的是一家杂志社的地址，落款处是郭小倩的名字和她所在的单位地址。

郭小倩在司法局上班，业余写诗歌。女人接过小东递给她的汇款单时报以微笑，然后愉快地上楼去了。

一天，郭小倩突然邀请小东陪她到秦渠边走走。小东受宠若惊，慌忙点头。

秦渠，小东以前来过。这是一条横贯市区的河流，河水滔滔翻滚，浑浊不清。是黄河水。渠口在青铜峡水电站处。冬天的时候，地处秦渠上游的水电站闸门关闭，秦渠干涸，渠底堆积着石头、瓦块、塑料袋、残枝败叶、动物的尸体以及破旧的衣物。两边的树木光秃秃的，萧条、肃穆，在寒风里瑟瑟发抖。晨练的人们呼着白汽，沿着渠边跑步。春天来临，天气变暖，开闸放水。黄河的水像千万头狮子带着浩大的响动冲向秦渠。放水的那一天，人们都要来看的，他们看头水的气势。那些堆积物瞬间消失，得到灌溉的田园瞬间变绿。

失去红红那会儿，晚饭后，小东走出大楼，一个人来到秦渠边。他会碰见很多人，不同年龄，男女老少，却一个都不认识，没有人会停下来跟他打招呼。秦渠两边的防护栏好像是石头砌成的，有镂空的花纹。小东无心欣赏那些，他双手抓在护栏上，面对河水发呆。有时候，会有一个念头突然生发，针刺一般猛扎他一下，惊得他一个激灵。事实上有多么的简单，只要一个动作就一了百了。可此时，总有一个白发苍苍的面容浮现，在翻滚的波浪间不是十分明晰，隐隐约约显现出一个略显佝偻的身影……他向前探探身子，一切都隐没了。抓着护栏的手异常的冰凉，备感困倦，失眠使他眼眶深陷。

多么希望有人能停下脚步跟他说说话，倾诉一下内心的痛苦。

秦渠旁边的垂柳下，有三个人并肩坐着，听不清他们说话的声音，单从表情看，是那样的投缘、开心。他打算走过去，带着一脸卑微的笑。

大概他的笑过于卑微，刚刚走近两步，三个人起身走开了。小东望着他们的背影，站了很久。他不知道哪点冒犯了他们。

重新回到护栏边，看着河水，听着水声，黄昏的余晖散尽了。散步的人越来越少，四周冷清下来。这时，秦渠周围的灯亮了，灯光与暮色交融，河水变得更加的浑浊不清。

将近九点钟，小东回到单位。远远的，看到母亲用拖布拖地，玻璃门内佝偻着的那个身影一晃一晃，宛如在水中……

母亲看到小东进来了，冲他微笑着，抬高身子，捋了一下头发说，饭后锻炼锻炼对身体有好处。望着母亲开心的样子，小东走上前接过她手里的拖布。

再以后，只要站在秦渠边，那个念头就不自觉地冒出来，那一刻，小东备感轻松，似乎离天堂不远。他庆幸有这么一条河，能承载他的痛苦，一跃便与浪涛拥抱，他甚至能感觉得到河水的微凉，河水在呼唤着他，一声一声，小东，下来，快下来吧……而那个声音总是与另一个声音重合……

五年以后，他和郭小倩走在秦渠边上，郭小倩说，她已经来过两次了。这次，为何带上小东郭小倩是这样说的，出来走走对身体有好处，别老闷在房间里。小东是赞同郭小倩的话的，他挺直身子一改以往卑微的样子，受约的他看都不看那些散步的人。倒是那些人向这边投来好奇的目光，就像五年前在小镇上收获到的目光一样。郭小倩不在乎，她平静地漫步，平静地抬头看着垂柳，她并不想和小东说话，衣裙在晚风里飘动着，发丝依旧是那样飘逸。小东觉得郭小倩比任何时候都漂亮。

走了两个来回，郭小倩贸然问了这样一句话，你结婚了吗？小东受惊一般低下头，他好像在考虑能否回答这个问题。谈过恋爱吗？郭小倩并不放过他。小东没有退路了，他尴尬地一笑，回答道，谈过，不过，她已经不在了。郭小倩有点不好意思了，赶忙说，哦，没有想到，但我能看出来，你是个受过伤的孩子。

小东又笑了一下，他不想说自己的过往，他已经失去了向别人倾诉的勇气。

郭小倩称呼他为孩子，小东感到可笑。他大着胆子问郭小倩，你谈过恋爱吗？郭小倩放声笑了，我都多大了啊，孩子都七岁了。忽然她的声音低下去，脸上的笑容也不见了，她说，她要是在的话满七岁了。三岁那年孩子病亡，都怪我没有照顾好她。跟小东不同，郭小倩看似没有半点悲伤，她坦诚地讲述着自己的不幸，孩子得的是脑膜炎，急性的，赶到医院时已经停止了呼吸。那晚我睡得太沉了，孩子的哭声把我惊醒，一看表凌晨一点钟，加班的老公还没有回来，打电话不接，她想再等等吧，结果……孩子突然从眼前消失不见了，孩子爸爸骂我没有照顾好女儿，没有及时送到医院。孩子离开的第二年，我们也分手了，他很快结婚了，老婆给他生了一个女儿。从那时起，无论到哪儿，人们都在谈论她。郭小倩决定离开那座城市。

她说，换个环境不错。

失去女儿和家庭的郭小倩竟然没有掉一滴泪，她面对着河水深呼一口气，说道，你体会不到一个母亲的心被孩子带走的感觉，有时候真想结束了自己，要不是还有亲人……小东的眼泪一下子就流出来了，那一刻，他发现郭小倩多么的可怜。那次，深夜里，待在树上的他听见母亲的声音，小东，下来，快下来吧。他从树上下来抱住母亲，叫了一声，妈……大哭起来，眼泪、鼻子一起蹭在母亲的衣服上。母亲真把他当个孩子紧紧地抱在怀里。记忆里，那是小东长这么大第一次酣畅淋漓地哭。在村子里，受多大的羞辱小东都不会哭。从此后，在母亲面前小东再没有流过泪。他变得异乎寻常地坚强。现在，在郭小倩面前小东流下了同情的眼泪。

小东觉得郭小倩是信任他的，他应该对她坦诚一点。他把眼睛揉揉说道，我父亲在我很小的时候就去世了，我在想，我的老妈是怎样把我们五个兄弟姐妹操心大的。她真不简单。听我老妈说我父亲个头高大，很帅气。你知道我父亲把柿子叫什么？叫米果。

郭小倩笑了，米果，真好听！她夸赞道。小东受到了鼓舞，接着说，是啊，打小我老妈就让我们这样叫。我特别喜欢吃米果。这点像我父亲。

自打郭小倩来了之后，小东的失眠有所缓解，内心也不怎么孤独了。他知道有一个年轻的女诗人伏案写作，他侧躺在床上，一只耳朵里塞着耳机听，一只耳朵留心外面的动静。在他，女人能下楼吃饭是多好的一件事。只要女人出去，待多久他都愿意等。现在，等待，对小东来说是一件很享受的事情。每一个晚上，在这幢楼里，就他，就她。这就够了。哪怕从此，女诗人跟他不说话，给他一个背影都无所谓。他要的是陪伴。

6

母亲打电话来说她风湿病犯了，在姐姐家多待几天，让他照顾好自己。听母亲说完，小东安抚道，放心吧，妈。在每晚关闭灯光的一瞬间，他的心里不再被巨大的寂静占据。他还需要什么呢？以后的日子里，郭小倩很少跟小东说话，她有自己要忙的事情。小东无所求。

两人好像达成了一种默契，他出去时她为他留着光亮，她出去时他为她留着光亮。

近日，一间办公室里也亮着灯光，每晚上都亮着，那是科协的一位领导在加班，每天加班到很晚。在众多的上班族里，科协是很少加班的，领导加班处理公文为数不多。于是，楼上有两扇窗户透出亮光。看到那两束灯光，犹如在孤独漆黑的大海上漂泊的，陡然发现了一座灯塔，多好！

一天上午十点钟的样子，楼上传来了吵嚷声，小东慌慌地奔上去，他看到六楼的一间办公室里传出了很大的声音——一个公文都写不好！心思不放在工作上，整天诗歌诗歌的，有本事的话打个报告调出去啊。郭小倩站在领导办公室门口，一言不发，却也表现出了傲视一切的冷漠。这时，几张碎纸片从门口飞出来。

不久，同样的事情又发生在六楼。楼里所有的人都知道了，一个爱写诗歌的女人，不好好写公文，让领导毫无办法。人们很同情那位领导。每次郭小倩从楼道里经过时，人们投去怪异的目光，好像郭小倩是一个另类。郭小倩神情明显不及以前，备受挫折的她脸上不再浮现那种自信的微笑。一连几天，小东看到，郭小倩的房间灯光彻夜亮着。郭小倩白皙的面容被灰暗的神情掩盖了，眼圈发黑……

仰望六楼，和女人对望，她一个人长久地倚立窗前，头发长长的遮挡住半边脸。突然，女人把另一扇窗户打开了，玻璃晃动了几下才停止。在那样的晃动里，叫郭小倩的女人调整了一下站姿，将头伸出来，她看到了楼下的花坛。那里长满绿草和正在开放的花蕾。女人被花蕾吸引，她的半个身子都探了出来。这个时候时间凝固了，世界一片宁静。小东出现了，大声地叫喊，女人受到惊吓一般向四周瞅瞅，然后，身子一跃，那个高挑的身子在半空中飞旋着，飞旋着……原来她并不像原来那么高挑，在缓缓的跌落中，她的身体越来越小，越来越小，只有那宽松的衣服化作了承载她的帆。太阳忽然间跌落西山，溅起血光一片。他向着女人跌落的方向奔过去，无奈一双腿灌了铅一般的沉重，于是他喘息着，挥动着手臂。就迟那么一步，女人的身子坠落在花坛旁边，头磕在白色的花坛沿上，一股殷红的血涌出来，模糊了女人的脸……

他抱起女人，喊道：郭小倩……

啪，啪，啪啪啪——

有我的邮件吗？小东从梦中惊醒，他惊恐万分，睁大眼睛。窗外站着一个人，明晰的光线给她全身涂了一层霞光，她的微笑告诉小东，现在是早晨，太阳马上出来了，她是郭小倩。

他猛地翻身坐起来，一身的冷汗。

没有吗？没有就算了，慌什么。

楼前的园子树叶开始飘落了。树的谢幕竟是这样的悄没声息。原本各色的、大小不一的叶片全都还原成了秋色。

第三天一早，郭小倩出现了，她手里提着一个塑料袋，里面有五个米果，她把米果递给小东，然后回办公室去了。从她的脚步声里能感受得到她的快乐又回来了。

跟红红相处的那几天，他们转遍了镇子所有的街道。当一天的时光让黄昏的霞光覆盖，两人向红红的出租屋走去。红红的手里提着塑料袋，塑料袋里面有三斤米果。红红知道小东特喜欢吃米果。

上午九点钟，一个女人风风火火向办公楼走去。在院子里扫树叶的小东问女人找谁？请做个登记吧。登记个头！女人直接上楼去了。

她在三楼一间办公室门口站住了，亮开嗓门喊道：郝亮，你给我出来，今天当着大家的面说清楚，离婚还是不离？跟你过这样的日子我受够了。我一天累死累活地操心老人和孩子，你倒好，天天加班到深夜，你躲谁呀？你的那点小九九我看不出来吗，你在跟哪个女人幽会？

小东在一楼都能听到这些话。在女人的骂声里，夹杂着其他人的说话声，可能是劝解的。不久，看到科协的那个领导脸色阴沉地从楼上走下来，默默地走出大门。女人紧跟其后，挥动着胳膊，郝亮，走，直接走法院。

办公楼不再如以往那般平静，从出进的人脸上不难看出他们的诡异，甚至是左顾右盼。当看到小东的那张脸框在玻璃窗里，语气低了些。小东捕捉到了关于郭小倩的话题。还能有谁？这幢楼里，就一个侏儒。那个小郭一看就不是个正装货色，假装清高，目空一切。问问那个矮子就知道晚上他们在楼上都干了些什么。算了，算了，那个小矮子嘴巴可严实了。

小东总算明白是咋回事儿了，他很想立马冲出门去，对那三个女人说，我啥都知道，郭小倩什么都没有干，她是清白的。小东仅仅是一想。在机关，管好自己的嘴巴是明智的选择。当天下班，从前厅走出去的两个人说起相同的话题时，小东觉得他不能再沉默下去了。

以后的几天里，小东没有闲着，只要谁从前厅走过，他拦住他们，郭小倩是清白的，她是个好女人。人们先是一愣，接着就笑了，这个小矮子还挺有意思啊，替郭小倩说话。小东已经无所谓了，他向每一个人证明着，他甚至替科协的那位领导也证明着。令人费解的是，一向口碑很好的小矮子，滚子碾不出话来的他，是怎么了，难道这个处在孤静中的侏儒精神出了问题？一个早上，小东走进了司法局局长的办公室，那位领导端坐在办公桌前，小东有些气喘，他说，郭小倩是清白的，我知道，她就是喜欢写诗，没有别的。那位科协的领导更是个好人，请相信我！领导正在埋头审阅文件，听到小东这样说，抬起头来，他笑了一下，然后说，你出去吧，我在办公。不知道为什么，小东的眼泪突然就下来了，他伸出双手向上举着，无奈，胳膊格外的沉重，最终，他失败了，喉咙被卡住了，他转身离开。从六楼走到五楼，从五楼走向四楼，他一个台阶、一个台阶地走，他看上去是那样疲惫，他希望楼梯更长一些，更长一些，让他疲惫的脚步不要停下来。

而在他的身后，几个部门领导正在开碰头会，他们在商议小东的去留。

这些小东一概不知，他所关心的是，郭小倩不见了。郭小倩是给他米果的第二天不见了。第五天的时候，郭小倩还是没有回来，往秦渠边去了几趟，都没有听到关于有人跳河的消息。

隔着一层纸，米果缩小了。历经五天的时光打磨它真的缩小了，失去水分的表皮出现了褶皱，它好像经历了一场不测，伤痕累累。小东走近米果，拿起来，将它塞进嘴里，随即泪水喷涌而出。

7

两周以后的一天下午，郭小倩敲开了小东的门，问小东有没有她的信件？大概感觉小东盯着她的眼神不对劲，郭小倩是这样解释的：她下乡结对帮扶去了，去的是一个叫杨柳村的地方。那个村子的人全部脱贫了。有一户人家她印象特别深刻。男人快八十岁了，失去了双腿不说，双目也失明了。智障的女人在铡草时把手和草一起送到了铡刀下，生活几乎不能自理。家里有一个女儿照顾着老两口的生活。尤其那个女儿，真不像是一个农村姑娘，高挑，皮肤白皙，牙齿好像经过艺术家精心雕琢过。她的模样跟那个家太不般配了。姑娘叫春花。

（原载于《民族文学》2019年第9期）

一口井到一条河

（代后记）

千家井村，其实没有那么多的井。只有三口井，一口是甜水井，一口是苦水井，一口井的水不甜不苦，村里人都叫它小井井子。小井井子在一条浅沟里，每天上学打此经过，我并不绕开它，似乎那条潮湿、光线黯淡的沟里，有一只眼睛期盼我的到来，于是，我走近它——我看到碗口大小的一眼水。看到它，我心里的某个角落瞬间湿润、清澈、明亮。

记忆里，从未有一条河的支流从村子经过，四周永远的土雾蒙蒙，那些深邃的窑洞，不知道哪个年代挖掘的，老几辈人住在里面。大山遮蔽着人们的视线，他们看不到更远的地方。有深邃的沟从山下绕过，或从平坦的田地穿过，我在想：那么深的沟需要多少年的冲刷才能形成？少雨的时节，干瘦的牲畜，干旱灼红人们的双眼……这里的人，一辈一辈生存了下来。时常在山梁上、田地里，看到农人的身影，他们安逸而知足，已经习惯了天、地以及万物的苍凉，从未听到谁抱怨过日子的艰难。

我何不把这些写下来？

姊妹八个当中，除了三哥，我是识字最多的，初中尚未读完，面对文学，战战兢兢，功底差不说，起码的阅读书籍都没有，当中学老师的三哥给我订了几种文学刊物，我边看边练习写作。白天和一家人下地干活，晚上在煤油灯下学习。一度为自己底子太浅苦恼过，也放弃过，我对二哥说：“写作太苦了。”二哥反问我：“有拔麦子苦吗？”也是哥哥们的鼓励和支持让我坚持了下来。

2009年，我的第一本小说集，由于种种原因没有出版，但我十分珍惜。它的出世像一个刚刚脱离母体的婴儿，其模样可想而知，可贵的是它的雏形在，有呼吸，有成长的空间。

2021年，十年时间过去了，我的第二本小说集出版了，令我伤心的是，2020年底二哥突然离世，一切美好的东西都被打碎！二哥在的时候很少给我打电话，他是怕打扰我的工作和写作，我享受着亲人们营造的那份安静；二哥离开了，感觉自己是多么的自私，悔恨，痛苦，寝食难安……一切都晚了。二哥一生辉煌过，是我们姊妹里最优秀的一个，做生意的他也落寞过，走的时候没来得及留下只言片语。

我知道，我们每个人终归要离开这个世界。二哥没有财富留给后人，我留下了文字，等我老眼昏花，伸手抚摸它的时候，会不会再次感动？会不会再次流泪？

这本集子共收集了12篇中短篇小说，都是已经发表过的，有我的追忆，有移民生活，有底层群体，有民族团结。

千家井村早已搬离大山，人们住上了瓦房，喝上了黄河水，庄稼地是引黄灌区。我时常会回到老家，那里已经荒芜破败，却依旧亲切，那是我生命的底色，是我文学的出发地，而今，我生活在黄河岸边，我想，我的笔下会更加温润、丰盈。

2021年2月吴忠